BAJO EL MISMO CIELO

PACO BOYA

BAJO EL MISMO CIELO

Rocaeditorial

Primera edición: marzo de 2026

Travessera de Gràcia, 47-49. 08021 Barcelona

Printed in Spain – Impreso en España

ISBN: 979-13-87905-04-0
Depósito legal: B-1.099-2026

Compuesto en Mirakel Studio, S. L. U.

Impreso en Black Print CPI Ibérica
Sant Andreu de la Barca (Barcelona)

RE05040

A ellos, Manolo y Conchita,
que nos regalaron su amor.
Y a Theo y Emma, para que no olviden
el valor de la libertad

Probablemente, de todos nuestros sentimientos, el único que no es verdaderamente nuestro es la esperanza. La esperanza pertenece a la vida. Es la vida misma defendiéndose.

Julio Cortázar

Primera parte

1

Un miedo antiguo

Era un martes de enero del año 2013 cuando llevaron a Conchita de nuevo al hospital, una de tantas en sus últimos años. Creo que la pasión de mi madre por seguir con nosotros era lo que la mantenía viva. Su biología se había rendido, pero ella se aferraba a este mundo como si cada uno de los instantes, de las sonrisas que nos arrebataba, fueran aliento para seguir adelante. La luz tenue de la tarde se colaba por la ventana mientras la mirábamos en aquel trance de espera. Apoyados en la barandilla de la cama, mis hermanos y yo intentábamos asumir que aquellas eran las últimas horas que compartiríamos con ella. Yo miraba sus manos, las mismas que nos habían cuidado y acariciado en nuestra infancia. Siempre las mantuvo tersas. Ahora las agitaba en el aire como si quisiera apartar una imagen amenazante. En su agonía, cuando abría los ojos, su gesto reflejaba un profundo e irracional miedo. Miraba con espanto hacia el rincón de la pared blanca, y en ese vacío aparecía el fantasma de un soldado con el arma apuntando a su cama. «Me vò aucir!», decía en aranés. «¡Me quiere matar!». En su rostro anidaba un terror antiguo que regresaba ahora, cuando la muerte llamaba a su puerta. El militar estaba allí, como si un extraño juego de la máquina del tiempo lo hubiera hecho regresar al lugar en el que se conocieron. Hacía exactamente setenta y siete años que aquel hombre, embrutecido por la guerra y el alcohol, le puso el fusil en la frente, y el abismo negro del cañón dejó grabado para siempre el retrato de la muerte en su retina de niña. Ahora, aquel fantasma regresaba para ser testigo de los últimos compases de su existencia.

2

Latiendo entre montañas

Los gritos de la abuela Pina, mi abuela paterna, resonaban en la casa. Eran profundos lamentos, y a veces quejidos breves, un dolor al que le rezaba una extraña letanía. Nadie parecía prestarle mucha atención, pero sentíamos un escalofrío con cada uno de aquellos gemidos. Las manos deformadas eran cruel testigo de su avanzada edad. El dolor había ido encerrándola en sí misma con sus ropas negras, el pañuelo anudado bajo la barbilla y el delantal, esa prenda tan característica de las mujeres del mundo rural y que ella nunca se quitó. Con él puesto, dejaba patente que siempre había algo que hacer. Yo la veía sujetar las gallinas cuando aún tenía fuerzas, ponerlas bajo su brazo, arrancarles unas pocas plumas de la parte superior de la cabeza y, con un viejo cuchillo muy afilado, cortar limpiamente la piel para que el animal derramara su sangre sobre un plato con aderezo. Luego esperaba pacientemente hasta que la última gota lo colmaba, para después dejarla cuajar, freírla y gozar así de su sabor. Recuerdo también aquella mantequilla que hacía con esmero, batiendo la grasa de la leche con la sola ayuda de un tenedor.

El día que la abuela Pina murió, yo aún no sabía exactamente qué significaba ese trance. El futuro me mostraría años más tarde que era un puñal afilado atravesando nuestras vidas. Cuando mamá me lo anunció era por la tarde y fui corriendo a subirme a ese peral en el que cogíamos las peras de agua a finales del verano. Encaramado a una rama, lloré. Ahora, cuando han pasado ya tantos años desde aquel día, su figura vuelve a mí, sentada en una pequeña silla de paja, envuelta por un enjambre de abejas que revolotean a su lado, mirando su huerto, sus plantas, que lo curaban casi todo, mientras en sus manos las agujas no cesaban de tejer, veloces. Ni siquiera necesitaba mirar lo que cosía. Ella es uno de esos fantasmas que a veces me acecha. Me pregunto qué extraño círculo se cierra cuando los muertos brotan de instantes que han cruzado océanos para emerger. Esas imágenes han perdurado, como lo hacen los fósiles en las rocas, petrificadas, y, cuando mi roca se rompe bajo la tenaza del tiempo, aparecen sus sombras, como gigantes arrastrando los compases de una vida. Siento curiosidad por saber si toda esa memoria está dramáticamente condenada a olvidarse, a perderse en el devenir líquido que lo engulle y lo transforma en una gota más de ese inmenso mar adonde van todos los recuerdos hasta hacerse impersonales, indoloros y atemporales. Y allá voy yo, a su rescate, cual superviviente que pretende recuperar los restos de un naufragio.

Nuestra casa era una más de la abigarrada calle Mayor de un pequeño pueblo pirenaico. Los tejados de pizarra negra contrastaban con el verde intenso que los envolvía. Entre aquellas paredes habían convivido generaciones perdidas ya en el olvido. La abuela Pina era la que nos conectaba con el pasado, tan presente en los muebles, los muros y los vestigios de habitantes anteriores que la casa conservaba. Los cuatro hermanos, dos varones y dos mujeres, llegamos espaciados, cada cuatro años. Mamá siempre decía que debieron tener mucho cuidado para no completar un equipo de fútbol. Siempre reíamos con esa contundente afirmación, que a menudo iba acompañada de un gesto de alivio. Mamá fue allí a enfrentarse a un mundo distinto del que conocía. Sus padres, Luis y Pepita, vivían de alquiler en una casa pulcra y bien cuidad que poco tenía que ver con aquel enorme caserón donde la panadería, la cuadra y el economato se mezclaban con cierto grado de desorden. Era una lucha diaria por mantener a flote «la casa que crujía bajo los embates de un tiempo nuevo». Un pequeño universo entre montañas cuyas laderas reflejaban el paso de las estaciones. En realidad, la vida resbalaba por ellas como un latido gigantesco que mamá cuidaba con esas manos hacendosas que nunca descansaban.

Tras fallecer la abuela Pina, la muerte desgarró de nuevo a mi familia. Se alió con un frío día de enero para quebrar la vida de nuestra hermana mayor, Norita. Tardamos dos años en descolgar su bolso y su chaqueta de cuero del perchero del pasillo de casa. Nadie se atrevió a tocarlos antes. No sé quién acumuló el valor suficiente para hacerlo. La muerte de Norita fue la bofetada seca, fuerte y dolorosa que precede al abismo de la ausencia. Alguien nos lo anunció desde el quicio de la puerta: «La carretera estaba helada», balbuceó. Apenas tenía diecinueve años, y su fantasma quedó colgado junto a la chaqueta de cuero y el bolso en aquel perchero del pasillo, como si un día tuviera que aparecer de nuevo bajo el dintel de piedras rosadas para recogerla, por si acaso hacía frío allá donde fuera. Pero nunca volvió. En su lugar apareció un inmenso agujero del que, sin piedad, manaban silencios que llenaban la casa de miradas esquivas. Fue como si ese golpe de muerte nos convirtiera en extraños que convivían con un dolor que cristalizaba en mi madre, incapaz de sobreponerse a una brutal ausencia que la llevaba al cementerio al caer la noche para llorar sobre su tumba. Nuestro pequeño mundo se rompió.

Papá se fue a Francia. Encontró trabajo en la panadería de un pequeño pueblo del sur no demasiado lejos de la frontera. Vivía durante toda la semana en casa de los dueños. Era un trabajo precario con sueldo escaso y escasas recompensas; el alojamiento era una de ellas. Me dolía ver cómo se iba con la mirada derrotada los domingos por la tarde en el viejo Dyane 6 azul desteñido. Él nunca fue ambicioso. Había vivido la guerra siendo un adolescente, aunque eso no evitó que aquel conflicto tatuara su piel de cicatrices. Solo ambicionaba sacar adelante a su familia con el trabajo humilde del horno, madrugando para hacer el pan que luego repartía por las tardes por los pueblecitos de la zona. En ocasiones, cuando le acompañaba, nos parábamos a recoger colmenillas para llegar luego felices a casa con el cesto lleno de setas. Sé que era un hombre feliz porque, mientras trabajaba en el horno, sudoroso, con la camiseta imperio y la faja para combatir las lumbalgias, siempre silbaba o cantaba algún tango de Gardel o alguna otra canción que yo aprendí de tanto escucharle.

Un día en las carreras, chin pum,
un día en las carreras chin pum,
un día en las carreras rompimos un cristal.
paran pan, pan...

Y mientras cantaba la masa bailaba entre sus dedos y, cada poco, de ellos surgía una bola de pan blanco que colocaba en unas cajas con telas para una primera fermentación. Le oíamos cantar porque el obrador estaba cerca de la pequeña cocina donde transcurría la vida familiar. La estancia era el centro de nuestras vidas. Una parte reformada de la antigua cocina, mucho más grande, convertida posteriormente en un almacén, donde se amontonaban sacos de harina, de granos de diferentes tipos y de algunos productos que se vendían en el pequeño colmado. Sí, definitivamente, la cocina era el centro neurálgico. A un lado el obrador, con los ruidos de las cajas, las conversaciones de papá con el mozo que le ayudaba y sus canciones. Al otro la tienda, con un molesto timbre que, con exagerada estridencia, delataba la entrada de clientes a cualquier hora del día, lo cual era motivo de enfado y protestas porque, mientras comíamos o hacíamos los deberes y mamá cocinaba o atendía a la abuela, al oírlo, nos gritaba: «¡Salid a despachar!». Y nosotros preguntábamos: «Mamá, ¿cuánto vale esto, cuánto lo otro?». Y mamá se lo sabía todo y respondía diligentemente. Ese era su espacio. Papá apenas lo pisaba. Él solo se ocupaba del pan y de su venta por aquellos pueblecitos adonde iba con coches desvencijados, amarrados con cables o cintas elásticas para mantener las puertas cerradas porque la podredumbre del chasis había deformado la estructura. Eso no parecía importarle. Cuando surgía un problema mecánico o de otro tipo, siempre tenía a mano unos alicates, un alambre o, en casos más graves, las soluciones de Casimiro, un tipo enjuto que era como de la familia, con colilla incorporada entre los dientes y de tez amarillenta, capaz de reparar cualquier cosa con ruedas. Las bicis eran su especialidad, tal vez porque su vida estaba vinculada a un molino y a una vieja instalación minera, lo que le inculcó esa curiosidad por la mecánica y la búsqueda de soluciones a las continuas averías de esa rudimentaria pero imprescindible tecnología. Nosotros nos conformábamos convirtiendo las bicicletas en una quimera, en el sueño permanente de nuestra infancia, que convivía entre la perfección de lo imaginado y la oxidada realidad. Las dos que teníamos en casa eran un buen ejemplo, estaban todas apañadas con los remedios de Casimiro: alambres, tornillos recuperados… A menudo, el freno, siempre estropeado, era el roce de la zapatilla contra el neumático en una maniobra arriesgada que solía costar numerosas caídas. Las pocas bicis que veíamos venían siempre de Francia. Eran inalcanzables, no solo por su precio, también por la dificultad de pasarlas y declararlas en la aduana. Por aquel entonces, el Tour de Francia dejaba sentir sus ecos, y las bicis de carreras, como se conocían vulgarmente a aquellas con los manillares curvados, los cambios de piñón y las ruedas extraordinariamente finas, alimentaban nuestra admiración. Alguna comenzaba a circular por el pueblo, y yo, entusiasmado con la idea de poseer semejante maravilla del mundo ciclista, convencí a papá de que debía comprarme una. «Una bici de carreras, papá», le decía, poniendo todo el énfasis. Era el sueño colectivo de mi grupo de amigos. El día que llegó con aquella vieja bicicleta pensé que había cosas a las que, a veces, uno no debe aspirar y aprendí a gestionar la frustración. Era de la marca Peugeot, bastante antigua, tenía el manillar toscamente curvado y unas enormes ruedas de cuadro pesado. En nada se parecía a aquellas esbeltas y ligeras que tanto idealizábamos. Creo que vio mi decepción en la mirada, pero ninguno de los dos dijo nada, si bien yo entendí, explícitamente, la diferencia entre tener dinero y no tenerlo. Por eso, tal vez, asumir unas horas de patio en la recepción del instituto a cambio de las comidas no supuso ningún problema, más allá del rasguño en el amor propio de un adolescente que mostraba su condición de clase obrera en un lugar tan expuesto como aquel.

A veces me sobresalta un miedo atávico al olvido de estas pequeñas cosas que han formado parte de nuestro día a día. Quizá es el eco de aquel temor que me invadió durante mi niñez. Fue sin motivo aparente, pero necesitaba estar cerca de papá o de mamá. No podía verbalizarlo. No existía ninguna razón para sentirlo y, sin embargo, era un abismo interior que me atenazaba, que hacía imprescindible el abrazo, como si fuera aire para respirar. Y es que los abrazos eran un bien escaso en ese tiempo, una suerte de lujo poco común. Me aterrorizaba que una fuerza oculta fuera a arrebatármelos a los dos. Ellos eran el asidero que evitaba que esa amenaza oscura me arrancara del mundo que compartíamos. Tantos años después, temer al olvido es otra forma más de temer perderlos. Me estremezco de pensar en ese otro vacío impuesto por una de esas enfermedades degenerativas, signo de nuestro tiempo, que borran tu memoria y te condenan a vivir sin vida. Aún hoy puedo encontrar refugio en las caricias que mamá me regalaba cuando me sentaba a su lado y pasaba la mano por mi espalda, bajo la camiseta, sus manos ajadas de lavar la ropa, de jornadas interminables entre la cocina, la tienda y los mil quehaceres diarios. Las de papá eran de piel dura, hecha a los largos mangos de madera de las palas que utilizaba para introducir el pan en el horno de leña. Manos recias, fuertes, que un accidente en el aserradero, al final de sus días, deformó definitivamente. Ahora siento la necesidad de recordarlos a ambos, a él y a ella, que transitaron años de pura supervivencia en un ambiente hostil y sosteniendo las ruinas de un mundo heredado. Las costuras del suyo se rompían ante el embate de la nueva economía floreciente y mientras el mundo rural agonizaba. El pequeño colmado, la panadería y la oxidada máquina de chicles de bola sujeta a la fachada de nuestra vieja casa pertenecían a un pasado ignoto. Nuestro hogar y el de tantas familias que peleaban día a día para sacar adelante sus ganados, cuyos establos compartían espacio con sus casas, eran una lucha constante pero perdida de antemano. Los animales utilizaban los abrevaderos que poblaban las esquinas y dejaban sus heces en las calles. La leche no conocía aún los briks y circulaba en abolladas lecheras de aluminio. Estas se llenaban con suma pulcritud sobre las mesas de las cocinas, y, por las tardes, las aceras se poblaban con los bidones recogidos luego por un pequeño camión de la cooperativa. Los coladores, los trapos de gasa, cubos y otros enseres se desplegaban en las casas para manejar esa leche recién ordeñada que, tras hervirla, nos regalaba su nata para untarla en el pan recién hecho.

Pero nuestra historia empezó mucho antes, en un valle recóndito entre montañas, un lugar de frontera, de corto nombre, Aran. Un tiempo que quiero reconstruir sobre algunos recuerdos compartidos con sus protagonistas, recuerdos en los que la carcoma ha ido dejando huecos que me dispongo a rellenar, con licencia literaria, para que su memoria y la de tantos otros no se pierdan en la nada, porque sus vidas son las que hoy dan sentido a las nuestras. A la mía.

3

La fuga

Bossòst, Valle de Aran.
Diciembre de 1938

Todo empezó aquella noche oscura y sucedió con extraordinaria rapidez. Hacía frío. Un frío intenso, cortante. Su padre había despertado a los niños con precipitación. Mercedes, Conchita y el pequeño Luis dormían plácidamente bajo los edredones, ajenos al peligro que acechaba a la familia.

—Vamos, vamos, vienen a por nosotros —repetía de manera insistente.

Pepita, su madre, metía todo lo que podía en aquella bolsa de viaje, a todas luces insuficiente teniendo en cuenta que debía llevar ropa de abrigo para combatir las bajas temperaturas. Mientras apretujaba las prendas, refunfuñaba:

—Sabía que iba a pasar, lo sabía.

El ruido del motor se escuchaba en la cochera y se confundía con el barullo de las voces en la calle. El rugido de un camión aceleró al subir la cuesta helada que llevaba al puente. La primera luz del día apareció lechosa y tímida entre los tejados nevados del pueblo de Bossòst. Las dos niñas, Conchita y Mercedes, se ocultaron bajo una manta en el asiento trasero.

Luis, con las manos rígidas sobre el volante, estaba pálido. Pepita, con el pequeño Luis en brazos, no podía dejar de temblar.

El vehículo arrancó humeando por la calle trasera. Había algo de nieve en la calzada. La rampa, corta pero empinada, hizo que el coche patinara. Por un momento, el pánico a quedar atrapados se apoderó de ellos. Luis dio marcha atrás en el escaso espacio de la cochera hasta que notó el leve golpe de la defensa del auto contra la pared trasera, aceleró para ganar velocidad y consiguió que el auto superara el montón de nieve fresca. Avanzó por la calzada a una marcha lenta que desesperaba a Pepita.

—¡Vamos, acelera! —le dijo con voz nerviosa.

—No, no debe parecer que estamos huyendo. Si nos preguntan, diremos que vamos a casa del doctor porque el pequeño tiene fiebre.

Miró por el retrovisor y advirtió a las pequeñas:

—¡Vosotras en silencio, niñas, que no os vean, por el amor de Dios! —exclamó.

Aceleró suavemente para tomar una calle a la izquierda y luego a la derecha hasta llegar al puente. Un grupo de soldados fumaba al lado del vehículo, mientras que otros montaban guardia junto a la calzada. Uno de ellos cruzó la calle para reunirse con los del camión, justo delante de una de las siete ermitas que estratégicamente rodeaban el pueblo, construidas un siglo antes para librarlo de la peste y la enfermedad. El coche se acercó despacio y Pepita pudo ver a tres hombres con rostros muy pálidos. Le pareció reconocer a uno, pero la luz del alba era todavía escasa. Un escalofrío le recorrió la espalda.

El soldado que quedaba a la izquierda de la calzada les dio el alto. Era un tipo de mirada estrábica y barba descuidada. Tocó el cristal con la punta del fusil y pidió la documentación. Luis estaba tan asustado que un color ceroso se había apoderado de su cara. Pepita lo miraba de hito en hito sin atreverse a cruzar la mirada con la del soldado, cuyo aliento de cazalla humeaba. Fuera, el día clareaba. Le entregó la documentación y un salvoconducto que había conseguido gracias a su buena relación con el teniente al mando del puesto. Pese a todo, el soldado le espetó:

—¡Baje del coche!

—Disculpe, oficial —dijo intencionadamente para halagar al soldado—. Vamos al médico, el pequeño tiene una fiebre muy alta y es urgente que le vea el doctor.

—¡Que baje, coño! —gritó con vehemencia el militar.

Luis abrió la puerta del auto, se acomodó el abrigo y bajó mirando a Pepita, que casi no podía contener las lágrimas.

Tres soldados cruzaron la calle, uno de ellos era un sargento cuya cara le resultaba familiar.

—Así que ya hemos dado con el gato que escondía a los ratones. Vamos, al camión con él.

A empellones lo cargaron en la caja, donde esperaban los otros prisioneros, y rápidamente el camión se puso en marcha y cruzó la carretera en dirección a la capital de la provincia. Todo fue muy rápido, tanto que Luis no podía procesar todo lo que sucedía ni las consecuencias de aquella detención. Pensó en Pepita, abandonada a su suerte con los tres niños en el coche, bajo aquel frío intenso. Se preguntaba cuál sería su destino y daba por seguros la prisión y el pelotón de fusilamiento. Alguien les había denunciado. ¿Quién? No podía saberlo, y la duda ya siempre permanecería flotando en su cabeza.

Miró por el rabillo del ojo al soldado que estaba a su derecha. Era joven y tiritaba.

—¿Un cigarro? —preguntó Luis al otro militar, que estaba al lado del que temblaba de frío.

—Venga —dijo con sarcasmo, dibujando una sonrisa irónica en su cara—. Tú ya no los vas a necesitar.

Y soltó una carcajada.

Puso la mano en el bolsillo del abrigo buscando el tabaco y sacó un pequeño fajo de billetes que enseñó con disimulo al de la sonrisa mientras le ofrecía el pitillo. El soldado lo miró sin perder un ápice de su compostura, le arrebató el tabaco y los billetes y, como movido por un resorte, le propinó un culatazo que lo arrojó fuera del camión. La nieve amortiguó la caída, pero el disparo posterior impactó a pocos centímetros de su cara. Miró a los lados y otro disparo levantó la nieve y las esquirlas de piedra de la calzada junto a su abdomen. Rodó por la nieve y se dejó caer por el terraplén del río. El camión se detuvo y el sargento, junto con el soldado estrábico, bajaron de la cabina.

—Está frito, mi sargento. A este rojo se le acabó el cuento —dijo mirando el cuerpo que yacía cerca del agua.

—¿Estás seguro? No me jodas que no quiero errores.

—Si quiere bajo a rebanarle el cuello —dijo solícito el soldado.

—Vamos, vamos, ya hemos perdido suficiente tiempo —protestó el sargento.

Subieron de nuevo al camión y continuaron su camino hacia la prisión provincial. Luis, desde el fondo del terraplén, oyó el ruido del motor acelerando sobre la carretera nevada. Tenía el cuerpo entumecido por el frío y los golpes de las piedras de la pronunciada pendiente de la escollera sobre la que se asentaba la carretera. Una de aquellas rocas le había golpeado en la sien. Notaba el hilo de sangre que le descendía por la cara amoratada. Se palpó el costado. No sabía si ese dolor que sentía en las costillas era culpa de la caída, del culatazo o de uno de los disparos. Lo sujetó con una mano, se incorporó con dificultad y avanzó por la orilla, semioculto entre el ramaje de los árboles, chapoteando con pasos torpes entre las resbaladizas piedras. Calculó que apenas habían circulado un kilómetro desde que el camión había salido del pueblo. Si se daba prisa aún podían retomar el plan de huida.

Remontó desde el cauce por la parte trasera de un viejo aserradero y alcanzó de nuevo la carretera. Se enfundó en su abrigo, palmeándolo para disimular el barro, y se subió el cuello para esconderse de miradas indiscretas, aunque era demasiado conocido para pasar desapercibido. Sin duda, si alguien le veía, llamaría la atención con su abrigo roto y embarrado. Por suerte, era tan temprano y hacía tanto frío que la calle estaba desierta. Aceleró el paso, podía ver el puente a lo lejos y distinguía el auto. No veía nada extraño. Todo había vuelto al silencio habitual. Pensó de nuevo en los niños y en Pepita, sin saber qué habría sido de ellos, y tuvo que serenarse para no echar a correr. Cuando llegó al coche, este estaba vacío y con las llaves puestas. Se subió, arrancó el motor, dio media vuelta y se dirigió de nuevo a casa con la certeza de que su mujer y sus hijos estarían allí. La nieve volvía a caer. Eran copos finos, casi imperceptibles. Aparcó frente a la puerta y entró en casa como una exhalación.

—¡Pepita! —gritó al abrir la puerta.

Ella estaba intentando encender la estufa. Los niños a su lado, ateridos de frío.

—¡Estás aquí! —dijo mientras le abrazaba.

—Vamos, no hay tiempo, debemos volver al coche, no tardarán en volver —los apremió mientras besaba a los pequeños.

Salieron precipitadamente y reanudaron el trayecto para abandonar el pueblo. Lo hicieron por el Portilhon, un puerto de montaña que mediante una sinuosa carretera superaba un frondoso bosque de abetos que se encaramaba hasta la cima. Allí estaba la frontera con Francia. Luis escogió esa ruta consciente de la dificultad, pero a su vez con la esperanza de que tuviera menos vigilancia. La intensa nevada le hizo cuestionar su decisión, sobre todo cuando las ruedas del vehículo patinaban sobre el hielo de la calzada.

El hotel del pueblecito francés de Banhères de Luishon era modesto y solo la recepción y el salón conservaban un cierto aspecto señorial y acogedor. La habitación solo tenía algún elemento decorativo, aunque tras la tensión de las últimas horas y las dificultades del camino la estancia les pareció un lugar magnífico. Pepita se ocupó de arropar a las niñas en el camastro. Oscurecía. Apenas si habían comido unos trozos de pan y un par de latas de sardinas compartidas, pero nadie rechistó.

—Mañana será otro día —dijo Luis en un tono con el que parecía comerse sus propias palabras mientras se acurrucaban con la manta en la cama, dejando al pequeño en el centro para darle calor con sus cuerpos.

Se despertó temprano y salió a buscar comida. Tenía algo de dinero, pero no para sobrevivir demasiados días. Los billetes con los que había sobornado al soldado del camión le habrían sido muy útiles, pensó, pero eso ya no tenía remedio. Sonrió para sus adentros pensando que lo más importante era que, a pesar de todo, seguía vivo. Aún no acababa de creerlo, y aquellos disparos seguían retumbando en sus oídos. Él nunca había sido un hombre de acción, más bien lo contrario. Siempre vestido de traje, con su inseparable pajarita y el sombrero tirolés, era lo más parecido a un *gentleman* de salón y no a un personaje de escaramuzas bélicas. Pero el mundo estaba del revés y sus vidas también. Había pasado de ser alguien respetado, a quien todos acudían para que resolviera sus dolencias dentales, a convertirse en un proscrito que podría estar camino de un presidio franquista o, peor aún, ante un pelotón de fusilamiento. Esa era la pena a la que se enfrentaban los que ayudaban a huir a los guerrilleros de las Brigadas Internacionales, especialmente a todos aquellos que no habían podido salir de forma organizada tras el acto de reconocimiento multitudinario celebrado en Barcelona el 28 de octubre de ese mismo año. El último que había estado en su buhardilla se llamaba André Gorisseng. Él fue quien ocupó aquel pequeño habitáculo bajo el tejado de su casa, a la orilla del río Garona. Era un pequeño espacio bajo la escalera que subía a un palomar. El habitáculo, en el que apenas si había lugar para un camastro y una minúscula mesa, le sirvió de refugio durante varias semanas. Los hombres solían estar un par de días como máximo, tiempo suficiente para que la red organizara su traslado y pudieran pasar al otro lado de la frontera. Lo de André fue distinto. Él estuvo activo hasta la disolución de las Brigadas, cuando la derrota ya era una evidencia para el bando republicano, y Negrín, en un intento desesperado por acabar con la participación directa de Alemania e Italia, renunció al apoyo de Moscú. Aquello precipitó la caída de Madrid y Barcelona. André, responsable de la organización de la salida de los brigadistas, tuvo que convivir casi un mes con ellos, compartiendo el miedo a ser descubierto por algún vecino o por los guardias civiles, que rondaban de manera permanente los alrededores de la casa, tal vez alertados por algún soplón.

Luis entró en la panadería y en correcto francés pidió unos bollos, pan y algo de embutido. Salió mirando a cada lado con la sensación de ser observado, pero la calle estaba casi vacía, la cruzó y entró en el hotel. Un par de hombres le esperaban en el vestíbulo.

—Debe usted acompañarnos —le dijo uno, cuya cara quedaba medio oculta bajo el ala del sombrero.

Le autorizaron a dejar el pan y el resto de la compra en la habitación, donde Pepita, las niñas y el pequeño Luis seguían bajo las mantas combatiendo el frío de la mañana. Hizo una señal y Pepita salió rápidamente de la cama. Ya en el pasillo le explicó la situación:

—Volveré, no te preocupes, es un trámite —dijo.

Y se marchó por la escalera sin más explicaciones.

Ella cerró la puerta tras él con el semblante preocupado y pensando que los problemas les perseguían incluso más allá de la frontera.

Luis avanzaba por la avenida, que seguía despejada. Los hombres lo flanquearon hasta una comisaría ubicada en los bajos del ayuntamiento. Le pidieron la documentación y después lo encerraron en un pequeño cubículo bajo llave. Transcurrieron varias horas hasta que la puerta se abrió de nuevo. Ansioso, pidió hablar con el oficial al mando. El policía le respondió:

—Yo soy el oficial al mando.

Luis aprovechó el instante en el que el oficial levantó la cabeza para darle todo tipo de explicaciones sobre su situación, pero el oficial, con la mirada fría y sin ninguna concesión a la amabilidad, zanjó la conversación diciendo:

—¡Atiéndame!

Y señalándole con el dedo índice en un tono amenazador le advirtió:

—Les queda prohibido salir del hotel y usted deberá presentarse cada doce horas en esta comisaria, si no lo hace serán declarados prófugos. Ahora, váyase.

Los días siguientes fueron largos y tediosos. Su preocupación era comer y combatir el frío, que seguía instalado en sus cuerpos. Solo en unas pocas ocasiones y con suma discreción, el propietario del hotel dejaba bajar a los niños para calentarse junto a la gran estufa de leña que ocupaba un rincón del salón.

Eran las ocho de la mañana cuando el camión aparcó frente al hotel. Un policía llamó a la puerta y les increpó para que cogieran sus cosas y bajaran. «Vite, vite», gritó. El pequeño se puso a llorar, asustado. Pepita llenó otra vez la bolsa con las escasas pertenencias que llevaban y, bajo la atenta mirada del hombre uniformado, bajaron por la escalera sin decir palabra. Aquellos días habían sido como una metamorfosis. En su estado de ánimo había hecho mella una tristeza profunda y, finalmente, la embargó una suerte de pesadumbre provocada por toda aquella fatalidad, que, a la vista de los acontecimientos, parecía no tener remedio. En los primeros días, ella le había reprochado reiteradamente a Luis la situación que estaban viviendo, culpándole sin decirlo con claridad. Él siempre le respondía con la misma pregunta: «¿Qué hubieras hecho tú?». Y dejaba transcurrir un denso silencio antes de añadir con vehemencia: «¿Entregar a André?».

Su pregunta zanjaba la discusión y Pepita evidenciaba su impotencia con unos gruesos lagrimones que no podía evitar que le recorrieran las mejillas. Se sentían como náufragos a la deriva en un frágil barco de papel a merced de un mar tormentoso que marcaba su destino.

«¿Y si no podemos volver?», preguntaba Pepita, como una letanía que repetía sin esperanza alguna de alcanzar una respuesta. Nada hacía parecer que aquello fuera a terminar y mucho menos que terminara bien. En su cabeza, esos pensamientos eran como un torbellino que apenas le daban tregua. Pensaba en la casa abandonada, en el pequeño jardín trasero donde florecían los tulipanes al inicio de la primavera y en el muguet que estaba cuidando meticulosamente en un rincón. Con él pretendía hacer un ramillete de delicadas flores blancas el Primero de Mayo y pedirle a la felicidad que no se olvidara de ellos. A veces, en los peores momentos, se encerraba en sí misma y dejaba que sus pensamientos se concentraran en esos ratos del pasado, sentada en el banco bajo el sauce, mirando las flores, las lechugas y otras hortalizas que compartían el patio. La felicidad era aquel lugar, la paz que respiraba en él, un mundo plácido apenas perturbado por los quehaceres de cada día. Ella, a diferencia de Luis, siempre había preferido ese silencio al trasiego de una vida social agitada. Prefería la tranquilidad de su casa, aunque a veces no podía evitar verse arrastrada por las urgencias de su marido. «Vamos, vístete, tenemos que comer en casa de mengano, de zutano...». Lo decía sin mirarla, con la convicción de que ella se pondría un vestido y saldrían en breves minutos por la puerta rumbo a la casa de los anfitriones. En ocasiones la sorprendía con planes y actividades en compañía de gente desconocida, y entonces la salida se alargaba todo un día para llevarlos de excursión, y a la larga esos desconocidos dejaban de serlo y se convertían en habituales cuya presencia y compañía perduraban en el tiempo. Ella casi nunca rechistaba, le conocía bien y sabía que no había otra versión de él; era así, impredecible y con unas dotes sociales que le permitían establecer relaciones con suma facilidad. De hecho, no sabía vivir de otra manera. Quién sabe si fue esa forma de ser lo que le impulsó a participar en esa red clandestina de apoyo a los brigadistas. Su mujer no entendió nunca por qué corría ese riesgo que además ponía en peligro a su familia. No tenía ninguna necesidad, pensaba con enfado, y menos con una posición social cómoda y siendo amigo de todos los hombres influyentes y poderosos que se habían alineado desde el primer momento con el régimen franquista. No explicó sus razones, tampoco apreció en él ningún atisbo de interés por la política ni supo de militancia alguna.

Un pequeño taburete servía de peldaño para acceder al remolque del camión. Era tan inestable que algunas de las personas que les precedían en la cola y subían a la trasera del vehículo caían, lo que provocaba la risa de los soldados. Ufanos, se mofaban del aspecto de los hombres y las mujeres embarrados tras el batacazo. Pepita miró al bebé. El pequeño iba en sus brazos. Luis se colocó delante de ella en la fila para subir primero, sujetar al pequeño y darle la mano a su mujer. Un soldado se lo impidió, obligándole a ocupar su puesto en la fila. Pepita le miró con desesperación, le parecía imposible hacer aquella maniobra con el pequeño cogido. El taburete se apoyaba en el maltrecho adoquinado de la calle y su superficie apenas era suficiente para sostener un pie. Se requería una amplia zancada para alcanzar el piso del camión. Sin ayuda de las manos era una pirueta circense que a Pepita iba a resultarle imposible. Luis habló con el soldado y este le respondió con un insulto y un empujón que le condujeron al barro. Desde el suelo, vio junto a él a una mujer que llevaba un rato tumbada en la calle, parecía muerta. Su cara quedó a unos centímetros de la suya. Volvió la vista hacia el camión y vio a Pepita levantar el pie para ponerlo sobre el inestable taburete. Se levantó de un brinco y se colocó detrás de ella, apoyando las manos en su cintura para que mantuviera el equilibrio. Con la mirada le pidió ayuda a un joven que ya estaba sentado en el banco del remolque, y sin dudarlo el hombre se incorporó y cogió al pequeño de sus brazos mientras Pepita se agarraba en una de las cuerdas del toldo que se balanceaba ondeante, lo que evitó la caída. El joven la alcanzó con la mano libre, la asió por el antebrazo y la izó. Luis y las niñas la siguieron con la respiración aún contenida por el momento de tensión que acababan de vivir. Tras ellos, cerraron el toldo y el camión inició su marcha hacia un lugar desconocido. Al cabo de largas horas de viaje, el vehículo avanzó por una sinuosa carretera que cruzaba el río por un viejo puente de madera. Giró a la izquierda y siguió por un maltrecho camino de labranza. Los vaivenes eran tan bruscos que los viajeros sentados en el estrecho banco de madera apenas podían evitar salir proyectados hacía el frente cada vez que las ruedas se hundían en alguno de los múltiples socavones. Alguien decidió que lo más razonable era seguir andando. Les hicieron saltar del camión con premura. «Vite, vite», una vez más.

Con el cuerpo entumecido por el frío, el cansancio del largo viaje y las caras denudadas por el mareo dieron algún traspié sobre el barro acumulado en el camino debido al continuo tránsito de camiones y de maquinaria. Luis divisó a unos cien metros la alambrada que se alzaba sobre la llanura. Desde la distancia no podía ver su interior, tan solo adivinaba alguna pequeña edificación y las alineaciones blancas de incontables carpas de lona. Supuso que estaban destinadas a acoger a toda aquella muchedumbre que bajaba los camiones procedentes de distintos lugares de la frontera. Hasta allí llegaban cada vez más refugiados que se hacinaban como ganado en un inmenso cercado. Anduvieron con pasos inseguros por el arcén, entre los salpicones de los vehículos que circulaban por los charcos. Cabizbajos, avanzaban en una fila en la que abundaban mujeres y niños. Paso a paso, se acercaron a la entrada de aquel recinto improvisado y aún en construcción. Al cruzar la verja de entrada se mostró ante ellos un paisaje desolador. El barro seguía cubriendo la tierra de lo que parecía un antiguo campo de cultivo. Las pequeñas carpas se alineaban unas a continuación de otras. Eran espacios reducidos de escasa altura y claramente insuficientes para las necesidades de una familia. Eso pensó Pepita al verlas mientras otra vez oía el «Vite, vite», que atronaba por unos altavoces, obligándoles a situarse en fila junto a los que iban llegando.

«Mujeres y niños a un lado y hombres al otro», se escuchó por los altavoces en un español con fuerte acento francés.

Los escasos hombres eran en su mayor parte combatientes o ya excombatientes, porque habían sido obligados a dejar sus armas, y algunos estaban heridos o mostraban restos de vendajes en los que la sangre seca se mezclaba con la mugre que cubría sus ropas y sus cuerpos. Luis se colocó en la fila en silencio. Era el que tenía mejor aspecto de todos, a pesar de que aquellos días le habían cambiado y poco tenía que ver su semblante con el que lucía habitualmente. Muchos de esos hombres llevaban tres años de guerra a sus espaldas, y lo que era aún peor, despedían un profundo olor a derrota.

La insalubridad del entorno preocupó a Pepita. Algunas mujeres y en especial los niños estaban claramente enfermos; los piojos, la sarna y la miseria eran visibles entre sus ropas y en la piel. Buscó a Luis con la mirada y lo vio casi al final de la hilera de aquellos hombres maltrechos, algunos de los cuales no podían mantenerse en pie. Sus miradas se cruzaron a un centenar de metros que a Pepita le pareció una inmensidad, lo que disparó aún más su sensación de desespero y soledad. Le dolía la espalda de sostener al pequeño en brazos. Las niñas permanecían en un extraño silencio, como si todo aquello les hubiera provocado un impacto de tal dimensión que eran incapaces de asimilar la realidad, y menos aún enfrentarla.

La mañana fue tremendamente larga. Los varones eran fichados y examinados para, en función de sus capacidades y su estado físico, ocupar los distintos pelotones. Los que tenían alguna posibilidad de trabajar eran destinados a las labores de construcción del campo, los más enfermos o heridos eran trasladados a una enfermería rudimentaria, aún inacabada. Después de evaluarlo, enviaron a Luis a la enfermería por su formación como dentista y sus conocimientos sanitarios. Se incorporó a su puesto a las órdenes del doctor Pierre Laville, un buen tipo que repetía como un mantra: «¡Mon Dieu, mon Dieu!». Lo decía dos veces, usándolo para todo, ya fuera porque veía a un enfermo, por la precariedad del instrumental médico, las goteras del tejado, la puerta que no cerraba o, sencillamente, porque su colilla se apagaba.

Junto con dos abnegadas enfermeras intentaban poner algo de orden en aquel caos de hombres tendidos sobre mantas por el piso de madera. El barracón había sido desinfectado, pero de poco serviría si no conseguían tener unas mínimas condiciones de salubridad. A ello se dedicaron los días siguientes con relativo éxito. Mientras, Pepita y las niñas se instalaron en una carpa del extremo norte del campo. Apenas si podían salir de ella por culpa de la lluvia, que constantemente caía sobre las lonas sin que estas pudieran contener la humedad, que traspasaba la tela en forma de gruesos goterones y caía en el interior de las tiendas. A Pepita le costaba organizar esa precariedad y adaptarse a las interminables colas para acceder a la escasa comida que les proporcionaban o a las largas horas esperando el acceso al agua que brotaba a borbotones de un tubo oxidado. Eso complicaba su aseo personal y especialmente el de las niñas. Además, la tos del pequeño Luis no cesaba. Todo aquello la hundía aún más en aquel pesimismo que casi era ya una desazón vital que le absorbía la energía y la sumía en un extraño letargo del que solo despertaba por la imperiosa necesidad de los niños, que manifestaban con un «Tengo hambre…». Esas palabras eran un resorte que la sacaba del ensimismamiento y, cubierta con un viejo trozo de plástico para resguardarse de la lluvia, iba en busca de alguna cola donde se repartiera pan o algo caliente, que solía ser incomible, pero que servía para distraer el hambre y el frío. Se sentía sola, desamparada, y no podía compartirlo con nadie. Tampoco podía permitirse mostrar a las niñas ese abatimiento, porque sabía que eso les impactaría en el ánimo. Por ello se insistía a sí misma, murmurando entre dientes: «Debo ser fuerte», repitiendo esas palabras como una consigna, cuando la miseria la asediaba.

A veces se quedaba absorta mirando la puerta de lona de la carpa entreabierta, viendo el agua resbalar por la tela y salpicar los charcos de la improvisada calle. Le costaba entender cómo habían llegado allí, que era lo más parecido al fin del mundo que ella hubiera podido imaginar, y se preguntaba por las causas del desastre y por cómo se había alcanzado ese nivel de locura en el que los seres humanos eran tratados como ganado, condenados a una degradación que ella no podía asimilar. Cuando esos pensamientos la poseían y la aturdían, rescataba de su memoria las tardes soleadas de primavera en la penumbra de su casa, cerca del río, cuya melodía marcaba el ritmo de sus vidas. Se asía con fuerza a esos recuerdos buscando esa sensación de dulzor en la memoria, como una droga que calmara la ansiedad y le ayudara a soportar el peso de los días. El único aliciente que hallaba para afrontar aquel infierno aciago estaba en el pasado. Necesitaba huir de la realidad, del sufrimiento, y refugiarse en revivir los momentos cotidianos de hacía tan solo unos meses atrás, cuando su vida era dar la merienda a los niños, acunar al pequeño Luis en la soleada galería de la casa, contemplar las flores y el sauce meciéndose suavemente mientras la brisa acariciaba sus hojas. Revisitar aquella felicidad la reconfortaba, porque su única esperanza era volver a ella.

Por la tarde, el sol empezó a mostrar su tímida luz, dejó de llover y fue como un alivio colectivo. En aquellos primeros días, apenas había visto a Luis. Él estaba en el barracón de la enfermería y los hombres no podían cruzar la parte del campo destinada a acoger a las mujeres y a los niños. Pepita necesitaba hablar con su marido. No podía imaginar seguir así mucho tiempo y quería decírselo, necesitaba decírselo. El pequeño Luis requería de la atención de un médico para su tos y las niñas continuaban en un estado de conmoción. El deterioro de sus ropas y los cambios sufridos en aquellos días las habían sumido, a pesar de sus intentos por evitarlo, en una tristeza honda, quizá contagiada por ella misma. Todo ese escenario hacía que el futuro fuera un negro presagio que pesaba en el ánimo de Pepita. En algunos momentos por su mente cruzaba la idea de escapar de aquel lugar, y entonces miraba la inmensidad del campo, las carpas alineadas hasta el confín del horizonte, donde la alambrada se erguía como una barrera infranqueable. ¿Cómo hacer eso con un pequeño de poco más de un año y las niñas? ¿Adónde ir? En su cabeza, las dudas y las preguntas se acumulaban mientras la impotencia de no poder hablar con Luis la desesperaba y su desesperación se convertía en una profunda irritación. Se preguntaba por qué él no intentaba acercarse a la carpa, por qué no buscaba alguna forma de comunicarse con ella y así pensar juntos en una salida a aquella situación tan dramática. Pero eso no ocurrió. Luis siguió sin aparecer los días siguientes y Pepita empezó a aceptar que ese estado era irreversible y debían sobrevivir el tiempo que fuera necesario. Sin saber cómo fue construyendo una fortaleza que le permitió superar la desidia, mejorar el humor y alentar a las niñas. La tos del pequeño Luis había remitido. Las cataplasmas que le preparó Lucía, una mujer gitana que estaba en una carpa cercana y oía toser al pequeño, habían hecho efecto. Lucía la acompañaba y le permitía combatir la soledad con amenas conversaciones de las que, además, aprendía cuestiones básicas de supervivencia. La mujer sabía cómo cocinar en la calle y sacarle más partido a la poca comida disponible. En aquellos días, el reparto de alimentos había aumentado y les habían suministrado arroz, pasta y legumbres que podían guisar en las pequeñas hogueras encendidas en los puntos previstos para ello. Lucía lo hacía con facilidad. Tenía una bolsa con diferentes latas que servían de ollas, platos y cucharas improvisadas y facilitaban mucho la comida de los niños. A Pepita le sorprendía la habilidad de la mujer para manejar el fuego y las ollas en cuclillas junto al fuego. Lo hacía con tal naturalidad que parecía fácil, pero para ella, acostumbrada a su cocina de leña, aquello era un tormento. Además, Lucía hacía todas esas maniobras con Pepe a cuestas, un pequeño que era hijo de una hermana suya, muerta en uno de los bombardeos de la aviación italiana en Madrid. El niño iba sujeto a su cuello y a su espalda como si fueran un solo cuerpo. A veces se ataba un trozo de manta que conformaba una improvisada mochila, pero eso era solo para los desplazamientos largos o para soportar las largas colas del pan. Era en esos ratos cuando disfrutaban de animadas conversaciones. El ingenio de la mujer hacía brotar la risa en el semblante habitualmente apagado de Pepita. Esta reía escuchándola bromear acerca del aire engreído de los soldados franceses que vigilaban el campo. «Cucha, parece que se ha tragao el fusil, o aún peor, que se lo han metío por el culo», decía mirándolos con descaro, y se oían las carcajadas femeninas compartidas mientras el soldado, con cara de desprecio, las miraba sin comprender nada de lo que decían.

Ese día, al caer la noche, Luis se acercó a hurtadillas hasta la carpa. Pepita le abrazó y a la vez se enfadó con él, golpeándole los hombros al tiempo que lo atraía hacia ella y le preguntaba de manera insistente dónde había estado todo ese tiempo. Él la tranquilizó, no quería despertar a las niñas ni que el alboroto llamara la atención de los guardias. Luis la sentó en el pequeño taburete y le dijo al oído:

—Vamos a salir de aquí pronto. Debes confiar en mí. Procura no llamar la atención, ya te haré llegar noticias.

Y a hurtadillas también, tal y como había entrado, salió de la carpa y se confundió con la negrura de la noche.

Segunda parte

4

Ese tiempo que no fue el mío

Les, Valle de Aran.
Noviembre de 1969

Nací en enero de 1960, un tiempo gris. La dictadura fue la consecuencia de un conflicto atroz que no acabó con el silencio de las armas, sino que siguió presente en las generaciones posteriores. Por esa razón, quiero mirar a los personajes de esta historia desde perspectivas cronológicas distintas, desde la visión de ese niño que los vio envejecer en las décadas posteriores a la guerra. Nosotros descubríamos un mundo nuevo que quería olvidar y avanzar mientras los muertos nos observaban desde las cunetas.

Aquel día de otoño de 1969 me quedé con la abuela Pepita. Ella escuchaba la radionovela y seguía atenta la evolución de la trama mientras hacía labores de costura en el rincón del comedor. En la estancia, la penumbra crepuscular envolvía con una luz tenue el ambiente, donde los dos dejábamos deslizar el tiempo, ella en sus cosas y pendiente de la radio, yo entretenido en algún juego, mientras nos sorprendía el anochecer. La abuela no hablaba demasiado. Su salud era ya delicada y envejeció aquejada de un duro párkinson que acabó deformando sus pies y sus manos, creando una geometría imposible para un ser humano. Las plantas de los pies quedaban prácticamente una frente a otra cuando se acomodaba en su butaca, donde pasaba todo el día. Después de cenar, ya en los últimos años de su vida, debíamos subirla y bajarla con el sillón de mimbre a su habitación ante la imposible tarea de dar un solo paso. Creo que la enfermedad fue sumiéndola en un ensimismamiento que la aislaba del resto del mundo, obligándola a vivir sola con su dolor. Lo fui viendo en su rostro, en la delgadez extrema de su cuerpo, en cómo sus palabras se fueron secando al tiempo que lo hacían sus carnes. Eran los aprendizajes de una niñez convertida en un laberinto para el que no existía ningún manual previo.

Estoy seguro de que la muerte fue liberadora para la abuela Pepita, después de convivir con una enfermedad que tortura el cuerpo y sin posibilidad de paliativos. Con ella nunca hablé de la guerra ni de sus consecuencias. Ella prefería el silencio como ejercicio de resistencia.

A papá, Manolo, lo acompañamos en casa hasta el último suspiro, en su cama, en la misma que nacimos nosotros. Le sujetamos la mano y nos miramos a los ojos hasta que expiró. Le lloré mucho. Sentía por él un profundo amor. Debería descomponer ese afecto en todos los elementos que lo estructuraban, pero creo que esa calidad de hombre bueno le hacía imprescindible en mi vida. Siempre estuvo. Recuerdo un tiempo en el que la escalada y la montaña eran el centro de todo y emprendíamos nuestras salidas a altas horas de la madrugada. Lo veo a él siempre en la puerta.

«Andad con ojo, esa zona es peligrosa, la niebla se cierra y podéis perderos…». O simplemente hacía un vaticinio meteorológico con un escueto «Lloverá», un vago intento de hacernos desistir de la aventura, aunque nunca lo lograba, y, esbozando la sonrisa que le daba ese halo de bondad que le caracterizaba, nos despedía. Tal vez fue el trance de la guerra lo que le hizo ser feliz a pesar de vivir una vida dura. Nos amó. A mi madre, especialmente. Era un amor sin aspavientos, sin gesticulaciones, que aún lo hacía más auténtico. Él nunca salía a los bares ni a ningún otro lugar si no era por razones de trabajo. Por supuesto, nunca tuvieron vacaciones, excepto un año en el que, por alguna razón que desconozco, fuimos a San Sebastián. Yo debía de tener siete años y fui el único que los acompañó. Ignoro, o tal vez he olvidado, el motivo por el cual ninguno de mis hermanos vino con nosotros. De aquel viaje sigue persiguiéndome una imagen que quedó grabada para siempre en mi memoria. Mirábamos el escaparate de una tienda cualquiera cuando cogí por error la mano de otra persona. Me alejé unos metros de ellos en dirección contraria. Oí el grito de mamá y salí corriendo en busca de sus brazos. Creo que nunca más he sentido otro abrazo como ese ni he llorado tan desconsoladamente el sentimiento de su pérdida.

Aquellas fueron las únicas vacaciones que conocí con ellos, un paréntesis en una vida hostil donde no había tiempo para casi nada más que no fuera trabajar y combatir la adversidad, que, vestida con mil disfraces, siempre acababa llamando a la puerta como un maleficio que actuaba cual círculo vicioso para corroer los pilares de nuestra existencia. Mamá, durante un tiempo, encontró su apoyo en el Optalidón, un medicamento que acabó siendo prohibido por provocar adicción. El envase era un cilindro naranja con una franja negra donde se leía en letras grandes el nombre del analgésico. Los tenía en cajones, estantes o en el armario de la vajilla. En realidad, venían de un tiempo en el que el dinero era un bien que no se usaba más que para algunas necesidades imperiosas como el acceso a la poca medicina que se practicaba en estas montañas. El resto se producía en la propia casa, que era una suerte de empresa familiar establecida como unidad de producción. Eran economías donde el trueque tenía más peso que el dinero, y por ello aprender a transitar hacia un mundo en el que el valor absoluto era el dinero les resultó tan difícil. Un día, cuando yo era adolescente, recuerdo que, tras una de las conversaciones recurrentes sobre los escasos beneficios del humilde economato familiar, mi padre me llevó con él para hablar con una autoridad local y reclamar alguna mejora en la calle para que el turismo de frontera, que empezaba a florecer entonces, pudiera llegar a la tienda, en la que ya no se hacía pan pero sí se vendían comestibles, revistas y poco más. La conversación con el responsable municipal fue breve. En su establecimiento, mejor situado y ya modernizado, mientras alineaba los botes de conserva en el estante, le dijo a mi padre sin mirarle siquiera a la cara:

—Ya sabes, Manolo, el pez gordo se come al pequeño.

Y sin más comentarios salimos de allí. Creo que papá no volvió a entrar nunca más en esa tienda. Transitamos por la calle vacía sin decir palabra, derrotados por una realidad que no nos dejaba espacio para subsistir. Él lo sabía. Yo no lo entendí hasta algo después, ya con el economato cerrado y trabajando para aportar un sueldo mísero que mejorara la economía familiar. Fue entonces cuando instalamos las primeras estufas eléctricas en casa, de la que ya solo ocupábamos una parte. Nadie hasta ese momento se había quejado nunca del frío que se instalaba en las habitacioncs durante los largos meses de invierno. En la cocina había una estufa de leña, pero en el resto de la casa no había ninguna otra fuente de calor. El frío se hacía más evidente cuando te metías en la cama, entre unas sábanas que parecían estar húmedas, casi mojadas por el efecto de las bajas temperaturas. Resultaba difícil conciliar el sueño; poco a poco, con el calor del propio cuerpo, conseguías templar la ropa de cama. Eran inviernos gélidos en los que el calor era un bien escaso solo aportado por la leña. El agua congelaba las tuberías de plomo con frecuencia, con el consiguiente reventón, a no ser que se tuviera la precaución de dejar correr un hilo de agua que evitaba la congelación, una tarea que siempre era la última acción del día para mi padre. Se aseguraba personalmente de que aquel hilillo de agua fluyera por todos los grifos en la cantidad adecuada. Ni en exceso, para evitar salpicones y alguna indeseada inundación, ni exiguo, lo cual hubiera supuesto que el hielo venciera en esa batalla que se libraba mientras dormíamos. Siempre, cuando hablábamos del frío, nos recordaban el invierno de 1956, año en que nació mi hermana mayor, Norita, y en el que el río pudo cruzarse de un lado a otro porque se heló en su totalidad. A la pequeña la llevaban durante el día al obrador del pan, porque era el único lugar de la casa donde la temperatura era aceptable para un bebé. Era el tiempo de los sabañones, que aparecían en las manos enrojecidas de los niños y de las mujeres, que lavaban a mano en agua glacial. Esos sabañones eran el síntoma visible de unos inviernos largos y crueles que no daban tregua. Recuerdo que una buena amiga tenía una larga bufanda, tanto, que podíamos envolvernos en ella mientras dábamos eternos paseos escudriñando nuestros primeros enamoramientos de adolescencia y robando algunos besos en la más absoluta clandestinidad.

Alguna vez, reunidos en torno a la mesa de la cocina mientras jugábamos a la brisca, a la que la abuela paterna, Pina, era muy aficionada, aprovechábamos para manifestar nuestras cuitas de adolescentes. Las reivindicaciones eran variadas y casi siempre eran más un intercambio de reproches amables entre mi hermana Norita y yo que exigencias a papá y mamá. Manifestábamos el deseo de tener un aparato de música, cintas de casete, ropa nueva, reparar el calentador para que no se apagara mientras estabas en plena ducha…, y así ese repertorio iba siendo como una letanía que se mezclaba con los comentarios de la partida y algunas risas por los enfados de la abuela, molesta, porque no prestábamos suficiente atención a las cartas. Papá no jugaba nunca, pero nos escuchaba y nos miraba divertido hasta que le vencía el sueño. Tenía una habilidad aprendida durante años para dormirse: apoyaba el codo en el extremo de la mesa, reposaba la cabeza en una mano y enlazaba ínfimas siestas que le ayudaban a superar las escasas horas de descanso de las que podía disponer. A veces, le miraba el hombro y el brazo sobre el que apoyaba la cabeza y veía la enorme cicatriz. Era un cráter epidérmico que permitía intuir la gravedad de la herida tras la que se había dibujado aquel mapa del dolor. Antes de acostarnos le pedía que me dejara tocar sus cicatrices, las dibujaba con la punta de mi pequeño dedo, siguiendo el borde de la piel algo hundida en su contorno. Una tras otra. La más grande, las medianas, las más pequeñas. En algunas, él presionaba con su dedo el mío y me hacía notar la dureza de la metralla que aún estaba bajo la piel, clavada en su carne como un recuerdo imborrable de un tiempo que marcó su vida. Ese tiempo, que no fue el mío, se inició cuando Manolo apenas tenía recién cumplidos los dieciocho años y los ecos de la guerra envolvían el mundo.

5

La puerta de atrás

Les, Valle de Aran.
Octubre de 1936

Sus botas estaban desde hacía semanas en la escalera de la buhardilla; las habían dejado allí empapadas en grasa para impermeabilizarlas, ablandar el cuero y darles lustre. No sabía cuándo iba a utilizarlas. Tenía una ligera esperanza de no tener que hacerlo, pero su padre le había dicho que cuando llegara el momento no habría tiempo ni para dudas ni para despedidas, debería ponerse las botas, coger el morral y salir corriendo por la puerta trasera.

Aquella semana había sido lluviosa, pero durante la tarde el sol había estado calentando y el barro de la calle se había vuelto más denso. Cuando los últimos rayos se ocultaban tras la montaña, un coche cruzó la calle alborotando el pueblo con el sordo e incesante tronar de una bocina. Llegaron a la plaza de la iglesia y cuatro milicianos iniciaron su ronda blandiendo los fusiles y abriendo puertas. «¿Quién vive aquí?», interpelaban de forma escueta. «Todos a la plaza. ¡Vamos, vamos!». La Generalitat de Cataluña había decretado aquel mes de octubre la militarización de las milicias catalanas y el país era un hervidero de llamadas a la movilización por parte de los dos bandos. Casi siempre era la geografía la que determinaba el ideal y la bandera por los que cada hombre tomaría las armas. Las cajas de reclutas habían quedado extrañamente igualadas entre los territorios sublevados y los afines al gobierno de la república. También la paga que recibirían, que era ostensiblemente mejor en el bando de los republicanos, que ofrecía diez pesetas frente a los cincuenta céntimos de los sublevados. Pero a Manolo todas aquellas consideraciones le importaban poco. Esa tarde se calzó las botas precipitadamente, con el miedo contenido y los dientes apretados. Su padre le miraba sin decir nada. Con la mano izquierda sujetaba el morral, donde le había puesto pan y unas viandas. Ninguno de los dos imaginaba qué significaba aquella despedida. Tal vez no volverían a verse. A sus dieciocho años recién cumplidos no había salido nunca de las montañas. Apenas si había cruzado la frontera un par de veces para llevar ganado a las ferias cercanas, y ahora debía emprender un viaje sin destino en un mundo convulso, donde la guerra era un eco permanente que resonaba por doquier.

Salió por la parte trasera de la casa unos minutos antes de que los soldados golpearan la puerta, tuvo el tiempo justo para darle un beso a su madre y un abrazo a su padre. La callecita era un barrizal. La cruzó en dos zancadas, trepó por el muro del huerto y saltó para ocultarse de las miradas. Sin volver la vista atrás, cruzó el prado a la búsqueda del camino que salía del pueblo hacia el norte, emboscado entre fresnos, cerezos y algunas cuadras de ganado que salpicaban la vereda. Casimiro lo esperaba a las afueras del siguiente pueblo para guiarle hasta la frontera. El corazón le latía con mucha intensidad, tenía un sabor a sangre en la boca y sentía un zumbido en los oídos. Cada poco, miraba atrás por si alguien le seguía. No logró serenarse hasta hallar al inicio de la senda que serpenteaba montaña arriba. Se apoyó en el mojón para recuperar el aliento y prestó atención por si oía algún ruido. El silencio de la noche se había apoderado ya del paisaje, y solo los grillos y el ulular de algún mochuelo interrumpían la calma nocturna.

Halló a Casimiro en el punto fijado, sentado justo al lado del viejo puente de madera algo destartalado y bajo el que bramaba un arroyo furioso y bravo, alimentado por el deshielo y las lluvias. Cruzaron una mirada y, sin palabras, iniciaron de nuevo la marcha dejando atrás las tenues luces de algunas casas del pueblo. El camino los condujo, tras andar unos kilómetros, hasta la línea de la frontera, no sin antes superar varios desniveles importantes. En ese punto, Casimiro le pasó la mano por la cabeza con afecto y, después de darle algunas indicaciones, dio media vuelta y comenzó a desandar los pasos que habían andado juntos. Él vio en su rostro la misma gravedad que había percibido al verlo junto al puente. Reconoció en su gesto un aire compungido. Sabía que le apreciaba, pero él no era consciente de que a partir de entonces todo sería distinto a lo que había conocido y, aunque el hombre que le sirvió de guía no lo sabía, sí intuía que esa era la despedida ante un viaje, quizá, sin retorno.

El camino iniciaba un largo descenso. La noche era especialmente oscura y en la negrura el paisaje era una mancha borrosa enmarcada entre los árboles del frondoso bosque. Así transcurrieron varias horas hasta que el terreno se suavizó. Las luces del alba aparecieron, sus pies ya llaneaban por un antiguo camino real más amplio, a espaldas de las primeras aldeas francesas. A medida que avanzaba le invadía un sentimiento de profunda soledad y la incertidumbre le provocaba una congoja en la garganta, como si, según crecía la distancia, tomara consciencia de su desamparo. Sacó un papel arrugado del bolsillo y miró con atención la dirección escrita en lápiz con los trazos inequívocos de su padre. Constaba el nombre del pueblo y el de un señor con el que debía contactar, pero le preocupaba cómo hacerlo sin llamar la atención y, además, corría el riesgo de que pudieran denunciarle y detenerle si equivocaba su interlocutor. Tampoco sabía exactamente qué podía hacer en un país extraño para él. Su padre le había dicho que debía buscar trabajo y esperar a que la guerra terminara. Sabía, no obstante, que ser desertor no le facilitaría la vuelta a casa, aunque ese razonamiento no le perturbó, porque su objetivo no era, por el momento, volver, sino sobrevivir. Pensaba en la guerra. No tenía demasiado claro quiénes eran los combatientes en ambos bandos, si bien sabía de ellos, porque durante las últimas semanas en el pueblo no se había hablado de otra cosa. Los acontecimientos de esos años se habían ido sucediendo, pero habían llegado como ecos y noticias lejanas que no les habían afectado directamente. Todo cambió una mañana, cuando estaban en el obrador del pan y se vieron sorprendidos por una salva de disparos que pudieron oír a pesar del ruido de la amasadora. Tras los disparos, todo enmudeció. Subieron al primer piso para tener algo más de perspectiva. Con las contraventanas entornadas, vieron pasar dos coches ocupados por un grupo de milicianos de la Federación Anarquista Ibérica que blandían sus armas con orgullo. Cuando los vehículos se alejaron, salieron a la calle y escucharon los gritos desesperados de una mujer. «¡Los han matado, los han matado!».

Se acercaron corriendo hasta ella, que les indicó braceando que se dirigieran a las tapias del cementerio. Fueron a la carrera y dieron con el lugar donde yacían los cuerpos de dos hombres. Uno de ellos balbuceó un nombre antes de expirar. A Manolo le pareció escuchar el nombre de su padre, Pepe, que maldecía sin parar mientras sujetaba la mano del vecino que acababa de morir, dejando escapar de sus ojos gruesos lagrimones. No le había visto llorar nunca hasta aquel día.

—¡Era buena gente! —repetía, sin entender el porqué de aquella barbarie.

Manolo comprendió en ese momento cómo el odio anidaba en todo el país. No sabía ni el origen ni los motivos del enfrentamiento, tampoco el porqué de la innecesaria muerte que venía detrás, pero supo ver la gravedad de los hechos que se sucedían en aquellos días, cuando la gente moría en las tapias de los cementerios sin más razón que su forma de pensar.

Oía las conversaciones al pie de la lumbre de la cocina, donde los hombres se sentaban a comer sopa y beber vino. Él, desde la mesa, les prestaba atención. Hablaban de noticias escuchadas en la taberna de boca de algún tratante de ganado o en la radio. Cada día llegaban nuevos sucesos que se vinculaban a hechos concretos o a especulaciones sin más. El asesinato de Florentino Tuñón Llaneza, minero asturiano miembro de la CNT y trabajador en la construcción del túnel que debía unir el Valle con el resto del país, fue uno de aquellos hechos graves que conmocionó la comarca. Tuñón había sido por unos meses alcalde de la capital, Vielha, y su asesinato tuvo el mismo efecto que los vientos helados que preceden al invierno en las montañas. Era un presagio de guerra que recorrió los pueblos, haciéndoles sentir la proximidad del conflicto. La actitud benevolente del minero con sus conciudadanos no agradó a las facciones más radicales de su sindicato, que pedían mano dura, y tras su detención fue asesinado en la primera curva del puerto de la Bonaigua, donde dejaron su cuerpo semiescondido bajo algunas piedras.

Manolo llegó a la entrada del pueblo y procuró evitar las calles más transitadas. No sabía a quién preguntar. Hablaba algo de francés gracias a los veranos que compartía con unos pocos parientes que pasaban semanas en casa, pero, más que el idioma, la cuestión era a quién dirigirse. Se sentía exhausto, no había dormido apenas y estaba hambriento. El cansancio le venció. Apoyado en el quicio de la gruesa viga que sostenía el tejadillo del abrevadero, durmió hasta que le sobresaltó el estallido de un motor. Sentía el frío y el hambre. Sacó pan y algo de longaniza seca del morral, comió y, tras beber un trago de agua de la fuente, se sintió recompuesto y recuperó el ánimo para afrontar la búsqueda de monsieur Janot, cuyo nombre figuraba en el arrugado papel. Era un antiguo conocido de la familia que residía por allí y con quien su padre negociaba la compraventa de ganado y en ocasiones de vino y otros alimentos, apreciados a ese lado de la frontera. Le aseguró que él le brindaría toda la ayuda necesaria. Una pequeña tienda en la esquina de la plaza, cerca de la iglesia, le pareció idónea para llevar a cabo la primera pesquisa. Su timidez le hizo dudar en un primer instante, pero no tenía elección. Esperó a que saliera la mujer que estaba en el interior del reducido espacio y entró.

—*Bonjour, madame* —le dijo a la señora que atendía en su francés sureño, mostrándole el papel que llevaba en el bolsillo.

La mujer le observó severamente, pero tras un instante sonrió, tal vez porque intuyó en su mirada una suerte de súplica y una angustia que le hacían más vulnerable. Entonces, y sin mediar palabra, se giró y, entornando la puerta de la trastienda, gritó el nombre de Marie. Al instante apareció una joven de cabellos rubios y tez pálida. La fragilidad de la joven sorprendió a Manolo.

—Acompaña a este joven a la granja del señor Janot y regresa pronto —dijo la mujer en francés.

—*Merci, madame* —se despidió él con una ligera inclinación de cabeza.

Se marcharon con pasos ligeros y sin cruzar palabra, aunque Manolo no podía evitar mirarla de hito en hito, como si esa criatura fuera una aparición celestial. Los cabellos rubios, la figura esbelta y los rasgos le parecían perfectos. Anduvieron hasta las afueras del pueblo y tras abandonar la última calle, que se empinaba bruscamente, siguieron por un camino frondoso que daba acceso a un prado inmenso. En el centro del claro había una enorme casa con un establo y un granero lleno de heno. Llamaron a la puerta y apareció un hombre alto de barriga prominente.

—¿*Monsieur Janot*? —preguntó Manolo.

—*Oui* —respondió de forma escueta el hombre.

Rebuscó en su chaqueta, sacó una carta y se la entregó. Marie observaba la escena a cierta distancia, desde la que no podía ocultar su curiosidad.

El señor Jaonot la despidió secamente:

—*Merci, Marie*.

Ella, tras mirar fugazmente a Manolo, se marchó con paso rápido.

El hombre le hizo entrar. Como era habitual, la cocina y el salón eran una misma estancia y la imponente cocina de leña tenía los bronces relucientes. Todo estaba ordenado y pulcro. Janot se dirigió a él en un lenguaje parecido al que hablaban en su valle y le explicó, mientras le servía un café, que conocía a su padre desde hacía muchos años y que podía quedarse en la casa todo el tiempo que quisiera, pero debía procurar no ser visto; también, que los puestos fronterizos se abrían o cerraban al albur de la voluntad de los gobiernos que se sucedían con la inestabilidad política del momento, y que los refugiados no eran bien recibidos.

—En Francia las cosas no van demasiado bien y me temo que se avecina algo gordo. —Lo dijo pensando en voz alta, apurando el café negro que había servido en su taza—. Vamos, te enseñaré tu habitación.

Subieron la escalera y fueron hacia el extremo del pasillo. La habitación era amplia y tenía otra puerta en un rincón. Janot la señaló y le dijo:

—Si en algún momento ves a la policía por aquí, esa es tu puerta de escape, sales al granero y te escondes hasta que se vayan.

Su estancia en aquella casa fue como un paréntesis, un oasis, comparado con lo que le deparaba el futuro. Marie se acercaba por las tardes a la cerca del prado y él dejaba sus quehaceres para charlar con ella. A veces cruzaba el alambre y se iban juntos hasta el pequeño riachuelo que serpenteaba entre un bosquecillo de fresnos y abedules. Siempre escogían un pequeño claro, las rocas conformaban allí una pequeña cascada y el agua se tornaba más ruidosa y salpicaba el musgo que se esparcía por las orillas, como si fuera un mullido tapiz. Una de aquellas tardes, cuando estaban en silencio escuchando el agua, Marie, sin mediar palabra, giró el cuello y, acercando sus labios a los de él, dejó un breve beso en su boca. Él no fue capaz de reaccionar y ella, ruborizada, se levantó y se fue. Manolo se quedó tumbado en el musgo de la orilla, absorto, saboreando aquel beso como si hubiera bebido un elixir mágico que le hubiera provocado un incendio interior. Sintió que la belleza de Marie lo impregnaba todo. Desde aquel día, ella latía con él en todos sus instantes. Era la primera vez que se enamoraba y descubrió en ese amor una razón para llenar su vida.

Los trabajos de la granja no eran muy diferentes a los que realizaba en casa, por lo que le fue fácil adaptarse a la rutina de los animales y a las labores cotidianas. La familia de monsieur Janot era amable con él y en pocas semanas era uno más. Todo cambió un día, cuando llegó del bosquecillo con un carro cargado de ramas y leña, se lavó en el abrevadero y al entrar en la casa para cenar, sobre la mesa, encontró una carta a su nombre. La abrió y su cara se transmutó en un gesto amargo. La guardó, se sentó a la mesa y apenas probó bocado. Se levantó y con un breve buenas noches se fue a su habitación.

Releyó la carta varias veces. Era una carta de su hermano. Le decía que debían encontrarse, recordándole que la guerra terminaría pronto y que, si se quedaba en Francia, sería considerado un desertor y no podría volver a casa. Por si el argumento no era suficiente, le alertaba de la posibilidad de una nueva guerra en Europa en la que sería movilizado para combatir por otro país.

Su cabeza no paraba de dar vueltas a todo aquel torrente de frases que eran como un viento que hacía virar las velas de su vida. Marie aparecía en sus pensamientos como una roca sólida a la que agarrarse ante el impredecible futuro. No quería abandonar el claro del riachuelo ni sus tenues besos ni la seguridad de aquella casa que le había protegido aquellos meses. Pero un extraño sentido de la responsabilidad le obligaba a atender los consejos de su hermano. Buscó a Marie para despedirse de ella, sintió la necesidad física de su presencia y la apretó contra él en un abrazo largo e intenso, como si ese gesto sirviera para retener lo que habían vivido hasta entonces. Sin pensarlo, se dejaron guiar por el instinto de sus cuerpos. Sus bocas se encontraron para entregarse a un beso apasionado mientras se tumbaban sobre la hierba húmeda y mullida de la orilla del arroyo. Se buscaron con las manos ansiosas, recorrieron con los dedos cada centímetro de piel y descubrieron sensaciones aún desconocidas. La besaba y al hacerlo sentía el sabor salado de sus lágrimas, que evidenciaban la tristeza de su adiós, de sus corazones rotos por aquella ausencia futura que ya les dolía. Y tras cada beso profundizaban en su anhelo como si aquella herida solo pudiera ser curada con más caricias y besos y con ese placer creciente que experimentaban cual bálsamo para el dolor. Él acariciaba sus pechos y ella descubría la dureza de su miembro en el frenesí de sus cuerpos, buscándose mutuamente bajo las ropas. Se abandonaron al sabor de sus bocas y al estremecedor ritmo de sus cuerpos jadeantes. Marie lo atrapaba con las piernas desnudas dispuesta a no dejarlo salir de aquel abrazo que lo convertía en su prisionero y esclavo, como si con ellas tuviera la capacidad de retenerlo para siempre, de detener el tiempo y cambiar el curso de las cosas, como si esos músculos fibrosos pudieran evitar su marcha. Lo apretaba con una fuerza inusitada, queriendo emular el impulso del arroyo helado que los arrullaba. Los dos acababan de descubrir por primera vez el amor y el sexo. Se habían entregado el uno al otro con una pasión desbordada que se alimentaba del miedo a perderse, a no volver a encontrarse ante el caos que se avecinaba. Por eso él, que era más consciente que ella del incierto futuro, la abrazaba con toda su fuerza, aspirando su olor, apretando su cuerpo y rozando su cuello, besándola, para que cada beso, cada suspiro, lo llenara de ella y así pudiera retenerla por siempre entre los pliegues de su piel. Ella le acariciaba el pelo mientras se agitaba, estremecida por el placer que recorría todo su ser. La puesta de sol les advirtió que su tiempo se agotaba a pesar de seguir hambrientos de cariño y de susurros. Al separarse, se miraron con pasión y terror a la vez. Ninguno de los dos quería verbalizar nada que tuviera que ver con el mañana. Manolo le cogió la mano antes de que ella, en silencio y resignada, le diera la espalda, para abrazarla de nuevo.

—Te prometo que volveré.

Lo dijo susurrando, pero con tal convicción que ella le devolvió un beso y una sonrisa y asintió. Recogieron sus ropas, se vistieron y se volvieron a besar con los labios aún húmedos y fríos por el agua que habían bebido del arroyo. Él recogió el morral y la atrajo hacia sí con ternura para besarla otra vez; notó que ella se estremecía como un pájaro. Marie se encogió en su pecho una última vez, dejó una lágrima en su cuello que se deslizó por su piel y, saltando sobre el agua con una ágil zancada, desapareció.

6

Gitano y maricón

Gurs, Francia.
Febrero de 1939

Lucía sostenía al niño en brazos. Pepita le acababa de contar que habían decidido marcharse del campo y volver a cruzar la frontera. La mujer se había quedado callada, mirando el horizonte. No dijo nada, pero su amiga vio cómo su semblante, siempre alegre, se tornaba triste y taciturno. Insistió para que se fuera con ella de vuelta a España y pretendió convencerla diciéndole que podrían empezar de nuevo. Desplegó todo su argumentario con el máximo énfasis del que era capaz, pero siguió en sus trece sin decir palabra, con Pepe colgando de sus brazos y las piernas del niño cerradas sobre sus caderas. Le pareció ver la decepción en su mirada, así que insistió en su oferta para que regresara con ellos, pero Lucía acabó negando con la cabeza:

—Yo ya no tengo na allá —dijo masticando las palabras.

Luego, encogiéndose de hombros, añadió:

—¿Pa qué?

Y, sin más, dio media vuelta, perdiéndose entre la hilera de carpas y el bullicio de la gente.

Durante dos días, ya no volvió a su carpa ni cruzó palabra con Pepita. Finalmente, aquella noche, esta fue en su busca, confiada en que recapacitaría y reconsideraría su decisión de no irse con ellos. Entró en la carpa. Lucía estaba sentada en la mesa con la baraja de cartas en las manos mientras Pepe jugaba en el suelo, organizando su ejército de palos dispuesto a dar una batalla. Al llegar, Pepita se sentó en el borde del tronco que servía de asiento, cogió las manos de Lucía y mirándola a los ojos le rogó:

—Debes hacerlo por él. ¿Qué futuro tiene en un sitio como este?

Y le apretó las manos con fuerza.

—Vamos, mujer —insistió—, aún nos queda mucho por vivir, esto no va a durar siempre y te aseguro que estaremos bien. En casa hay sitio para ti y para el niño.

—Nada va a ir bien. Las cartas no se equivocan y yo ya hace tiempo que lo sé. Debéis marcharos cuanto antes y olvidaros de este lugar maldito.

—Lucía, mírame —insistió—, no puedes quedarte aquí, hazlo por él.

Y cogiéndola por los hombros la sacudió enérgicamente, para después fundirse en un abrazo bañado en un mar de lágrimas.

Luis estuvo cinco días sin aparecer. El trabajo de la enfermería era intenso y cada día había más hombres que necesitaban atención médica por culpa de heridas mal curadas que acababan infectadas. Su rutina era un no parar de vendajes, yodo y asistencia en intervenciones más graves, en las que el doctor Laville amputaba miembros gangrenados por culpa de la infección. Incluso conoció casos de escorbuto por la mala alimentación de los internados. La tuberculosis hacía también estragos por la humedad, el frío y las malas condiciones de las carpas y los barracones. En ocasiones, debía acudir a alguno, donde vivían hacinados cincuenta hombres que dormían en el suelo, cubiertos con viejas mantas y vestidos con jirones de ropa. Los enfermos se situaban al fondo del cubículo, donde solían morir sin apenas atención médica. Solo la Cruz Roja Suiza aparecía por el campo para repartir comida y alguna ayuda, en especial a los niños. Los alimentos siempre eran exiguos. Aquel era un caos de necesidades acuciantes para la supervivencia de unos desafortunados a quienes les había tocado vivir un infortunio.

Ese día Luis fue a visitar uno de los barracones situados más al norte del campo. Un hombre había irrumpido en la enfermería diciendo que un joven estaba muy grave y que su vida corría peligro. Laville, que normalmente prefería que los enfermos fueran desplazados a la enfermería, ante el colapso del espacio, pidió a Luis que se acercara. El lugar olía a humedad y la lluvia se colaba por la madera, encharcando el suelo. La construcción del campo en un tiempo récord había generado muchas deficiencias que el duro invierno ponía de manifiesto. Los hombres le miraron al entrar y le dieron los buenos días con una voz apenas perceptible. Luis volvió a impregnarse de ese olor a derrota que se evidenciaba más allá de la miseria que veía y percibía en aquella sala pestilente. La atmósfera era densa y pesaba sobre la espalda de aquellos hombres que habían combatido en una guerra por la libertad y la habían perdido. Ahora, además, eran tratados como escoria por aquellos que se hacían fuertes bajo los fascismos que crecían en Europa y que habían contribuido a la victoria del alzamiento militar en España. El gobierno francés de Vichy no era ajeno a las inclinaciones fascistas y, siguiendo las instrucciones del nazismo, construía campos de internamiento para los refugiados españoles, para judíos y gitanos, considerados subespecies que contaminaban la pureza de la raza aria y, por ello, eran deportados para su exterminio. Aquello era como una losa a la espalda, y le pesaba en el alma. Necesitaba imperiosamente superar el horror que le atenazaba cada día, cada mañana al levantarse, sin saber qué atrocidades contemplaría en aquel páramo inhumano entre alambradas. Era como vivir arrastrando una pesada piedra, exigiéndose a sí mismo ser más ágil y eficiente para atender al máximo de necesitados posibles. Pero, en realidad, sabía que era como vaciar el mar con un dedal, y tanto él como todo el equipo de Laville vivían en un estrés permanente que les desquiciaba. Aquella noche apenas había pegado ojo. Los quejidos de un hombre agonizando tras una amputación le habían impedido conciliar el sueño y las ojeras, profundas y oscuras, enmarcaban sus ojos.

La luz al fondo del barracón era escasa, pero suficiente para distinguir el cuerpo de un muchacho que yacía en medio de un charco de sangre. Se acercó con la cara demudada. El joven tenía una herida abierta en el costado. Estaba semiinconsciente y apenas podía hablar. Le levantó la camisa y vio el profundo corte bajo el pulmón izquierdo por donde la sangre brotaba a borbotones. Pidió ayuda a los hombres que estaban al otro extremo de la estancia y solo uno se acercó.

—Ayúdame a moverlo —le dijo.

Sacó un apósito de su bolsa y lo apretó fuertemente contra la herida, que aún le pareció entonces más devastadora que a primera vista. El otro hombre le ayudó a presionar mientras él aplicaba un vendaje compresivo para evitar que se desangrara.

—¿Me oyes? —le preguntó al joven, que tendría unos veinte años.

Asintió con la cabeza.

—¿Qué ha sucedido?

—Me han matao, compadre —le respondió con un hilo de voz y una lágrima deslizando por su mejilla.

—Vamos, hay que llevarlo a la enfermería.

Con tono autoritario, les pidió a varios de ellos que improvisaran una camilla con sus propios brazos y le ayudaran a trasladarlo, pero ya era tarde. El desafortunado, a quien llamaban Cefe, expiró desangrado sobre las sucias tablas del barracón.

—¿Qué coño pasa aquí? —gritó Luis, dirigiéndose al grupo que lo había presenciado todo—. ¿Quién ha hecho esta salvajada? —preguntó de nuevo sin obtener respuesta alguna.

Esperó unos instantes en un silencio tenso y salió de allí con las manos rojas de sangre y un gusto amargo en la garganta. Difícilmente olvidaría aquella mañana. Se lavó las manos con el agua helada que manaba del maltrecho grifo que había en el lateral de la edificación y se apoyó en el vértice de una de las vigas de madera. Su mirada quedó congelada por un instante. Un nudo de pena le estranguló la boca del estómago y, llevándose las manos a la cara, lloró. Un hombre de baja estatura se le acercó y le preguntó si estaba bien. Él reconoció su cara. Era el tipo que le había ayudado en el intento baldío de salvar al joven.

—No se aflija —le dijo—. No es culpa suya. El pobre Cefe estaba sentenciado. Era gitano y maricón. Aquí ninguna de las dos cosas se llevan bien con esos tipos que dicen que van haciendo limpieza. Menudos hijos de puta, estos fascistas. Nos van a liquidar como a los piojos. Y ya sabe, mejor no preguntar, porque cualquier día te rajan a ti. A mí me ha dado mucha pena, porque era de un pueblo vecino al mío y son buena gente. Lo van a sentir. Pobre chico, escapó del Ebro y vino a morir aquí, rajado como un perro. ¡Mierda de franchutes!

Giró sobre sí mismo y se fue en dirección a la valla que bordeaba el campo y por donde pasaba la carretera. A esa hora del mediodía solía pasar la gente que salía de las fábricas y granjas de la zona, en especial chicas. Algunas de ellas, impresionadas por la situación que veían al otro lado de la alambrada, les preguntaban qué necesitaban. A veces lanzaban por encima de las verjas pastillas de jabón, pasta de dientes o incluso hacían llegar pequeñas bolsas con comida. Así que, a esa hora, a menudo, se formaban pequeños grupos a la espera de ver pasar bicicletas y vehículos, a cuyos ocupantes saludaban. Muchos decían sus nombres y el número de barracón en el que estaban por si querían hacerles llegar algo de alimento o encontraban un alma caritativa que quisiera visitarles y enviar una carta a sus familiares para decirles que estaban vivos. La valla era un doble tramado de alambre de espino que recorría el campo en paralelo, creando una suerte de pasadizo entre los cuales circulaban a caballo soldados del ejército colonial francés. Eran hombres despiadados, armados con largos sables, cubiertos con capas rojas y con los que resultaba inútil cualquier intento de comunicación y, menos aún, alguna muestra de humanidad. Si estaban presentes, evitaban el contacto entre los internos y las personas que se acercaban a conversar o prestar ayuda.

Luis contempló esa escena un rato, escuchando el alboroto que se generaba entre los transeúntes de la carretera y los prisioneros tras la valla. A él le pareció una imagen deprimente. La desesperación se palpaba en los gritos de auxilio que se amontonaban y se sobreponían unos sobre otros en gritos con distintos acentos: «¡Antonio Carmona, barracón número 5!», «¡Fernando Ruíz Talascosa, barracón 16!»... Los nombres y los números se quedaban flotando en el aire a la espera de que alguien los atrapara al vuelo y se quedara con ellos, cual mariposas en busca de una esperanza remota. Un tipo enjuto y con un fuerte acento andaluz dijo con voz potente a una joven que pedaleaba sonriente:

—Niña, por mi mare, que a republicano no me gana naide, pero yo me caso contigo y te hago reina.

Las risas se oyeron como una brisa que se llevaba, por un instante, toda esa miseria que les cubría. Y Luis tampoco pudo evitar una sonrisa aún húmeda de sus propias lágrimas.

Sintió unas ganas irrefrenables de ver a las niñas y darle un abrazo a Pepita. Era arriesgado, pero con el maletín de curas en la mano supo que sería fácil engañar a los vigilantes y simular un servicio. Además, el brazalete con la cruz roja en su antebrazo le acreditaba. Así que intentó orientarse entre las largas calles y andar hacia la zona sur, donde las carpas, más reducidas y endebles, daban cobijo a mujeres y niños. Se fue abriendo paso entre las idas y venidas de los hombres que seguían trabajando en la construcción de nuevos barracones, grupos que discutían acaloradamente y soldados que, fusil en ristre, los disolvían sin contemplaciones. Al fin, entró en la carpa y abrazó a Pepita, dio un beso al pequeño Luis y a las niñas que sonreían felices al verlo mientras lo atosigaban a preguntas.

—No tengo mucho tiempo —le dijo a Pepita—. Vengo de atender a un joven que han apuñalado y llevo casi toda la mañana fuera de la enfermería. Laville me debe echar en falta, así que seré breve. Aún no sé exactamente el día, pero estoy tramitando la autorización para salir de aquí. He encontrado a alguien que me va a dar trabajo y si me reclama podremos marcharnos bajo su amparo. Tened un poco de paciencia, todo irá bien.

Los miró sonrientes a todos y abrazó al pequeño Luis, que ya apenas si tenía ataques de tos.

—Tranquilo —dijo Pepita—, ya nos hemos acostumbrado a esto y podemos aguantar unos días más, pero tenemos que llevarnos con nosotros a Lucía.

—¿Quién es Lucía? —preguntó Luis.

Pepita le explicó la relación que durante aquellos días habían establecido con aquella mujer y su sobrino. Luis adoptó un aire preocupado y taciturno. Los gitanos estaban siendo identificados y señalados con un triángulo que les determinaba como candidatos a ser trasladados a campos del norte o deportados directamente a los campos nazis de Alemania y Polonia. Era altamente improbable que consiguiera sacar a esa mujer y al niño del campo ni impedir que en algún momento fuera trasladada a otro recinto donde se estaban concentrando todas las personas de esa etnia. No obstante, no quiso disuadirla, no era el momento de abrumarla. Entendió que había establecido un fuerte lazo de amistad con esa mujer, y desesperanzarla tendría un efecto negativo en su ya frágil estado de ánimo. Estaba desmejorada. Tenía la tez muy pálida y una tos insistente que no le gustó nada.

—No puedo entretenerme más. ¡Cuídate! —le dijo, intentando sonar tranquilo pero sin poder evitar que fuera más bien un ruego.

Y salió de la carpa a la vez que una pareja de soldados estaba acercándose, quizá con la intención de husmear. Se cruzaron, le miraron con desprecio y uno de ellos le soltó el también habitual «¡Allez, allez!».

7

De salamandras y amapolas

Les, Valle de Aran.
Abril de 1968

El día asomó nublado. No sé por qué razón las clases acabaron al mediodía. Salimos corriendo a buscar algún entretenimiento antes de ir a casa a comer. Nos fuimos los habituales de la banda a uno de nuestros lugares favoritos, donde transcurría un arroyo que establecía el límite entre una empinada calle y la montaña. A nuestros ocho años, cualquier escenario servía para pasar un rato, explorar y descubrir pequeñas maravillas de la naturaleza: en las charcas plagadas de renacuajos veíamos la metamorfosis de las ranas; las lagartijas que soltaban el rabo al verse amenazadas eran, sin duda, una de nuestras disquisiciones favoritas. Lo perdían con tal facilidad que luego resultaba muy difícil atraparlas, y casi siempre nos quedábamos con él serpenteando en la mano, aunque si teníamos la suerte de cazarlas se convertían en animales de compañía por un día. Mamá no solía aceptar animales en casa, fueran de la clase que fueran, ni tan solo metidos en botes. Siempre nos decía que ya eran suficientes las culebras que andaban entre las paredes de piedra del horno, donde encontraban calor y les gustaba reproducirse. En primavera y sobre todo en verano era fácil tropezarse con ellas en el huerto o en la calle aledaña a la casa. Incluso alguna que otra vez apareció una de ellas perdida bajo la cama. La abuela las cogía por la cola y, sin demasiadas contemplaciones, salían volando hacia el huerto. Papá, siempre previsor, tenía palos de avellano tras las puertas, dispuestos para acabar con las más despistadas, que se quedaban expuestas tumbadas al sol y armaban un buen alboroto entre los más aprensivos. Debían ser palos verdes, cimbreantes, porque según decía eso los convertía en un arma letal contra los ofidios. A mamá las serpientes no le gustaban nada. En cambio, a la abuela no le importaba convivir con ellas. Siempre me contaba que eran tremendamente útiles y servían para hacer un caldo sabroso que había probado en su juventud, aunque no la vi hacerlo nunca. Su grasa, decía, era un ungüento valioso para combatir los golpes y las magulladuras. Jamás comprobé las bondades de aquellas pócimas, que coleccionaba en su habitación dentro de pequeñas latas y botellas con todo tipo de hierbas, y que utilizaba para aliviar sus males. El peor enemigo de las culebras era un hombretón de manos enormes con gran habilidad para cazarlas. Las sacaba de sus guaridas, atrapándolas por la cola, y las acompañaba suavemente hasta que casi todo su cuerpo se ocultaba tras las piedras del muro y sus oquedades. Con el animal confiado, estiraba de él con fuerza y lo volteaba sobre su cabeza, práctica que resultaba mortal para el reptil. La abuela se enojaba mucho, pero al hombre y a casi todos los que le veían hacerlo les producía satisfacción. La muerte de las serpientes era como un alivio, una venganza sobre un mal encarnado en nuestros pecados.

Aquel día descubrimos una extraña lagartija. Rápidamente advertimos que era diferente a todas las que habíamos atrapado hasta entonces. Era la primera vez que conseguíamos un ejemplar así. Se movía con más lentitud que las ágiles lagartijas comunes y su cuerpo era más grueso, revestido de una piel viscosa de color negro intenso y unas llamativas manchas anaranjadas. No fue difícil capturarla; sus torpes movimientos no le facilitaban la huida. Tras dudar unos minutos, decidí cogerla, y con cuidado la introduje en un bote de cristal. La observamos. «Debe tener hambre», dijo uno, y nos dispusimos a alimentarla. Mientas yo intentaba en vano que se comiera alguna hormiga, araña o gusano, el resto traía todo insecto que anduviera por los alrededores. La operación fue un fracaso, porque no conseguimos que se zampara ni una de aquellas suculentas piezas que habíamos atrapado para ella. Cuando dieron las dos en el reloj del campanario, dejamos el improvisado safari y nos despedimos para ir a comer. Yo me quedé con la mascota, que ya habíamos adoptado y a la que pensábamos llevar a nuestra cabaña en las afueras del pueblo, oculta en un bosquecillo tupido y cubierto de hiedras, helechos y madera de chopos, materiales que usábamos para improvisar esos escondrijos.

Meditaba junto a la puerta de casa, pensando qué haría con el animal. Evidentemente mi madre no me dejaría entrar con semejante compañía. En esas disquisiciones estaba cuando pasó por la calle el campanero, un hombre que siempre andaba malhumorado y que a mí me parecía muy mayor. Tenía por oficio, además de sus tareas de agricultor y ganadero, saberse todos los toques de campana que se usaban para anunciar aquello de lo que debían enterarse los vecinos, ya fueran rituales religiosos, avisos de incendio u otras calamidades que tenían su particular tañido de alerta. El hombre se detuvo, miró el bote y, severa y lapidariamente, me dijo: «Salamandra campana». Recolocándose la boina y con gesto contrariado, llamó a mi madre. Le advirtió que me mirara bien por si el animal me había mordido. Ella me metió en casa y empezó a darme friegas de alcohol en las manos preguntando insistentemente si la había tocado, si tenía algún bocado del animal. Yo me asusté tanto que pensé que eran mis últimos momentos de vida y que en breve cambiaría de color, solo cabía esperar que el emponzoñamiento surtiera efecto y mi cara adquiriera el tono ceroso de la muerte. Poco podía precisar hasta dónde había introducido el dedo en la boca del animal, y menos aún saber que la pobre salamandra no tenía dientes, pero el susto fue tal que, entre lágrimas, confesé que había puesto mis dedos en su boca, resignado a perder la vida. Mi abuela Pina, más experta en venenos que el campanero, no dijo nada. Ni se inmutó. Me dejó pasar el mal rato, pensando que así aprendería una lección de biología vital y útil para sobrevivir en aquel entorno de abundante diversidad de especies, algunas no muy amables, como la salamandra, aunque esta apenas si podía provocar un pequeño escozor en la piel. Fue sin duda una tarde aciaga en la que, extrañamente, recibí en dosis parecidas mimos y regaños, aunque la peor parte se la llevó el inocente animal, que murió aplastado por alguna bota que sin ningún reparo lo envió, a él sí, a mejor vida.

El conocimiento convivía con viejas creencias y remedios caseros, usados como alternativa frente a la escasez de médicos. En casa siempre hablaban del remedio contra el carbunclo que poseía una familia de un pueblo cercano, un secreto que pasaba de generación en generación y había salvado múltiples vidas, entre ellas la del abuelo Pepe, a quien tuvieron que aplicárselo en una ocasión en forma de cataplasmas. O de aquella otra mujer que curaba los esguinces con las manos y recolocaba los músculos dañados a las personas y a los animales, no sin provocar tales dolores que podían hacer perder el sentido al paciente.

Las vacas, al contrario que las salamandras, tenían ese carácter familiar y cercano de los animales plácidos; el establo estaba próximo a la vivienda de los dueños o a veces formaba parte de ella. Todas respondían a un nombre: Morana, Roia, Nera… Tenían siempre aquella mirada paciente, el morro húmedo y humeante; andaban, al atardecer con calma pontificia por las calles, camino de los abrevaderos que poblaban las esquinas. En esos trayectos solían defecar de forma ostentosa, levantando sus colas y evacuando una pasta verdosa que salpicaba e iba conformando el rastro inequívoco de sus huellas. A nadie le molestaba aquello. Las vacas eran sagradas, reinas de la calle, ocupaban todo el espacio cuando caminaban en tropel las seis o siete que podían habitar un mismo establo, y nadie ni nada las estorbaba a su paso. De ellas obteníamos gran parte del alimento y, además, su contribución era indispensable en muchas de las labores del campo. Probablemente sean los animales más industriosos que existen y los que dan mayores beneficios. Para esas labores se las aunaba, atando el yugo con correas de cuero, y se las coronaba, en verano, con una suerte de cortinas de flecos que debían evitar que el abundante mosquerío les impidiera la visión. Aquel atuendo les daba un aire exótico, moviéndose al compás de su ritmo pausado y armonioso. Tiraban de los arados para sembrar o recoger patatas, y en verano lo hacían de los carros de heno camino de los pajares. Era una tarea ardua que requería destreza, en especial de los hombres, a la hora de repartir adecuadamente el heno en el carro para evitar que este se desmoronara en el trayecto o mientras lo cargaban. El heno iba ganando altura a medida que se izaba con las horcas al carro. Las mujeres se ocupaban de rastrillar los restos que quedaban sobre el prado. Nuestra labor, la de los niños, era apretarlo para que cupiera más, y repetir la operación cuando llegábamos al pajar. El calor sofocante y el polvo la hacían aún más penosa. Aparear a las vacas requería, además, el manejo de enormes toros que solían comprarse en lejanas ferias de ganado. Se buscaban animales grandes y fuertes que mejoraran la genética de los rebaños. En ocasiones, como un día nos pasó, sucedía algún encontronazo con violencia. Dos grandes sementales rivalizaban por liderar el grupo. Papá tuvo que dejar la cena en el plato y correr cuando le avisaron de que debía auxiliar, en una de las cuadras que flanqueaban el corral aledaño a la casa, a uno de los mozos, que había acabado atrapado al fondo del establo, contemplando, descompuesto, cómo los dos toros se embestían entre ellos y a todo aquello que había a su alrededor. Papá entró al establo con un palo grueso y corto para reducir en primera instancia al más manso de los dos, sujetarlo por la argolla que le colgaba de la nariz y encadenarlo. El desenlace de estos altercados acababan a menudo en graves accidentes que podían, incluso, costar la vida a quienes se veían envueltos en ellos. Papá siempre me recordaba aquella hazaña mientras me mostraba la mancha de estiércol que había quedado en la madera del techo, fruto de las embestidas de los animales al carro, que estaba en el centro del corral.

La salud de las vacas era vital, porque de ellas dependía nuestro sustento. La fiebre aftosa, la lengua azul o las mastitis eran las enfermedades más frecuentes. La asistencia en los partos exigía ayuda y requería de varios hombres en el momento del alumbramiento. El conocimiento adquirido a lo largo de los años era imprescindible, porque identificaba distintos síntomas y los posibles remedios para evitar la muerte de un animal. Y la botánica ayudaba. Muchos de los remedios eran combinaciones de plantas que, verdes o secas, formaban parte de ungüentos y pócimas. Por esa razón, el huerto era un auténtico galimatías donde la abuela regentaba una farmacia de medicinas vegetales desconocidas para nosotros. La variedad del vergel nos complicaba el trabajo de preparación de la tierra cuando llegaba la primavera. Pero ella, implacable cuando comenzábamos esa tarea, se instalaba en la repisa de piedra que había en la entrada, al lado del pequeño portal verde, y bajo la sombra de la glicina observaba nuestros movimientos, atenta a que ninguna azada o herramienta se acercara a las especies que bordeaban los caminos. Un día por la tarde, tras el sonido estridente del timbre, salí a atender en la tienda y me encontré a dos guardias civiles con el tricornio y la capa ocupando el limitado espacio del economato. Sentí miedo. Era un miedo que compartía con mi perro, aunque él, más audaz, les lanzaba algunas embestidas a ras de suelo, que era lo máximo que su escasa altura le permitía. Los ataques me costaban unas tremendas reprimendas en casa, especialmente cuando el animal, con sus pequeños colmillos, hacía algún roto en la capa aceitunada de la autoridad. Además de la bronca, siempre sobrevolaba cerca la amenaza de sacrificarlo, lo que me causaba un profundo desconsuelo. El can era paticorto, parecido a un Beagle inglés, aunque su genética era el resultado de la más absoluta mezcla de perros callejeros. Pero lo cierto era que no podíamos vivir el uno sin el otro. Mamá siempre contaba que el día de mi confirmación, oficio que fue presidido por el obispo, unas paperas me impidieron ir a la iglesia. El rito religioso se hizo finalmente en casa y no hubo manera de sacar al perro de la escalera, donde llevaba días esperando mi recuperación, lo que obligó al obispo a saltarse el escalón donde estaba instalado mi pequeño amigo. Su nombre, extrañamente, recordaba al gran río ruso en un diminutivo acorde con su estatura, Volguito. La cuestión es que los guardias venían preguntando por el huerto que había delante de la casa que, obviamente, era el nuestro, por lo que uno de ellos reclamó la presencia de mi padre. Le fui a buscar al obrador, donde preparaba la masa del pan que debía hornear a la mañana siguiente. Cuando papá apareció por la puerta, el guardia le espetó:

—¿Sabe usted que tiene plantas prohibidas en ese huerto?

Mi padre, con cara de sorpresa e incredulidad, respondió que no sabía a qué se refería, que allí solo había patatas, lechugas, alguna col y otros cultivos de consumo familiar junto con algunas flores de la abuela.

—A las flores me refiero —dijo el guardia en tono severo.

—¿A cuál de ellas? —preguntó mi padre.

—A esas amapolas altas que tienen las bolitas como un sonajero. Sepa usted que esa flor es la del opio y está prohibida.

Mi padre no daba crédito. Había oído hablar del opio, pero nunca imaginó que la planta vivía y se reproducía en nuestro huerto. De hecho, esas eran las semillas que la abuela utilizaba en sus tisanas para conciliar el sueño y que daba a aquellos que le pedían remedio contra el insomnio. Escuché la discusión entre papá y la abuela, que se negaba en redondo a que le tocaran las amapolas. Al final no tuvo más remedio que ceder. Ya fuera por esa razón o como muestra de su enfado y avanzada edad, lo cierto es que, desde ese día, ya no volvió a poner los pies en el huerto. Con los años la vi perder el interés por casi todo. Los cambios que nos iban transformando nunca le gustaron. Jamás la vi mirar ni un solo instante el televisor. Es cierto que aquellos viejos aparatos ofrecían poca variedad de programación, pero a ella jamás le interesó lo más mínimo aquello que explicaban. A nosotros, el televisor nos encandiló desde el primer instante. El primero en instalarse fue el de la tía Juanita, que solo captaba la señal francesa. Aun así, nos acercábamos al caer la noche a su casa y, desde la ventana, veíamos en la pantalla a un gran oso que tiraba arena sobre las camas de los pequeños para inducirles el sueño. La televisión era esa ventana al mundo gris y pacato del franquismo, una ventana para ver lo que sucedía más allá de nuestras montañas. Poco a poco nos fueron colonizando, ocupando nuestros hogares y nuestras vidas, menos la de la abuela. A ella tampoco le despertó ningún interés aquel primer radiocasete que trajo de Andorra un conductor del bus de línea junto con algunas cintas de Barry White, los Beatles, Elton John o Cat Stevens, y que sonaban continuamente en el aparato:

Only good really knows.
I've sat upon the setting Sun.
But never, never, never, never.
I never wanted water once.

Por supuesto, no entendía nada de aquella letra, pero no paré de escucharla hasta que la cinta quedó enredada entre las ruedecillas del artilugio. Inútiles fueron mis esfuerzos por recuperar el preciado «The Wind». Para la abuela esa era una modernidad inútil que de nada servía a su mundo agonizante, mientras que para nosotros importaba una nueva cultura que se imponía e iba cambiando nuestras vidas y la forma de vivirlas. Y nos aferramos a ella porque queríamos dejar atrás lo viejo y correr hacia ese mañana diferente que eclosionaba en el París del 68 al amparo de los vientos libertarios del movimiento hippy que veíamos en las portadas de las revistas y los discos de vinilo.

Ahora, visto desde este lado del tiempo, entiendo mejor la indiferencia de la abuela. Comprendo que todo aquello no le importara. La abuela Pina se encerró en su universo conocido, el del huerto, el de las amapolas de adormidera, el de la grasa de serpiente o el de la muda de la piel de las culebras, amuleto contra las desgracias, y se olvidó de un presente que ni entendía ni quería entender porque nada de lo que le ofrecía tenía valor alguno. Y ahora, mientras lo escribo, siento una enorme empatía hacía ella y lamento no tener más recuerdos ni conservar nada más de su paso por este mundo que una vieja azadilla para cuidar el huerto, un espacio que, a pesar del transcurso de los años, me une y me reúne con ella y con esa tierra donde ya solo crece el olvido. Ingenuamente, pienso que durante las mañanas de primavera, cuando sale el sol y la tierra húmeda desprende los aromas de un día nuevo de cielo radiante, hay algo cósmico que me devuelve a la infancia, cuando, sudorosos, preparábamos los bancales, regresando nítida la imagen de la tierra volteada, negra, alfombrada con sus flores, que me llenaba de felicidad; e incluso escucho a mamá decir con una amplia sonrisa dibujada en su cara: «Iré a plantar flores, quiero poner gladiolos y hortensias… y una clase de lechugas que me han dicho que no se suben con el calor», aunque, en realidad, nunca lo hacía, porque no le alcanzaba el tiempo. Pero ese día, mirando la tierra y escuchando a mi madre, todo tenía sentido, sobre todo la primavera, que nos acariciaba con un sol tibio llevándose todo aquel frío del invierno de nuestros cuerpos y de nuestras almas.

8

La estrella de la suerte

Madrid.
Noviembre de 1937

Los kilómetros por los contrafuertes del Pirineo francés fueron un continuo manantial de sensaciones. Manolo iba descubriendo un país distinto. Pueblos ordenados de calles asfaltadas y casas confortables. Plazas salpicadas de cafés y panaderías con escaparates llenos de dulces que no conocía. Viajó durante tres días. Aunque casi siempre iba a pie, en algunos tramos largos aprovechó el paso de camiones y vehículos que le recogieron por la carretera. No le hubiera importado seguir así, caminando y descubriendo pueblos, disfrutando de nuevos olores y reencontrándose con otros aromas familiares, como el del pan recién hecho. Un nudo le atenazaba la boca del estómago porque era consciente de que cada paso que daba le acercaba un poco más a esa guerra desconocida donde podría perder la vida. Sentía miedo. Se preguntaba qué hallaría en el conflicto, cómo sería morir allí. No quería morir. En sus pensamientos, Marie aparecía con sus besos alados, las tenues caricias de sus labios que apenas si le rozaban, pero que encendían su corazón. Al recordarlos, se pasaba la punta de la lengua por el labio superior por si acaso aún quedaba el rastro de aquellos besos, un sabor conocido que le ayudara a alejar el temor y la congoja. En realidad, tenía miedo a perderla, a no ver más su sonrisa, a no revivir jamás esa impaciencia que le asaltaba por las tardes cuando, con la puesta de sol, se acercaba a la cerca y salía a la carrera para llegar al claro del bosquecillo mientras ella lo esperaba sentada sobre una roca con alguna golosina o algún dulce que compartían mientras bebían cerveza y reían. Se alejaba de todo aquello y sentía que su corazón lloraba. No temía a la guerra. Tampoco la conocía. Su peor temor era no volver al claro junto a ella. Había descubierto la felicidad en ese breve momento de su vida y quería recuperarla. Superar el trámite de la contienda y regresar. Acordó con él mismo que lo más importante sería sobrevivir y recordar, aunque nunca imaginó que en el infierno al que se dirigía, si quería sobrevivir, su primera misión habría de ser olvidar.

Su hermano lo esperaba en Hondarribia, un pueblo pescador y fronterizo con Francia. Habían quedado en encontrarse en un bar del paseo que transcurría paralelo al puerto. El bar hacía esquina y permitía ver una parte de la ensenada. Le seducía el mar. Nunca lo había visto hasta entonces y se quedó embobado mirando las barcas aproximándose a los amarraderos. El camarero se le acercó entre el bullicio y él le pidió un café. Colocó la gorra encima de la mesa, el morral en la silla de su izquierda, y siguió observando el trajín del puerto. Pasó un rato largo hasta que alguien posó la mano en su hombro, se giró, y, al ver a su hermano mayor, se abrazaron. Llevaban meses sin verse. La conversación se centró sin rodeos en el motivo que les había convocado allí, y Manolo escuchó de forma más extensa el argumentario de la carta. Estaba convencido de que la opción de la deserción era la peor de todas.

—La guerra la va a ganar el bando nacional —le dijo—. Si te quedas en Francia no podrás volver y, en el peor de los casos, si te detienen y te entregan, irás directo al pelotón de fusilamiento.

Manolo escuchaba a su hermano sin ninguna intención de oponerse a los razonamientos que le planteaba. De hecho, él tenía una idea vaga sobre quiénes eran los nacionales, que asociaba con los militares. A los del otro bando, los llamados rojos del frente popular, los reconocía por el fusilamiento de los hombres en la tapia del cementerio. Para él, la república y los valores que la definían no eran más que ecos de algo distante con escasa traslación a su universo. En su casa hablaban bien de Primo de Rivera por la construcción de las escuelas, que hasta entonces habían sido un espacio infecto y adonde apenas iba ningún niño por lo destartaladas que se encontraban las aulas. También recordaba los comentarios favorables sobre un republicano, presidente de la diputación, que había hecho llegar la línea de teléfono hasta el pueblo. No. No iba a contradecir los argumentos de su hermano. A él le suponía más informado; había cursado algunos estudios en colegios franceses, por lo que dio por hecho que su criterio sería más adecuado para los intereses de ambos. Se acabó el café y se marcharon tomando un sendero que se adentraba en los prados de las afueras y que debía conducirles hasta Irún. Las tropas nacionales habían entrado ya en San Sebastián y ellos debían presentarse en la oficina de alistamiento para incorporarse al ejército, denominado nacional y alzado en armas contra el gobierno legítimo de la República. Allí se separaron y pasarían tres largos años para que pudieran reencontrarse. El tiempo de adiestramiento fue breve para Manolo. La necesidad de hombres en los diferentes frentes que iba consolidando el avance del ejército rebelde no permitía dilaciones. Los cuerpos de requetés habían abierto el flanco y tomado el monte San Marcial. Irún era una ciudad en llamas. Los incendios habían proliferado por doquier y los partidarios de la república habían huido hacia Hendaya para cruzar la frontera frente al avance de las tropas franquistas. A principios del mes de octubre, fue incorporado al regimiento Bailén 24 para marchar sobre Madrid. Las primeras escaramuzas las vivió en los arrabales. Avanzaban con lentitud, su objetivo era la Ciudad Universitaria, pero la resistencia era feroz y los disparos de francotiradores generaban numerosas bajas. Su propósito era llegar al Manzanares, pero los duros combates y la resistencia de las brigadas internacionales acabaron provocando una guerra de trincheras que se enquistó hasta el final de la contienda.

Aprender a sobrevivir no fue tarea fácil y pronto entendió que aquello no era una tarea individual. Los hombres combatían juntos y debían velar los unos por los otros. La guerra no era solo una cuestión de vida o muerte, aunque ese fuera el objetivo final. La batalla más importante se libraba también en la moral de cada soldado, en su capacidad para sobreponerse a las pequeñas derrotas que minaban poco a poco su resistencia: la mala alimentación, el frío, el calor extremo o la falta de atención médica para muchos de los heridos que agonizaban en improvisados hospitales, donde apenas había medios para atenderlos. Por ello, la única esperanza era sobrevivir. Vencer y hacerlo minuto a minuto, sin pensar más allá de la próxima hora. Desnudarse de todo recuerdo, de toda piedad, de cualquier otro pensamiento que no fuera poner toda la atención e inteligencia en seguir vivo. En poco tiempo, habían aprendido a escoger bien las posiciones y cubrir las espaldas de los compañeros. Los seis de su escuadrón llevaban semanas peleando juntos. Al frente estaba Ramón, un maño con el que todos habían hecho buenas migas desde el día en el que se había incorporado al regimiento. Su amistad fue creciendo con el paso de las semanas. Ambos venían de las montañas y compartían la añoranza por ellas. Fue el recuerdo de sus verdes valles lo que les unió en aquel caos de fuego y metralla. Sabían que no debían perderse de vista y que, en los combates, además del valor y la astucia, la capacidad de antelación era crucial para no cometer errores que podrían conducirlos a la muerte. Evitar exponerse al enemigo era vital, aunque a veces resultaba inevitable. Por eso cubrirse el uno al otro era fundamental. Lo aprendieron muy pronto en aquel infierno en el que se convirtió la batalla por la Ciudad Universitaria y la Casa de Campo, puertas de entrada a Madrid. La orden era clara y contundente: «Madrid debe caer», insistían los oficiales, pero cada ataque era una masacre. Aún no entendían cómo habían sobrevivido. Se lo preguntaban mientras compartían el tabaco que les quedaba y a su alrededor seguían detonando los impactos de la artillería que barría con violencia el entorno del río. El intento de cruzar el puente les había ocasionado muchas bajas. Por suerte, ellos no fueron en la primera intentona, de la que prácticamente no regresó nadie con vida. En la segunda, fueron más cautos, pero les resultó imposible avanzar por el puente, acosado por las ráfagas de ametralladora y los francotiradores. Parecía como si estuvieran esperándolos. Y de hecho así era. Los republicanos conocían al detalle las órdenes dadas por el general Varela y les esperaban las columnas de Barceló y Galán al norte y los voluntarios extranjeros y los hombres de Lister y Bueno por el flanco derecho. Los combates duraron dos largas semanas y el cansancio les convirtió en fantasmas irreconocibles. Eran una suerte de autómatas superados por aquella situación atroz. El oficial al mando los animaba diciendo que al día siguiente serían relevados y pasarían a la retaguardia, pero ese mañana era tan impreciso e inconcreto que nunca llegaba. Así que transcurrían los días y las noches en aquellos agujeros repletos de cadáveres y heridos por doquier. La muerte lo poseía todo. «El último esfuerzo», les dijo el capitán mientras veían frente a ellos el hospital Clínico, un edificio casi en ruinas por los constantes ataques de la artillería. Los disparos procedentes de las ventanas eran la evidencia de que el enemigo seguía resistiendo en su interior, y los mandos dispusieron a las tropas para el asalto de la posición. Las primeras intentonas resultaron fallidas y costaron muchas vidas. Finalmente, con la caída de la noche, acercarse gateando les permitió abrir un pasillo para que los hombres entraran en el hospital, donde aún olía a cloroformo y alcohol. La oscuridad era total. Ramón y él accedieron juntos por una puerta lateral. Apenas se oía ningún ruido, solo disparos espaciados de francotiradores que seguían hostigando desde la parte alta del edificio. Avanzaron en grupo; eran los seis hombres de su escuadrón más un cabo al mando. Este fue quién recibió el impacto al asomarse por la esquina del largo pasillo. Tuvo mala suerte. La bala le atravesó la cara y quedó tendido con un boquete que borró la nariz de su rostro. Manolo y Ramón se miraron con esa mirada que cruzaban cuando la situación era crítica y advirtieron al resto de que avanzar por allí les costaría la vida, como le había sucedido al cabo Martínez. Regresaron sobre sus pasos y entraron con sumo cuidado en una de las habitaciones. Se aseguraron de que no hubiera peligro y, tras un suspiro para relajar la tensión vivida, se asomaron con cuidado a la ventana. A un escaso metro del alféizar había una repisa abalconada por la que podrían pasar con cuidado; treinta centímetros de peldaño construidos para canalizar algunos servicios del edificio. Se miraron entre ellos hasta que uno saltó a la ventana con arrojo y, encaramado a la repisa, recorrió lentamente el trecho que distaba hasta el último ventanal del pasillo. Sin dudarlo, entró en la habitación, que aproximadamente quedaba a la altura del punto desde donde habían disparado al cabo Martínez. Los demás avanzaron uno a uno para reunirse con él y, una vez juntos, decidieron a suertes quién sería el primero en cruzar la puerta que conducía de nuevo al corredor. El tipo maldijo al sacar la pajita más corta y apenas si tuvo tiempo de poner un pie en aquel pasadizo mortal cuando recibió un impacto en el pecho que lo lanzó contra la pared con un golpe seco. Comprendieron entonces que estaban en una ratonera. Un francotirador apostado en el edificio de enfrente debía de haber oído el primer disparo, por lo que ahora también los hostigaba desde aquel flanco. Eso les obligaba a permanecer agachados para no ser vistos, protegidos por la oscuridad que en breve daría paso a las primeras luces del amanecer. Entonces estarían a merced de las balas.

—¡Estamos jodidos! —dijo Ramón.

—¡Cago en to! Nos hemos metido en una ratonera —protestó el compañero a su izquierda.

—Venga, venga, hay que moverse, si no salimos antes de que empiece a clarear nos van a freír a tiros —advirtió Ramón.

Señaló el pasillo y con un susurro dijo:

—De uno en uno. Mientras unos cubrimos con fuego a discreción, al que le toque que corra hasta la esquina del pasillo. Corred como si os persiguiera el demonio —remató, apuntándolos con el dedo índice mientras soltaba un cagoendiós que, a pesar de ser un susurro, no impidió que se le hincharan las venas del cuello.

El plan era disparatado. ¿Quién cubriría al último que quedara en esa posición? Los cinco sabían que, aun así, por descabellado que fuera, era la única posibilidad que tenían para que alguno saliera vivo de allí. Ramón puso de nuevo la suerte en sus manos. Esta vez la más corta fue para Manolo. A su amigo se le trasmudó la cara, pero no había tiempo para pensar. Se tumbaron en el suelo y por el quicio de la puerta empezaron a disparar sin respuesta. El pelirrojo fue el primero en intentarlo. Salió corriendo por el pasillo buscando llegar a la esquina mientras oía los disparos tras sus pasos. Oyó el silbido de los proyectiles y, cuando vio la esquina en la que estaba el cuerpo del cabo, lo esquivó de un salto para después parapetarse al estar a salvo. Disparó el fusil para indicarles que lo había logrado. Ahora era el turno de Ramón. Antes de salir corriendo, le dijo a Manolo:

—Corre por el lado derecho y no te cruces, yo dispararé por el izquierdo.

Iniciaron de nuevo la operación. Mientras Manolo vaciaba su cargador Ramón corría por el pasillo. La luz del amanecer ya penetraba tímidamente por las ventanas. Al cabo de unos treinta segundos, que le parecieron una eternidad, se oyó el disparo de aviso y se hizo un silencio total. No se oía ninguna detonación, como si por arte de magia hubieran enmudecido las armas. Tomó aliento y sintió un extraño escalofrío en la espalda, se incorporó despacio, protegido tras la pared y sin perder de vista el quicio de la puerta entreabierta. Cuando ya estaba incorporado, apenas sin darle tiempo a reaccionar, un hombre se abalanzó sobre él y le derribó. Intentó agarrarse a las solapas de su chaqueta, pero la embestida fue tal que cayó bruscamente al suelo. Su arma quedó a unos escasos metros de su mano. De intentar alcanzarla, su adversario usaría la pistola que empuñaba en la mano derecha. Transcurrió un momento de tensión en el que ambos se miraron a los ojos. Sabía que su vida estaba a merced de aquel tipo de cabellos claros que, supuso, era miembro de los brigadistas internacionales. Le apuntó con el arma en la cabeza. Estaba a unos cinco pasos, justo delante de la ventana. Se había incorporado levemente y estaba apoyado sobre una rodilla. No había ninguna posibilidad de errar el tiro. A esa distancia el disparo sería mortal. Por su cabeza circularon a toda velocidad los pensamientos más extraños. Ya no sentía pena por la muerte, casi la imaginó como un alivio a todo aquel cansancio que acumulaba. Deslizó la punta de la lengua por el labio superior. Buscaba a Marie. Cerró los ojos esperando oír la detonación.

9

La raíz del odio

Gurs, Francia.
Abril de 1939

Luis estaba frente al oficial de la oficina del campo. Aquel militar era el responsable de la identificación de los internos. Todos debían tener su correspondiente ficha para quedar identificados y conocer, con el mayor detalle posible, su trayectoria política y militar. Los campos de internamiento donde Francia recluyó a los refugiados españoles tras la Guerra Civil eran el resultado del escaso entusiasmo de los gobiernos franceses por la causa republicana. El rechazo se materializó mediante un decreto de 1938 que determinaba su condición de extranjeros indeseables. Aunque Luis creía que la situación no podía empeorar, todo se agravo aún más con la llegada del gobierno títere de Vichy, instaurado en julio de 1940, que actuó al servicio de los intereses del Tercer Reich facilitando la captura de judíos o la movilización de mano de obra forzada para la industria de guerra alemana. Conocer el grado de amenaza que representaban esos hombres y mujeres recluidos para un país que ya estaba en los inicios de la Segunda Guerra Mundial resultaba conveniente. Todas las fichas y referencias de las personas internas en aquellos campos eran analizadas con detalle.

El oficial revisaba el grueso montón de expedientes que estaba sobre su mesa. Lo hacía con suma atención, sin mirar a Luis, que esperaba paciente a que ese hombre de semblante enjuto, bigote minúsculo y con pequeñas gafas redondas alzara la vista y le escuchara. La espera fue larga. El militar no levantó la cabeza hasta que terminó de revisar el grueso de los papeles que tenía frente a él. Finalmente, con una mirada despectiva y un leve gesto de cabeza, interpeló a Luis. Él dio dos pasos para acercarse a la mesa con rapidez y seguridad, y en un francés más que aceptable le dijo que tenía apalabrado un contrato de trabajo y que quería abandonar el campo con su mujer, sus hijas y otra mujer, acompañada de un menor, para lo cual requería permiso. El oficial le explicó que indicara los nombres en el mostrador que se hallaba a su derecha junto con el nombre del empleador. Bajó después la vista hacia el escritorio y murmuró que ya le avisarían cuando hubieran estudiado su petición. Luis quiso insistir en la urgencia, pero el oficial, con cara de pocos amigos, dijo de forma tajante que no había más que añadir y se lo quitó de encima, como quien aparta una mosca insistente un día de verano. Se marchó cabizbajo y sin respuesta ni para ellos ni para Lucía. A pesar de su decepción y enfado, no exteriorizó signo alguno de contrariedad. Si algo había aprendido esos meses era la gestión de la ira y el odio. Había tantas razones para dar rienda suelta a la rabia que, sin autocontrol, hubiera enloquecido por la frustración que le generaba aquel infierno.

Francia optó en primera instancia por la repatriación de los hombres y mujeres que suponían un problema político y económico además de un rechazo entre sus ciudadanos, que rápidamente los apodaron *malpropres, fouyards*… La alta demanda de mano de obra en los prolegómenos de la Segunda Guerra Mundial, que ya se había iniciado con la invasión alemana de Polonia, permitía a los internos a los que se había concedido el derecho de asilo incorporarse a determinados destinos laborales con escasez de obreros, en contrataciones individuales, o bien hacerlo en las compañías de trabajadores extranjeros que colaboraban en la preparación de defensas contra la invasión alemana, cavando trincheras en la llamada línea Maginot, frente a la frontera con Alemania. Otra opción era su alistamiento en la Legión Extranjera. El empleador con el que había contactado Luis era un viejo amigo que regentaba una farmacia en un municipio cerca de la frontera con España, lo cual aumentaba las posibilidades de regresar a casa tras el fin de la Guerra Civil, aunque esa opción no estaba exenta de riesgos. Laville había sido de mucha ayuda. Él le había puesto en contacto con el farmacéutico y le había conseguido la entrevista con el oficial de la oficina de control de internos. Luis se lo pidió después de una intensa jornada de trabajo. El médico profirió un «Mon dieu, mon dieu» sonoro y contundente.

—Ahora no puedes marcharte. ¿Has visto cómo está esto? —le dijo mientras señalaba la enfermería, con la erre resonando en su pronunciado acento francés, y señalando el espacio donde los hombres se amontonaban en camastros improvisados en condiciones deplorables.

Luis le convenció para que le ayudara con el argumento de que ni sus hijas ni su mujer podían resistir una situación tan extrema por más tiempo. Laville, con quien había establecido una relación cordial y amistosa aquellos meses, lo entendió y, por fin, accedió. Todo quedaba en manos de aquel burócrata que no había mostrado ningún interés por su demanda. Camino de la enfermería pensó que necesitaría de nuevo recurrir a Laville para conseguir la autorización y salir del maldito campo.

El tiempo había mejorado. Los días más largos y un sol más templado ayudaban a que la vida fuera algo más amable, aunque las noches seguían siendo frías. Las lluvias se sucedían de manera más esporádica y el barrizal de las calles se había transmutado en meros charcos que parecían no querer rendirse al polvo que día a día se hacía más presente por el trajín de vehículos y gente, y en los remolinos que levantaban los golpes de viento. Pero aquello, tras las duras semanas de invierno, gélidos y plomizos, parecía ser lo menos importante. Mercedes y Conchita pasaban largos ratos en la puerta de la carpa jugando, preparaban platos con hierbajos, barro y tierra sin reparar demasiado en el entorno miserable que las rodeaba y que tanto deprimía a su madre. Habían adelgazado. Pepita lo notaba en sus pantalones y cuando las aseaba, al verles las costillas marcadas en la piel. Le dolía esa delgadez. Cuando las secaba, recorría sus cuerpos con la punta de los dedos y leía su propio drama en el torso huesudo de las niñas. El hambre y la mala alimentación hacían estragos. Esa verdad se apoderaba de ella y la hería con una poderosa culpabilidad. La angustia le atenazaba la boca del estómago con un nudo que solo se aflojaba si dejaba que unas gruesas lágrimas silenciosas se deslizaran por sus mejillas. Al finalizar el ritual del aseo, las secaba con un paño húmedo y las vestía con los pantalones raídos por el uso y el paso del tiempo. Luego las abrazaba como si cada abrazo fuera un salvavidas con el que hacer frente a las penurias que envolvían sus vidas, en un intento baldío por que ese amor satisficiera sus estómagos vacíos y mitigara el dolor de la desnutrición. A ella esos abrazos la reconfortaban. Sentía que ese amor la hacía florecer por dentro y hallaba en sus cuerpos menudos el latido de la vida y esa necesidad de protegerlas y cuidarlas. Nada le importaba más que sus hijos y sentía que sin ellos prietos contra el pecho nada tenía sentido. Sin ellos, se habría acurrucado bajo la manta y habría esperado a la muerte, pero esos abrazos dulces, esperanzados y tiernos despertaban en ella la fuerza inusitada que su cuerpo le negaba.

Las niñas habían dejado de preguntar cuándo volverían a casa. La ausencia de esos interrogantes angustiaba a su madre, que no paraba de pensar en ello. Admiraba la capacidad de adaptación infantil, casi camaleónica. Al congeniar con otros niños del campo y con el paso de los días, el infierno se había convertido en algo casi normal que ya no les inquietaba. Solo Conchita, a veces, le preguntaba si esa iba a ser su casa para siempre, o quiénes eran los hombres con turbante que paseaban a caballo entre las alambradas. A veces parecía sondear a su madre. «¿Nos van a matar?», preguntaba, para después abrazarse a ella y esconderse en su regazo. A la niña le gustaba quedarse largos ratos con la cabeza apoyada en la falda de su madre, dejar que esta deslizara los dedos por su pelo extremadamente corto para evitar así la presencia de parásitos. La puerta de lona entreabierta le dejaba ver el bullicio de la calle: soldados que paseaban vigilantes, mujeres con cubos y niños con los mocos colgando y vestidos con andrajos, poblaban aquel trozo de calle que las separaba de la verja, siempre desafiante, convertida en el vértice del inhóspito páramo que ahora las acogía. El placer de los dedos largos de su madre en el cabello la adormecía, sumiéndola en una burbuja de paz. Esa caricia era capaz de detener el tiempo en un instante en el que solo existía el amor que impulsaba las yemas de los dedos por su cabecita. Así podía engañar el hambre y no respirar el hedor de la humanidad que sobrevivía entre la valla de espinos.

La dulzura se quebró cuando un manotazo que sonó como un disparo seco separó la lona de la carpa y asustó a las niñas, que rápidamente abrazaron a Pepita. El hombre entró con brusquedad y se situó en el centro de la pequeña estancia. Las miró con desdén. Escudriñó el entorno de la carpa, incluidos los camastros a los laterales (donde descansaba Luis), la minúscula estufa de astillas, la mesa, un par de sillas y el tronco de madera que les servía de taburete. En él puso el militar su gruesa bota. Tras un instante que pareció eterno, el soldado cogió una de las sillas y la llevó al extremo de la carpa antes de sentarse, y al tiempo que se ponía entre los dientes un sucio palillo que sujetaba con los dedos. Colocó el fusil sobre las piernas, primero, y luego se lo llevó con un raudo movimiento al hombro. El cañón del arma fue moviéndose en círculo, pasando de apuntar a Pepita a encararse a las niñas. El baile macabro del arma hacía sonreír al hombre, que mostraba unos dientes destartalados. Las niñas, pálidas, temían que fuera a disparar y comenzaron a sollozar, apretando la cabecita contra el cuerpo de su madre. Pepita, con la mano levantada y en tono suplicante, repetía una y otra vez «Por favor, *s'il vous plaît*, a las niñas no, a las niñas no...», con el horror reflejado en el rostro. Nunca supo cuánto tiempo estuvieron así, viendo el agujero negro del fusil apuntando a escasos centímetros de sus cabezas y escuchando la risa cínica del sádico que se regocijaba en el terror de sus ojos. Finalmente, disparó con la boca un «Bang» para cada una de ellas. Se levantó, le dio una patada a la silla y se fue. Las niñas temblaban y Pepita estaba lívida, tanto que sentía ganas de vomitar. Salió corriendo de la carpa y, apoyada en un poste de la alambrada, vació el estómago mientras una de las púas del alambre se le clavaba en la palma de la mano sin que ella percibiera el dolor.

Las niñas la miraban con el pequeño Luis en brazos, las lágrimas deslizándose por sus mejillas, en sus retinas grabada la imagen aterradora del fusil y el oscuro cañón negro a escasos centímetros de sus sienes. Pepita, ya recompuesta, les pidió que entraran de nuevo e intentó calmar a las pequeñas. Ellas insistían en saber quién era y por qué quería matarlas. Su madre les dijo que solo pretendía asustarlas y que, posiblemente ebrio de alcohol, había perdido la razón. Pero ella, en su interior, sabía que no daba muestras de haber bebido. Vio el odio en su mirada, un odio irracional que le empujaba a causar aquel miedo, y estaba segura de que ese rencor le habría instado a disparar sobre ellas sin dudarlo. Pero no lo había hecho, tal vez porque era demasiado arriesgado y habría llamado la atención cometer tal crimen rodeado de tanta gente. ¿Quién era aquel personaje siniestro? ¿Por qué las amenazaba a ellas? Eran preguntas que no podía responder. Supo que debía hablar con Luis y contarle lo sucedido, explicarle con todo detalle la escena y averiguar si la amenaza había sido algo casual o si respondía a alguna extraña razón que ella desconocía. Sin embargo, como descubriría tiempo después, el odio de ese hombre no era un odio personal. Era un odio con raíces más profundas que se extendían por el mundo y penetraban en todos los rincones y territorios, en sus consciencias colectivas, como una semilla maligna que impregnaba la vida de las gentes, las tiznaba cambiando su mirada hacia el otro. Aquellos de piel distinta, de cultura, de religión. La diferencia se convertía en el motor del odio. De aquel mismo rencor que inculpaba a los judíos, a los gitanos, a los negros, a los musulmanes… No, no era un odio personal, era mucho peor, era el odio gratuito que asolaba Europa y que alimentaba el nazismo, aportando el veneno que este necesitaba. Era la gasolina o la pólvora para su maquinaria de guerra. Era un pecado antiguo que se regeneraba y se reinventaba a sí mismo de forma permanente. Un monstruo invisible que daba zarpazos mortales a la humanidad y que pocos años más tarde construiría hornos crematorios para eliminar a quienes fueran considerados distintos y cuyo destino habría de ser exterminado de la faz de la Tierra.

Sin dudarlo, cogió una hoja de papel del cuaderno que compartían las niñas para hacer sus dictados y operaciones, la arrancó con sumo cuidado y, con la letra cuidadosa que la caracterizaba, escribió: «Ven, es urgente».

10

Posición conquistada

Frente de guerra.
Mayo de 1938

Pasaba el dedo índice por la palma de su mano, siguiendo la cicatriz dejada por la insignia arrancada de la solapa del brigadista. Tenía las tres puntas rojas y el puño en el centro. Desde que se la arrebató al oficial, la guardaba en el bolsillo interior de la chaqueta. Aquel día la aferró con tanta fuerza, convencido de que su dueño apretaría el gatillo, que las puntas de la insignia se le clavaron en la carne, dibujándole los vértices en la palma, lo cual la convertía, en cierta manera, en su propia estrella, ahora suya porque le debía la vida a un hombre que no conocía y del que solo le quedaba aquel trozo de metal en el bolsillo y tatuado en su piel. Tal vez fue su estrella de la buena suerte la que evitó que sus días acabaran con un disparo en la cabeza. Aún seguía dándole vueltas a ese instante definitivo. «¿Por qué no lo hizo?». Y la pregunta martilleaba su mente mientras la ansiedad de la escena le devolvía el gusto de la sangre en la boca. Llevaban semanas matándose unos a otros sin piedad. Matar se había convertido en algo natural e instintivo en aquel laberinto de cimientos y ruina. Matar o morir, esa era la lógica de la guerra, la regla fundamental que regía todo aquel caos de sufrimiento. Por esa razón, no entendía por qué aquel hombre había preferido dejarle con vida, a sabiendas de que, tal vez al día siguiente, una bala de su fusil podría acabar con la suya. Había roto una regla básica de todo conflicto armado. Era el primer gesto de humanidad que veía en meses. Sentía no haber podido ver su cara, reconocerle y agradecerle la vida que le había regalado. Cuando abrió los ojos, él ya había desaparecido y solo quedaba la insignia clavada en su mano, empapada de sangre y con las iniciales AG en el reverso.

Ramón fumaba en la esquina de la casa cumpliendo su horario de guardia. Manolo lo miraba por la ventana. Recordó oírlo blasfemar y abrazarlo al mismo tiempo cuando apareció de nuevo por el alféizar de la ventana, como si se le hubiera aparecido a un fantasma. Ya le habían dado por muerto al ver que no salía corriendo por el pasillo tras el disparo de aviso. Habían transcurrido varias semanas desde entonces. Madrid había quedado atrás. Romper las líneas de defensa fue tarea imposible y ahora estaban en el frente de Levante, en los contrafuertes de las montañas prelitorales, cerca de Morella. Era un lugar inhóspito, el calor ya se dejaba sentir con fuerza y el agua escaseaba. Su misión era mantener a salvo una casa solariega en la que el mando había decidido hacer acopio de municiones y armas para iniciar la ofensiva próximamente. Hacían guardias tediosas en las que oteaban el horizonte y los entornos de la vivienda. Reinaban la soledad y el silencio, nunca pasaba nada ni nadie. La casa había sido abandonada, les dijeron, pero ellos dudaban que los propietarios hubieran dejado todo tan intacto, como si aún vivieran allí. Los platos en la mesa, una olla con comida ya descompuesta en la cocina. Todo les hacía pensar que alguien los había sorprendido, pero nadie sabía explicar dónde estaban o qué había pasado con ellos.

Era mejor así, no saberlo, no sentirse cómplices del horror vivido cuando el escuadrón que desalojaba aquellos parajes estratégicos irrumpió en la casa al anochecer, justo en el momento en que María servía la cena. Remedios, su marido y Manuel ya estaban en la mesa y comentaban en animada conversación las noticias que la joven, segunda hija de Manuel y María, había escuchado en el mercado de Morella. Su madre andaba colocando las verduras y el tocino en la fuente cuando un soldado entró en la sala y gritó, mirando hacia la puerta que acababa de forzar de un culatazo:

—¡Aquí ya nos han servido la cena!

Volvió su cara para mirar el plato de verduras con tocino que María tenía entre las manos e iba a dejar sobre la mesa. El resto del grupo entró en tromba. Eran seis hombres. Uno con graduación de sargento desalojó a la familia de la mesa.

—Vamos —les dijo, apuntando con su arma corta—, de rodillas y mirando a la pared.

Manuel, el padre, se dirigió al sargento con voz rota y un temblor de miedo que no podía disimular:

—Con permiso, sargento, somos gente de paz, labradores. Coman y beban, pero no le hagan daño a mi familia. Se lo pido por favor. —Mientras hablaba se esforzaba en frenar las lágrimas que asomaban a sus ojos.

El sargento era hombre de pocas palabras, de una brutalidad contrastada. Su capitán solía encargarle las misiones que tenían por objeto sembrar el terror entre la población. Respondió a Manuel con una bofetada sonora y seca que retumbó en la sala y propició el grito de las mujeres. El marido de la Reme, José, aquejado de una leve cojera, se revolvió en la silla y, cuando se levantó, el sargento no dudó ni un instante en apuntarle con la pistola. Sin mediar palabra, le descerrajó un tiro en la frente. El grito de Remedios desgarró la noche. Los hombres se sentaron en la mesa y comieron las verduras y el tocino, le pidieron a María que les trajera vino en varias ocasiones, hasta que saciaron su sed y quedaron satisfechos. Remedios, Manuel y ella los observaban desde el rincón, donde les confinaron de rodillas y con las manos en la cabeza. Remedios no paraba de llorar al contemplar el agujero negro en la frente de José, muerto y tumbado a los pies de la mesa.

—Mi sargento —dijo uno de los hombres tras eructar sonoramente—, ¿rematamos ahora el trabajo o prefiere dejarlo para mañana? —Su lengua se arrastraba pastosa por el vino.

—Vamos a ver, Perales, ¿qué te tengo dicho? ¡Coño! Que no me haces ni puto caso. ¡Cojones! —escupió agresivo a pocos centímetros de su cara—. Lo que puedas hacer hoy no lo dejes para mañana.

Al acabar la frase se levantó de la mesa con ímpetu. La silla cayó hacia atrás haciendo un ruido sordo sobre las losas.

—Vamos a empezar por el valiente —dijo señalando a Manuel—. Llevadlo a dar un paseo y que os enseñe dónde tienen escondido al cobarde de su hijo.

Pronunció esas palabras mientras miraba a Manuel y a María alternativamente.

—Está en el frente, sargento —dijo Manuel con voz trémula.

—¡Ah, sí! Combatiendo con los comunistas, ¿verdad? —respondió acercándose a ellos, amenazador—. ¡Hijos de puta, hay que borrarlos de la faz de la tierra!

Y mirando a sus hombres, gritó:

—¡Vamos, afuera con él, quitádmelo de mi vista!

María ya tenía la mirada perdida, no podía entender aquello. Se preguntó el porqué de todo aquel horror una sola vez y supo que no había respuesta. No había un porqué, solo el odio y la brutalidad justificaban cuanto estaba viendo. Y se dejó llevar por la tristeza, esperando que la mataran pronto y la llevaran junto a Manuel.

—¿Y con vosotras qué vamos a hacer? —dijo uno de los soldados que aún estaba recostado en la mesa.

—A la vieja, de paseo también. Vamos, Bigotes, haz algo por la patria, ¡coño!, que te veo muy holgazán últimamente —dijo el sargento entre risotadas.

La mujer salió de la casa obediente, sin ni tan siquiera mirar a Reme, como un cordero que llevan a degollar al matadero. Se fue de la mano del Bigotes, que la llevó a unos metros de la entrada y le disparó en la cabeza sin contemplación. Remedios intentó zafarse de los hombres para salir corriendo tras su madre, pero el sargento la atrapó por la cintura y la cargó sobre los hombros, haciendo caso omiso de sus gritos y del llanto desgarrador que salía de su garganta. Ella hubiera preferido morir así, de un tiro, como ellos, pero el suyo llegó ya con la primera luz del día, cuando los hombres del escuadrón de la muerte, borrachos de alcohol y de sangre, hubieron saciado su lujuria y su brutalidad. Su cuerpo yacía en la cama sobre un charco de sangre. El Bigotes apareció en la puerta de la casa, con la bayoneta ensangrentada calada en el fusil y las bragas de Remedios pinchadas en el acero.

—¡Posición conquistada, mi sargento! —Y las carcajadas de todos sonaron siniestras antes de que se subieran al camión y desaparecieran por donde habían llegado la tarde anterior.

Manolo y sus compañeros desconocían aquella historia porque una norma esencial que habían aprendido era no preguntar. Se conformaron con sus elucubraciones poco optimistas, pero sin saber a ciencia cierta qué había sido de aquellos infelices, despojados de su vivienda por la guerra. En el corral seguían poniendo huevos las gallinas y en la despensa tenían algunas patatas y berzas. Su alimentación mejoró notablemente y por unos días olvidaron las lentejas hervidas, único alimento que llevarse a la boca semana tras semana. A Manolo, que ya le resultaban repulsivas, recordar el último cuenco que había tomado, no sin antes apartar los minúsculos gusanos, le revolvía el estómago y le quitaba el hambre, fiel compañera tanto tiempo. Por eso aquellos huevos con patatas le supieron a manjar de dioses. Ramón se reía de él al verlo comer con tanta ansia.

—¡Qué buenos! —exclamaba cada vez que engullía las patatas mojadas en la yema.

Una parte de la cocina estaba repleta de cajas de munición apiladas con maña en el lado izquierdo de la puerta que daba acceso a la estancia. Munición de fusilería, bombas de mano e incluso obuses. Los camiones llegaban espaciadamente y descargaban en distintos puntos de la zona. En la casa, estas se distribuían por las estancias. Era evidente que preparaban una ofensiva y el primer paso era garantizar la munición, los alimentos y la logística de las tropas. Manolo, Ramón y el resto del grupo vigilaban la casa solariega sin pensar en el futuro. Su futuro era el presente, un presente de días plácidos y soleados en el que disponían de buen sitio para dormir lejos de las trincheras y el frente. En los pocos días que llevaban allí, Manolo se había familiarizado con el espacio. Ya le resultaba un lugar entrañable a pesar del desorden general que acompañaba a las tropas y a la presencia militar, más en una casa como esa, construida para la labranza y el cuidado de las tierras. Ahora, nadie se acordaba de la paz, de los tiempos rutinarios, de los trabajos diarios mediante los cuales la vida fluía entre la cotidianidad de las cosas sencillas. Aquello había quedado atrás, y para muchos ya era un vago recuerdo sustituido por el caos de la guerra y el escaso valor de la vida y de todo lo que representaba.

Algunos armarios y cajones, abiertos de par en par, estaban por el suelo con todo su contenido esparcido sobre las losas. Nadie le daba ninguna importancia a aquellas prendas, enseres y objetos queridos para sus propietarios. A Manolo no dejaba de sorprenderle esa brutalidad acompañada de indiferencia. Era como si al andar entre el desorden, sobre los papeles y los recuerdos, cometieran un atentado contra la memoria de quienes allí habían vivido. Aquel, como todos los hogares, era una suerte de espacio sagrado que debía de haber acogido días de gozo y de desgracia. Llantos, sonrisas, amor, ternura... Ahora, meros desconocidos pisoteaban sin escrúpulos lo más preciado de sus verdaderos moradores, como si estos jamás hubieran existido. Aunque Manolo ignoraba si aquellas personas podrían retomar algún día aquella parte de sus vidas, pasar por encima de aquellos recuerdos, contemplar las fotografías rotas, atender a los manojos de cartas cubiertos de polvo, le parecía un sacrilegio. Esa mala conciencia le obligaba a recoger algunas de las cosas que se le antojaban valiosas y ponerlas de nuevo en los cajones de los muebles que aún seguían en su lugar. Lo hacía con disimulo para que nadie reparara en algo tan anómalo entre tanta brutalidad. Por eso guardó el fajo de cartas amarillentas que había visto junto a la chimenea, donde se iban a usar para encender la lumbre. Eran unas treinta misivas atadas con un cordel encerado que por azar habían sobrevivido a la destrucción. Las había guardado en el zurrón que colgaba de su hombro en forma de bandolera. El fuego crepitaba en la chimenea y, sentado en una silla de paja desvencijada, se permitió hojear una de ellas.

> ... espero ansiosamente tu regreso, querida mía, apenas si consigo que las horas y los días vayan despojando de hojas el calendario y que llegue el día de nuestro reencuentro.

Leyendo la carta evocó a Marie y la punta de su lengua recorrió de nuevo su labio superior en busca de los besos apasionados y tiernos de aquellos últimos días de paz. El recuerdo lo reconfortó, a diferencia de otras veces en las que hacerlo le dolía y lo sumía en una amargura y pérdida que lo aplastaban.

Siguió hojeando las cartas, le costaba descifrar la letra, había oscurecido y la luz de la chimenea y la pequeña vela apenas bastaban para entender los trazos imperfectos sobre el papel, pero intuyó que quien había escrito aquella misiva vislumbraba su muerte próxima y se despedía de su familia en la distancia:

> ... que sepáis que siempre habéis estado en mi corazón y que si no estoy hoy bajo el techo de nuestra casa es porque el destino y la enfermedad me lo impiden. Posiblemente no pueda volver a veros, mis queridos hijos, ni a ti, querida Luisa, a quien tanto he amado y echado de menos en estos dos largos años. Quiero, si esta es mi despedida, haceros llegar todo el amor que siento por vosotros, mayor si cabe que la profunda pena que embarga mi corazón por no estar en casa. Hasta siempre.

Aquella era una carta especial para el difunto Manuel, cuyo cuerpo yacía en una quebrada a pocos centenares de metros de la casa junto con los de José, la Reme y la María. Fueron las últimas palabras que les escribió su padre desde la lejana Cuba. A Manolo le pareció que entre las manos tenía los últimos retazos de vida que habían latido entre aquellas paredes. Cartas de amor y de muerte. Anuncios de nacimientos, enfados y pleitos por la posesión de tierras. Tuvo la sensación de experimentar, en cierto modo, la historia de esa familia, quizá tan común como la de tantas otras que guardaban como tesoros meros pedazos de papel donde quedaban escritos secretos y sentimientos resumidos y materializados en un montón de cartas cuidadosamente atadas con cordel y guardadas en un cajón para siempre. Manolo se quedó absorto pensando en cómo serían. Qué cara tendrían, qué edad, cómo habrían transcurrido sus vidas hasta entonces, cómo encajaban sus voces en su hogar, sus pasos sobre las losas o las risas de los niños... Sentía una inmensa pena por ellos y por todo aquel estropicio. Después de aquello, nada volvería a ser lo mismo, nada podría recomponer el descalabro ni erradicar el odio que había embrutecido al país. Hubiera llorado, pero no lo hizo por temor a que alguien lo viera y bromeara, tal y como solían hacer con casi todo, como si la única manera de soportar aquel desvarío fuera añadiendo más estupidez y frivolidad. Era, en cierta forma, la coraza invisible sobre la que resbalaban las atrocidades cometidas y presenciadas sin penetrar en la conciencia. Alguien le ofreció un trago de mistela. Manolo miró al soldado que tenía al lado y con la cabeza le agradeció el gesto y dio un trago de la botella. La dulzura del vino le sentó bien; fue un bálsamo para el revoltijo de emociones que le invadía. Añoraba el valle, su casa, la rutina. Añoraba el olor a pan que llenaba sus mañanas y daba sentido al trabajo que ocupaba las horas del día y parte de la noche. Echaba de menos la paz.

Cogió su manta y buscó un rincón de la sala algo alejado de la cocina, donde algunos hombres jugaban una partida de cartas entre risas e improperios. Se situó tras una gran alacena en la oscuridad más absoluta. Notó la dureza del suelo, pero ya no le importaba. Llevaba tanto tiempo sin dormir en una cama que pensaba que, el día que pudiera hacerlo, probablemente le resultaría extraño. Le costó conciliar el sueño. Las cartas le invitaban a imaginar las vidas de aquellos que las habían escrito y las de los que las habían leído.

Se dejó llevar por el duermevela. En aquellos meses, en especial tras las semanas del frente en Madrid, su sueño era liviano y no conseguía que su cuerpo se abandonara en la profundidad de un descanso reparador. No conseguía desactivar los sentidos. Resguardarse tras la alacena le aisló del jolgorio de la cocina. Los hombres seguían jugando a las cartas entre risas y reniegos que sonaban como una música de fondo. Se durmió.

El estallido fue seco. Hubo una vibración rápida, un fuerte estruendo e incontables detonaciones seguidas entre escasas fracciones de segundo. Intentó abrir los ojos, pero la sangre y el polvo habían formado una costra sobre su cara que apenas le permitían ver. Estaba oscuro y el polvo lo cubría todo. El aire era denso, olía a explosivo y arañaba al respirar. Sentía dolor y notó que sangraba por distintas partes del cuerpo, el hombro izquierdo sobre todo. La sangre le brotaba de la cabeza y le impregnaba la boca, llenándola de sabor a hierro y tierra. Intentó moverse, pero la alacena descansaba sobre él y le resultaba imposible. No sentía el brazo. Era un punto de dolor intenso. No podía mover los dedos. Los gritos se escuchaban por todas partes y se mezclaban con las órdenes de un oficial que empezaba a reaccionar, organizaba la defensa y la atención a las víctimas. No supo cuánto había transcurrido entre la explosión y el momento en que aquellos dos hombres vieron sus botas asomar bajo la alacena que lo aprisionaba y que, tal vez, lo habría matado si su fusil no hubiera frenado la caída del mueble que, por obra y gracia de un milagro, había quedado clavado en el cañón del arma, amortiguando así su desplome definitivo. Le estiraron de los pies pensando que solo arrastraban un cuerpo sin vida. Lo hicieron sin ningún tipo de miramiento y el dolor le obligó a gritar. Sentía que el brazo se le desgajaba del hombro. Al oír el grito, los hombres buscaron ayuda para mover la alacena. Al levantarla, Manolo sintió alivio, respiró profundamente, vio borrosa la cara de uno de los hombres que le observaba estupefacto y se desvaneció.

11

Uno, dos, patata y arroz

Les, Valle de Aran.
Enero de 1969

El maestro era un señor calvo, de mediana estatura y con una barriga flácida que le daba un aire mantecoso. La escuela pública no atesoraba mérito alguno para que los vecinos del pueblo sintieran aprecio por ella, pero en aquel tiempo eran pocos los que podían permitirse acceder a otro tipo de formación que no fuera la que se daba en aquellas desvencijadas aulas. Solo se podía cursar bachillerato si era pagando en el colegio de las religiosas de la Sagrada Familia. Los locales de las escuelas públicas se caracterizaban por tener amplios ventanales que ajustaban mal y dejaban entrar el sol y también el frío, lo que hacía inevitable que los alumnos pasaran las horas temblando durante el crudo invierno. Los sabañones solían ser frecuentes en esa época del año. El sistema de calefacción era una estufa, y el combustible, los troncos que los propios niños llevábamos cada mañana bajo el brazo. Papá, además del tronco, me ataba un pequeño hatillo de astillas recogidas en el leñero, donde se cortaba la madera para el horno, para que prendiera mejor. Encender el fuego no siempre era sencillo. La estufa era como un corazón cansado que latía destartalado al compás de un franquismo que ya agonizaba, incapaz de atender las cuestiones más básicas de pueblos como el nuestro, de donde la gente huía en busca de oportunidades y una vida mejor.

Ese día la calle estaba nevada. Salí de casa como cada mañana, enfundado en un anorak marrón que había heredado de mi hermana, con la cartera en una mano y el tronco y las astillas en la otra. El cielo plomizo ofrecía un paisaje de aire melancólico y triste. El maestro, don Agustín, había iniciado las tareas habituales, entre ellas la más urgente en un día frío como aquel: vaciar la estufa de ceniza. El artefacto calorífico ocupaba el centro del aula, y de sus tripas arrancaba un tubo que recorría la anchura de la sala a la búsqueda de una ventana. Un cristal, sustituido por un pedazo de zinc, encajaba el orificio de salida del tubo con imperfecciones de tal calibre que dejaban pasar con generosidad la luz y el frío, de modo que el humo y la baja temperatura se intercambiaban en proporciones similares. El tubo se prolongaba unos centímetros más allá de la ventana y expulsaba densas bocanadas que se diluían en el ambiente gélido que lo envolvía todo. El escaso mantenimiento y la nula limpieza hacían que el hollín se desprendiera por las juntas de los tubos en forma de negros y densos goterones que, a manera de estalactitas, le daban una extraña composición estética a aquel precario montaje, y cuyo destino, si nadie lo remediaba, era caer sobre algún alumno y provocar la risa del resto de la clase.

Esa mañana la vieja caldera se resistió a encenderse; sucedía a veces, cuando el viento golpeaba frontalmente el tubo de salida y hacía que el humo colapsara dentro, lo que ahogaba el tiro de la estufa. El papel de periódico viejo y las astillas no fueron suficiente frente a los jirones que ululaban fuera. El resultado fue una densa humareda que, por momentos, hizo irrespirable el aire del aula. Como si de un acceso de asma se tratara, el tubo soltó dos primeras bocanadas, espaciadas por unos segundos, y después, contraviniendo las leyes de la física, inspiró el humo en lugar de expulsarlo, invadiendo la estancia sin que el enfado de don Agustín tuviera efecto alguno en el desastre. La orquesta de toses, risas y comentarios variopintos fue aumentando de volumen hasta que el maestro, contrariado por la situación, bramó:

—¡Todos a la puta calle!

Su enfado era mayúsculo. Tanto como su manifiesta incapacidad para nada que requiera maña o habilidad manual. Prueba de ello era el encendido de la estufa, que siempre se le resistía. Durante un tiempo se ayudó de la gasolina, hasta que en una ocasión provocó una explosión y el incendio consiguiente casi estuvo a punto de ser una catástrofe.

Y allí estábamos, todos en la plaza, bajo la nieve que había empezado a caer en forma de gruesos copos. Algunos de los niños ya evidenciaban el frío en las caras y el cuerpo, temblando más de lo habitual. Los que tenían la suerte de llevar guantes, los usaban para armar duras bolas de nieve con las que bombardeaban a los demás. Don Agustín salió pertrechado con su bufanda y el cuello alzado de su gabán, para desde el pequeño porche que daba acceso a la escuela, a cubierto de la nevada, sobre los tres escalones que le separaban del maltrecho pavimento de la plaza, intentar darle a su voz un tono marcial:

—¡Vamos, todos en fila!

Y sin más empezó a gritar:

—Un, dos, patata y arroz. Un, dos, patata y arroz…

Dábamos vueltas a la plaza bajo la intensa nevada y reíamos a carcajada limpia sin saber muy bien por qué. Mientras, el maestro parecía un poseso masticando las patatas y el arroz con toda la potencia de su garganta. Algunos vecinos observaban la escena estupefactos. El invierno ya había calado nuestros precarios abrigos y los pies mojados eran auténticos témpanos que chapoteaban sobre los diez centímetros de nieve húmeda que se habían acumulado en el suelo. Al rato, las risas y los murmullos se habían apagado y ya solo se oía la voz del hombre y el deambular cansado de la fila. La aparición del cura fue nuestra salvación. Lo vimos hablando con don Agustín y sus palabras consiguieron sacarle de la enajenación causada por las patatas, el arroz y esa parte oscura de su personalidad que nadie conseguía descifrar y que le llevaba a cierto punto de delirio. Finalmente, pareció volver en sí:

—Vamos dentro, que vais a coger frío —dijo cínicamente, como si aquellas palabras le devolvieran a la realidad, percatándose de la extraña situación de la que era responsable y que había ignorado hasta la aparición del cura.

Finito era, sin duda, el más delgado de la clase, de donde le venía el mote, que lo identificaba con ese cuerpo escuálido y frágil. Con frecuencia, nuestras bromas iban dirigidas a las grandes orejas de soplillo que acompañaban su enjuto rostro, lo que en su conjunto producía un efecto poco agraciado. Eran bromas crueles, descarnadas, y se hacían habitualmente sin piedad, siguiendo la pauta que marcaba una sociedad sin concesiones para los débiles o los diferentes. La tolerancia y la compasión no eran valores habituales. El objetivo era clavar a fondo la daga del desprecio.

—¿Qué es el viento? —preguntaba alguien en voz alta desde el fondo del aula.

—¡Las orejas de Finito en movimiento! —contestábamos al unísono mientras las risas estallaban como un coro de puñales afilados lanzados a su escuálido cuerpo.

Él miraba al suelo y se encogía aún más de lo que sus menguadas carnes le permitían. Volver a la helada aula no fue para el muchacho ningún alivio. Temblaba sacudido por espasmos que agitaban todo su ser.

«Señor maestro, mire a Finito», dijo alguien, señalando el tembleque del niño, que parecía a punto de colapsar. Don Agustín le puso, sobre los hombros, una vieja y polvorienta manta que usaba para tapar la bola del mundo, por la que tenía especial aprecio, y acto seguido nos ordenó colocarnos en una fila en el pasillo central de la clase. Como sucedía en otras ocasiones, ya sabíamos que lo que se avecinaba era un monumental sermón sobre lo incapacitados que estábamos para el aprendizaje y sobre por qué no merecíamos tener un profesor, como le gustaba denominarse, añadiendo a continuación: «de su categoría». Concluyó con su sentencia preferida:

—¡Burros, que sois unos burros!

Lo dijo masticando las palabras cerca de mi cara. Su aliento olía a sardinas y a ajo. En el momento de más énfasis del sermón, y antes de concluir bautizándonos como burros, Pepe, el mayor de la clase, y que estaba a mi izquierda, inició una letanía en voz baja:

—Un, dos, patata y arroz…

Y nuestras voces se fueron sumando a la de Pepe. El maestro sermoneaba y nosotros rezábamos el patata y arroz hasta que calló de repente, su cara se tornó en un rojo intenso, giró sobre sí mismo y renegó. Se hizo un silencio espeso. El primer tortazo aterrizó en la cara de Pepe, que no pudo aguantar el manotazo en la mejilla y cayó arrastrándome a mí en su caída. La letanía de insultos y reproches era como una tormenta de rayos y truenos que se cernía sobre nuestras cabezas de manera implacable. Gritaba y disparaba gotas de saliva que nos salpicaban en la cara al acercársenos, amenazante y consumido por la ira. Ambos intentamos recomponernos: Pepe, del sonoro bofetón; yo, de la caída. Mientras nos incorporábamos, le miraba por el rabillo del ojo y veía su cara lívida. Imaginé que era por el impacto del guantazo, pero a la vez me pareció ver una rabia contenida en su mirada que me produjo cierto miedo. Pepe tenía fuerza suficiente para estrangular a don Agustín. Pensara o no hacerlo, no tuvo ocasión, porque este se giró, fue hasta la entrada y cerró con llave. Un silencio tenso se apoderó del aula. A continuación, entró en el pequeño cuarto donde guardaba la enciclopedia, los mapas y sus cuadernos, y, desde la profundidad oscura del cuartucho sin ventanas, comenzó a gritar nuestros nombres de uno en uno, por orden alfabético. Mi nombre fue el primero. Al oírlo, me pareció que retumbaba más allá de la sala, como una voz de ultratumba. Sentí un escalofrío. Me esperaba con el cinto en la mano, de tal manera que la parte que nos golpearía el trasero sería la gruesa y reluciente hebilla. Intenté ver su cara en la penumbra, pero solo alcancé a ver el cinto balanceándose en su mano y el brillo intermitente de la parte metálica. Entonces le escuché decir en un susurro:

—Los pantalones, abajo.

Cuando me apoyé en el escritorio para dejar mis posaderas a su merced, lanzó el cinto con fuerza. El primer golpe fue certero. El dolor fue intenso pero soportable. El segundo también dio de lleno en mis nalgas. Con el tercero, la correa se dobló en mi cadera y acertó de pleno en mis testículos, provocando un dolor que me hizo caer al suelo hecho un ovillo. Mientras me retorcía en el suelo, él me despachó:

—Vamos, vamos, no seas llorica.

Olía el polvo sobre la madera vieja y sucia del piso, y un dolor intenso me recorría todo el cuerpo, que tiritaba por el frío y la agonía. El miedo y la rabia de aquel día me curtieron para siempre. Todos nosotros, de alguna forma, dejamos de ser niños en aquel cuartucho, bajo la correa de aquel hombre con tintes sádicos en cuyas manos habían puesto una escuela. Por suerte, al poco tiempo de aquel episodio, don Agustín desapareció de nuestras vidas. La hinchazón provocada por el correazo tardó unos días en desaparecer, con la consecuente preocupación de mamá, que insistía en comprobar cada poco si la dolencia mejoraba mientras yo me negaba a enseñarle mis partes por culpa del pudor que te asalta a las puertas de la pubertad. Era un pudor ridículo, porque ella, hasta hacía muy poco tiempo, nos había bañado en un balde en el patio trasero de la casa, o al pie de la estufa de la cocina en las épocas de frío. Pero algo estaba cambiando en mi naturaleza, tal y como nos pasa a todos al llegar a esa edad, una especie de metamorfosis que nos transforma, nos muda la piel de la niñez y nos recubre de otras escamas con las que hacer frente a los primeros embates de la vida.

Nuestras expectativas en el cambio de ciclo biológico eran poco ambiciosas. Buscábamos el primer beso, entender qué era la sexualidad esa de la que no se hablaba, pero que nos interpelaba y nos hacía brotar por dentro como un volcán a punto de erupcionar. Un domingo, obtuvimos el ansiado permiso para ir en pandilla al cine del pueblo vecino. La distancia no era importante, tres kilómetros escasos, y la película tampoco. De hecho, no sabríamos qué iban a proyectar hasta verla anunciada en el cartel de la puerta. Tampoco si era en tecnicolor o en blanco y negro. La decepción resultaba mayúscula cuando, tras el nodo, la pantalla seguía en blanco y negro y nos quedábamos en aquel universo en escala de grises tristes y anacrónicos. Ir solos al cine estimulaba la posibilidad de ver películas de hazañas bélicas a las que papá ya había renunciado, del mismo modo que se había negado en rotundo a sujetar o tener bajo su techo ningún tipo de arma de fuego. Dar media vuelta en la puerta del cine era frustrante, especialmente en los casos en los que el cartel rezaba algo parecido a «La batalla de...». En esos casos ya sabíamos que tocaba comernos el pan y el chocolate en alguna plazoleta o en un prado junto a un arroyo. Por eso, la autonomía de los domingos era de vital importancia. Gracias a ella, podíamos ver las películas de héroes de guerra americanos que tanto nos gustaban. Además, si de regreso anochecía, la posibilidad del roce con una mano femenina o rezagarse con alguna de las chicas para robar algún beso furtivo y fugaz tejían pequeñas esperanzas que se amalgamaban en aquellas tardes eternas. Fue más adelante, con la llegada de los radiocasetes, cuando descubrimos que los abrazos eran más fáciles con el bamboleo de una canción lenta de fondo, pero eso ocurriría unos pocos años después, cuando los pantalones de campana, los Beatles en sus últimos vinilos y los primeros besos escondidos tras las esquinas de las callejuelas nos fueran adentrando en los vericuetos de una vida que nos iba descubriendo todas sus facetas.

El sexo era un tema recurrente en nuestras conversaciones, hablábamos de él a borbotones con algunas frases hechas y poco más. Yo intentaba averiguar algo de aquel enigma a través de uno de los mozos que ayudaba a papá en la panadería. Tenía novia y a veces, muy de tanto en tanto, atendía a mis preguntas y me aleccionaba sobre cómo proceder:

—Debes tener cuidado —decía con aire de sabelotodo— porque puedes dejarla embarazada. Lo mejor es que primero te la peles —afirmaba convencido—. Así ya no hay peligro —añadía.

Nada más lejos de la verdad ni de la realidad, pero esa era toda la información que alcanzábamos a tener en un tiempo donde casi todo era tabú y el único sendero para profundizar en los temas era ser autodidactas. Tal vez por eso, un día, en un arranque de curiosidad, robé unas medias de la chica que ayudaba en la tienda y vivía en casa para probarlas en un escondrijo. Necesitaba saber cómo era aquella prenda, su tacto, su textura. Para mi desconsuelo, fui pillado *in fraganti*, por lo que acabé con un enorme sofocón. Era el precio que pagar por las vagas respuestas a aquellos enigmas que nos animaban a conocernos y reconocernos en nosotros mismos y en esa realidad en la que se desarrollaban nuestras vidas. Vidas pequeñas que querían crecer, soñar, amar, experimentar. No sabíamos demasiado bien ni el qué ni el con quién, no teníamos más manual que nuestra curiosidad y la puesta en común de todo aquello que se escuchaba a nuestro alrededor y que luego compartíamos, como si se trataran de grandes verdades. Recuerdo el sabor desagradable del primer cigarrillo, escondido en un recodo a la orilla del río, entre risas y temor a ser descubierto.

Fumar y besarse era un ejercicio que solía ir aparejado y que tenía como resultado unos besos «anicotinados», contaminados por el humo de aquellos cigarrillos que intentábamos aspirar hasta hacerlo llegar al fondo de los pulmones, con el único propósito de aparentar ser fumadores expertos aunque el tabaco nos abrasara por dentro y nos pusiera pálidos y nos mareara por fuera. Nada resultaba más excitante que sentirnos adultos, con el pitillo entre los dedos y regalando besos como si fueran trofeos, navegando una adolescencia que surcábamos a la búsqueda de un destino invisible. Queríamos dejar atrás las espinillas y un mundo que nos parecía inservible para trepar hacía una modernidad que residía más allá de los tejados de pizarra negra y el escaso horizonte de las montañas.

12

El regreso

Bossòst, Valle de Aran.
Febrero de 1940

Pepita abrió la puerta de su casa. Llevaba el miedo metido en su cuerpo. El mismo con el que convivía desde hacía meses. Todo ese tiempo lo había arrastrado como una losa pesada sobre la espalda. Temía por las niñas, por el pequeño Luis, por sus vidas, por el presente atroz y por el futuro incierto que les esperaba. Estar de nuevo en casa debería haber supuesto un alivio para ella, y, en cambio, la pesadumbre la fatigaba hasta el punto de arrastrar los pies al andar. Le dolía Lucía. No consiguió que se fuera con ellos. Esa mujer hubiera aceptado cualquier futuro antes que volver a la España de Franco. Los gitanos no tenían ninguna opción de habitar ese infierno. Su mejor destino, con suerte, era permanecer en Francia. Ser trasladados a los campos de exterminio alemanes, su final. Al pensarlo, Pepita sintió un escalofrío que la recorrió por dentro. Se despidieron con un abrazo entre lágrimas y conscientes de que probablemente no volverían a verse más, que sus destinos nunca se cruzarían, con un vacío en el pecho que servía de anticipo a la inevitable ausencia.

Había transcurrido cerca de un año desde la última vez que cerró aquella puerta precipitadamente. Atrás habían quedado aquellos tiempos felices, despreocupados, en los que abrazaban la cotidianeidad de una familia, con los quehaceres propios del pueblo rural de frontera del que formaban parte. Regresaban después de haber visto sus vidas truncadas por un destino cruel que, poco a poco, se fue pareciendo más a una pesadilla de la cual ahora tenían que despertar.

Con esa nueva oportunidad, los malos tiempos parecían haber llegado a su fin, pensó mientras veía cómo las niñas se reconciliaban con el jardín, sumido en el abandono y cubierto de malas hierbas y escarcha, aunque a ellas no parecía importarles lo más mínimo. Habían recuperado el columpio, que colgaba de una rama del sauce, y se balanceaban felices en aquel entorno que les era tan familiar. Pepita agradeció que no entraran con ella y se quedaran allí, jugando. Al apoyar la mano en el pomo de la puerta, esta cedió sin necesidad de usar la llave. La cerradura estaba forzada. Rápidamente advirtió que la casa había sido saqueada. No para arrebatarles sus parcas pertenencias, sino como castigo. Lo entendió al ver las heces humanas en la mesa del comedor y las pintadas en las paredes. Una de ellas ocupaba todo el muro del fondo, donde antes colgaban algunos cuadros que habían desaparecido, entre ellos un paisaje entrañable hecho por un pintor amigo. En su lugar, se leía la frase: ROJOS HIJOS DE PUTA. Pepita se dejó caer en el sofá, donde solía coser por la tarde, y lloró largamente, desconsolada, como nunca lo había hecho. No supo cuánto tiempo estuvo así, con el pequeño Luis en brazos, derramando lágrimas silenciosas hasta que se le secaron los ojos y se sintió vacía y sin fuerzas.

Luis entró con brío, venía de presentarse en el cuartel de la Guardia Civil. El teniente había sido paciente suyo y aún tenía asuntos pendientes con su salud dental. Quizá por esa razón se alegró de verlo, aunque el motivo fuera tan solo su condición de dentista. Debió de aliviarle saber que tenía cerca a alguien para remediar los dolores que le hacían pasar las noches en vilo, pero no fue amable con él. Se comportó de manera distante y le amenazó. «Le estaremos vigilando». A Luis, aquello le tranquilizó enormemente. Temía que su huida del camión y la ficha policial que imaginó abierta contra él fueran motivo de arresto, y aunque había hecho algunas pesquisas antes de cruzar la frontera, sabía que en aquellos meses, con la guerra recién terminada, cualquier cosa podía cambiar, por inverosímil que pudiera parecer, el curso de los acontecimientos. Aun así, decidió arriesgarse. Pepita y las niñas necesitaban volver a casa y retomar sus vidas. Esa noche se despidió del farmacéutico que les había acogido y regresó de nuevo junto con su familia, a Bossòst, el pueblo de donde huyeron.

—¡Vamos, vamos! —le dijo a Pepita mientras la rodeaba con el brazo—. No pasa nada, todo volverá a ser como antes. Lo importante es que todos estamos bien y de nuevo en casa.

A ella le sorprendió su optimismo, pero lo agradeció. Fue como si con sus palabras surgiera una nueva energía donde hacía un rato anidaba un profundo vacío. Necesitaba el contacto de sus abrazos y todo su apoyo para superar ese episodio de fatalidad. No presagiaba que, de todos los momentos y días difíciles, aquellos iban a ser los peores.

Luis se afanó en limpiar la pintada de la pared para evitar que las niñas la vieran. Mientras, Pepita limpiaba la mesa e intentaba acabar con el olor nauseabundo que impregnaba la casa. Buscó en el armario de la cocina trapos y productos de limpieza, sin éxito. Todo estaba vacío. Tuvo que aprovechar restos de lejía que encontró bajo el fregadero. Los cajones de los cubiertos, la alacena, las vajillas, incluso los edredones habían desaparecido. Su ya afligido corazón sintió una punzada más; la ropa de cama era de las pocas cosas que le quedaban de su madre. Se las había regalado en su ajuar de novia, como un tesoro de finos bordados que ella misma había cosido durante meses. Sintió que de nuevo le flaqueaban las fuerzas, pero se autoimpuso perseverar. Tras frotar la pared con un viejo cepillo de púas de esparto, la pintada apenas si se adivinaba, disuelta ya por el efecto del agua, el brío y la rabia de Luis. Cuando las niñas entraron al cabo de un rato largo de mecerse en el columpio y disfrutar del jardincillo, el comedor tenía otro aspecto.

Alguien llamó a la puerta. Fueron unos golpes tímidos, casi imperceptibles. Luis miró apartando el visillo y vio a Jacinta, la vecina. Abrió la puerta y la mujer entró con una visible congoja. Al ver a Pepita se abrazaron. Además de vecinas, eran buenas amigas, y no porque mantuvieran largas y sesudas conversaciones, sino porque siempre habían estado disponibles la una para la otra. Lloraron. Fue Luis quien las interrumpió.

—Ya, venga, se acabó el llorar o nos vamos a inundar con tanto llanto —dijo en un tono que quería ser jocoso, aunque no consiguió romper el halo de amargura que rodeaba el encuentro.

Jacinta le abrazó también a él y le dio la cesta que había quedado a sus pies. Era grande, de mimbre, y contenía alimentos, algunos enseres de primera necesidad y algo de ropa para las niñas. Balbuceando, logró decir:

—Os iré trayendo más cosas, pero debemos ser discretos, porque vigilan la casa, quién entra, quién sale. *Per tot que son, ma hilha!* [1] —dijo en aranés—. Todos somos sospechosos. Yo no sé con quién hablar ni a quién contarle nada, porque todo acaba en un señalamiento y un mar de rumores. El otro día —dijo mientras se apoyaba en la silla, como si el peso de la situación fuera a vencerla— fui a visitar a Antonia, la viuda del minero que mataron en los primeros días de la guerra. Está enferma desde hace meses, la pobre no tiene a nadie y casi nada para comer. Está pasando mucha necesidad —apostilló—, y

---

[1] «¡Están en todas partes!».

fue salir de la casa —siguió con un tono más vivo, casi de enfado—, y ya tenía a los guardias husmeando para ver qué llevaba en la cesta y preguntando por qué iba a visitar tanto a esa mujer; que si sabía que era roja; que si me iba a meter en un lío... ¡Menudos chafarderos! *Uns salòps que son*[2] —añadió acompañando su voz con un gesto de profundo asco.

Ahora ya hablaba con indignación, tanta que Luis le pidió que bajara el tono mientras ella, excitada, se revolvía braceando y apretando los labios con rabia, levantando la mirada hacia el techo con la cara contraída por el enfado.

—¿Adónde vamos a llegar con este odio que nos consume, por Dios? —dijo con la cara roja de ira, los labios apretados y una mirada furiosa.

Luis medió en su enfado y le preguntó si sabía quién había entrado en la casa.

—Pues no sé —dijo encogiendo los hombros—, supongo que debieron de ser los soldados que patrullan de noche con los camiones. —Dejó que las palabras se arrastraran en sus labios con una duda poco habitual en ella—. Pero, bueno, no sé, no sé..., porque de noche, ya sabes —sonrió algo forzada—, todos los gatos son pardos.

Después vinieron las prisas. Debía marcharse, era tarde; en cualquier momento llegaría José y debía encontrarla en casa. Así que salió con paso acelerado, cruzó el jardín y cerró la verja tras ella mientras miraba de lado a lado de la calle por si alguien observaba, y siguió con paso más rápido aún para cruzar, buscando refugio en el portal de su casa como si fuera una pecadora huyendo del lugar donde había cometido su falta. Luis volvió a apartar el visillo y la vio irse ágil como una gacela enfundada en su bata coloreada de llamativos cuadros, bajo la que llevaba un fino jersey de cuello alto, y con sus zapatillas de andar por casa en los pies. Le costaba definir a

[2] «Son unos cerdos».

aquella mujer. Nunca acababa de saber de qué lado estaba. Su vida no había sido fácil, con un marido bravucón que pasaba muchas horas en la taberna y ganaba dinero trabajando en el bosque y con el contrabando. Que no la encontrara en casa al llegar de la taberna solía dar pie a una trifulca que acababa en golpes. Tenía miedo. En alguna ocasión, había acabado refugiándose en los brazos de Pepita, a la espera de que a él se le pasara la borrachera y dejara de amenazarla. La posibilidad de encontrar refugio al otro lado de la calle, de cuestionar y esquivar su fuerza, no gustaba nada al hombre, huraño por naturaleza, que siempre vio en la casa de Pepita y Luis territorio enemigo. Tal vez por eso, nunca cruzaba palabra con ellos, molesto por el apoyo que le daban a Jacinta cuando el alcohol lo convertía en un ser brutal y peligroso. Mientras pensaba en eso, a Luis se le cruzó un pensamiento negro como un nubarrón de tormenta. «¿Y si fue ese borracho hijo de puta quien nos delató?».

Dejó que la frase se cociera entre sus dientes mientras la rabia alimentaba el calor de la ira en su estómago. Vivía lo bastante cerca de la casa como para poder sospechar de movimientos extraños, o tal vez había visto salir a André la noche que había ido el guía a buscarlo para pasarlo por la montaña a Francia. «¿Y si Jacinta lo sabía y ahora su gesto buscaba tranquilizar su conciencia?», se preguntó. Notó la cólera apoderándose de su cuerpo, apretó los puños y sintió que las preguntas se le amontonaban en la cabeza, y de nuevo arreció esa rabia que le brotaba del estómago y enrojecía su cara, dándole un brillo febril a su mirada. Pero rápidamente volvió en sí, se serenó. Las niñas le mostraban el gran pedazo de pan que habían encontrado en la cesta. «¿De qué sirve ya?», pensó.

Lo importante eran el gesto y su ayuda. Se apartó de los cristales y ayudó a las niñas a sacar el resto de las cosas que Jacinta les había traído. Además del pan contenía unos platos, algún cubierto y un poco de ropa de abrigo. Les vendría bien para pasar aquella noche de invierno en la que el frío ya se dejaba sentir y la humedad procedente del río se había instalado en la casa como un espíritu que les había robado el hogar. Luis buscó astillas y restos de leña en la cochera para encender la estufa. El calor, por primera vez desde que habían cruzado la puerta, logró hacerles sentir en casa.

Se durmieron acurrucados en el comedor, cerca de la lumbre. Necesitaban estar juntos, cerca unos de otros, tocándose las manos, sintiendo la tibieza de los cuerpos. Era el único bálsamo capaz de curar la aflicción que sentían, sobre todo Pepita, con el alma cuarteada, rota como un cristal que tras un golpe amenaza con hacerse añicos. Por eso, para evitar romperse definitivamente, se repetía como un mantra, de forma continuada y hacia sus adentros: «Estamos vivos». Y así concilió el sueño, acariciando la cabeza de las niñas y sintiendo el latido del pequeño Luis sobre su pecho.

13

Una manzana reineta

Un hospital desconocido.
Septiembre de 1939

Nunca supo el tiempo que transcurrió entre aquella noche en la casa solariega de los Puertos de Morella y el día en que despertó en un lugar totalmente desconocido para él. Estaba en un hospital improvisado, tenía el brazo izquierdo inmovilizado y un dolor agudo le recorría el cuerpo cubierto por vendajes. Su cama se alineaba en una larga fila delimitada por cortinas improvisadas hechas con mantas en un pasillo interminable. Olía a formol y a ese hedor ácido de humanidad. Los heridos se amontonaban por doquier; los más afortunados como él descansaban en colchones, mientras que el resto yacían en el suelo del corredor, hombres heridos, sentados o recostados entre cojines y harapos con resignación. A su derecha, había un tipo inconsciente; le pareció que le faltaba un brazo, aunque no estaba seguro, porque la sábana lo cubría totalmente. Oyó algunas voces desde el fondo de la sala, donde alguien solicitaba paso de forma imperativa. Era la hora para la revista del oficial médico. Estuvo unos minutos mirando a su alrededor, intentando encontrar a alguien que pudiera decirle dónde estaba y si podían hacer algo para aliviar la agonía que le causaban las heridas. Era precisamente ese dolor lo que le había despertado y sacado de la inconsciencia en la que llevaba sumido varias semanas. Pero nada de eso sucedió. Al cabo de unos minutos de búsqueda inútil, su cabeza cayó sobre la almohada y perdió de nuevo el sentido. Estaba en un pozo flotando ingrávido sin poder controlar su cuerpo. Una leve sacudida le devolvió a la realidad. El oficial médico, un capitán con un fino bigote y nariz afilada, le dijo:

—Vamos a ver ese brazo, Manuel.

Mientras una enfermera le deshacía el vendaje, el médico reflexionaba en voz alta:

—A este sí que le ha ido por los pelos. —Meditó sus dudas un momento antes de verbalizarlas—: Quizá hubiera sido mejor optar por la amputación del miembro, le está costando mucho recuperar.

El enorme boquete que la metralla había dejado en su hombro era tan profundo que la luz pasaba a través de él. A algunos, por menos de aquello, los cortaban por lo sano, para evitar que la infección derivara en gangrena. En su caso, el destrozo era tal que la cercenadura no permitiría sanear toda la zona afectada por la herida, por lo que el cirujano había preferido dejar a su cuerpo en la disyuntiva de regenerar todo aquel tejido a pesar del alto riesgo de sufrir una sepsis que le llevaría a la tumba. Debía librar una batalla y ganarle la partida a la muerte, partida que diariamente perdían cientos de hombres en combate, o niños y mujeres que caían bajo las bombas de los aviones italianos y alemanes. La mayoría no tenía oportunidad de llegar a un lugar como aquel ni a nada que se pareciera a un hospital, aunque eso tampoco era ninguna garantía, pues, para muchos de los que cruzaban sus puertas, aquello se convertía en la antesala de un viaje del que no se podía regresar y donde la suerte era más determinante que la propia medicina, tan escasa como la higiene y el orden.

Los paliativos eran exiguos, y convivir con el dolor era un aprendizaje constante que exigía un extraño ejercicio para aislarlo.

—Debes ejercitar tu mente para engañar a tu cuerpo —le dijo un viejo sacerdote que le visitó cuando su diagnóstico era casi poco menos que un desahucio.

Pero ese engaño solo funcionaba en ocasiones, cuando su energía era suficiente para crear el trampantojo. Le costaba dormir. El escozor de las heridas era permanente, y sentía la necesidad rabiosa de arrancarse el vendaje y de paso esos cientos de pequeñas dagas que hurgaban en su carne. Solo cuando el cansancio y la sequedad de los ojos le vencían, conseguía adormecerse, refugiarse en la orilla del arroyo, escuchar el susurro del agua donde había descubierto aquella felicidad efímera. A veces, en las interminables noches, reunía esa fuerza capaz de regresarlo a casa. Lo hacía en el momento que precedía al duermevela. Dejaba su cuerpo atrás y lo trascendía. Aprovechaba ese desconcierto que le acercaba a la locura para escapar por una suerte de puerta cósmica que descomponía la realidad y le transportaba. Entonces, cuando sucedía, sentía la caricia en su cara de aquel viento de otoño que mecía las hojas de los nogales al fondo del prado. Escuchaba el característico sonido de la brisa al arreciar y a continuación ese ruidoso cimbreo del árbol al que acompañaba un vuelo de hojas amarillas cayendo suaves como plumas doradas. Apreciaba el tintineo de las esquilas de las ovejas que pastaban mansamente en las colinas cercanas y se dejaba invadir por el olor de la hierba húmeda mientras sentía la caricia cálida del sol en la piel. Lo percibía con tal claridad que sentía la mullida alfombra verde bajo los pies, saboreaba una manzana reineta en la boca recién arrancada del árbol. La mordía con ansia y sentía el jugo dulce recorrer su garganta reseca y desbordarse por la comisura de sus labios. Se veía a sí mismo repitiendo aquel gesto que tantas veces había hecho a lo largo de su corta vida. Se observaba sobrevolando el tiempo y el espacio. Era un espectador privilegiado de aquel instante en el que ocupaba el centro del valle, saboreando la manzana bajo el árbol y sintiendo cómo aquel entorno familiar le arropaba. Su madre, en el cobertizo del corral, donde correteaban patos, gallinas y ocas, tendía las sábanas y la ropa húmeda tras la colada, hablaba con las vecinas de los últimos chismes del pueblo. El perro, Marqués, le reclamaba una caricia con las patas apoyadas en las piernas mientras las risas de otras mujeres que recogían nueces no muy lejos sonaban como una música que le acariciaba los oídos. A veces, su mente conseguía engañar al cuerpo y volvía a un pensamiento feliz, lo rescataba de lo vivido y lo reproducía en bucle olvidando el dolor y esbozando una sonrisa. En realidad, aunque él no lo supiera, aquella era la única forma que tenía su cerebro de detener la locura que amenazaba con poseerlo, incapaz de metabolizar aquel martirio. Ansiaba quedarse allí, en aquel prado, con el sabor de la manzana reineta en la lengua, como si aquel gusto almibarado fuera un garfio con el que amarrar la falsa realidad y residir en ella el mayor tiempo posible. Tal vez fue aquel pensamiento el que le mantuvo con vida todos los días y las incontables noches que sobrevivió a las muertes que le acechaban. La explosión de sabor en la boca era como un hilo invisible que le devolvía a la vida cuando la suya se le escapaba por la garganta, con una sensación de ahogo que le dejaba sin aire. El dulce néctar le serenaba cual elixir con el que renacía bajo el manzano, con la vista alzada hacia las nubes que transitaban, redondeadas y espumosas, el cielo azul.

Por fin, cuerpo y mente vencieron la batalla, aunque el combate le dejó totalmente exhausto. Un día, tras el almuerzo, la enfermera se acercó y, mostrando una de las pocas sonrisas que él le había visto en mucho tiempo, susurró:

—Manuel, te marchas de aquí, te vas a otro hospital.

Le ayudó a incorporarse. Tras tantos días en cama, apenas si se sostenía en pie. Pidió una camilla y lo subieron a una especie de ambulancia donde otros heridos eran a su vez colocados en los soportes que de forma tosca se situaban a los lados de la espaciosa camioneta. Amarraron las camillas y salieron rumbo a un lugar desconocido. Transcurrieron horas y horas de largo viaje. Finalmente, llegaron a un puerto. Olía a mar. Lo notó cuando se abrió la puerta trasera del vehículo y los enfermeros iniciaron el traslado. Su destino era un mercante que participaba en una operación de transporte masivo de heridos. El muelle estaba lleno de ambulancias, camiones y otros vehículos que los trasladaban y los acomodaban en aquel barco. Aún se demoraron dos días amarrados a puerto a la espera de más hombres. Algunos subían de forma renqueante por la rampa, apoyados en la barandilla y ayudados por personal sanitario. Su destino, como le dijo un marino que le invitó a un cigarrillo mientras conversaban, era La Toja, en Galicia. El alto mando había decidido llevar allí a algunos de los muchos heridos para aliviar las saturadas instalaciones médicas y utilizar el conocido balneario de la isla como sanatorio donde continuar la curación. No le importó demasiado. Solo tenía ganas de reponerse, de sentir su cuerpo con fuerzas renovadas y valerse por sí mismo, con la esperanza de sobrevivir a todo aquel desastre y retomar su vida, si es que al volver quedaba algo de ella. Habían pasado ya más de dos años desde que salió de casa y su última carta la fechó en febrero de 1937 desde Irún. Les escribió para comunicarles que estaba enrolado en el regimiento Bailén y que marchaba hacia el frente. A partir de entonces solo había habido recuerdos, nostalgia y el paso atropellado del tiempo en el horror, luchando día a día por ver un nuevo amanecer.

Al llegar a tierra, dejó que los días transcurrieran apaciblemente. Las mañanas las destinaba a las curas del hombro. La cicatriz se había cerrado, pero seguía sin apenas movilidad y lo llevaba en cabestrillo. Las tardes eran para pasear por el entorno del balneario, compartir algún cigarrillo y escuchar los avatares de la guerra, vista por los que, sin perder la vida, habían dejado atrás un trozo de ella. A Manolo le aburrían las eternas conversaciones sobre los detalles de cada batalla, de cada encontronazo con el enemigo, esa furia en el combate, ese rencor que lo envolvía todo, sobre todo cuando el relato viraba hacia el ensañamiento y la crueldad. No podía evitar sentir cierta repulsión por la forma de recrearse en el dolor, porque sabía el precio del suyo, tanto que, a veces, incluso pensaba que hubiera sido mejor morir, porque lo que había venido después del ataque al depósito de municiones había sido peor que la muerte. Pero había resucitado, allí estaba y aún no sabía muy bien cómo lo había conseguido. Tantos momentos intensos se agolpaban en su memoria que se convertían en una sucesión de imágenes, emociones y sentimientos hondos y oscuros. Estaba solo. Intentó recordar a todos los hombres con los que había compartido trinchera, especialmente a Ramón. «¿Qué habría sido de él?», se preguntó. Quiso pensar que aún estaría vivo y podría escribirle cuando recuperara el brazo y regresara a casa.

Esa era su verdadera obsesión: regresar, regresar, regresar. Era como una palabra mágica que, sin pronunciarla, tan solo con su eco en el pensamiento, le ayudaba a desandar el camino y dejar atrás una época terrible, como si de un mal sueño se tratara. Eso le hacía sonreír cada mañana cuando abría los ojos y tachaba un día más en el calendario que colgaba al lado de su cama. Sentía que el día de ese regreso estaba cerca, y finalmente llegó.

Pero su deseo solo se hizo realidad en parte; volvía al servicio, pero no a casa. Estaría más cerca de su hogar de lo que se encontraba ahora, pero aun así le parecía injusto. Tanto que le protestó al oficial de destinos que le había facilitado la orden. Debía incorporarse en el penal de Lérida, rezaba el escrito, en el plazo de veinte días. Según el oficial médico, su brazo había mejorado lo suficiente. Si bien no era apto aún para el combate, sí podía hacer quehaceres de vigilancia y otros servicios. Su rostro se tornó lívido ante la orden. Le parecía una burla.

—Los heridos siempre cuentan con un permiso para finalizar su recuperación —protestó.

—Eso lo decido yo, Manuel, y andamos escasos de personal, así que no hay más que hablar. Y no me rechistes, que te mando a Andalucía. —Y dejó allí las palabras, como un portazo a cualquier otro comentario en ciernes.

Manolo se mordió la lengua, estaba enfadado con todo y con todos. Al cerrar la puerta de la oficina, dejó que su «Cago en Dios» resonara en el pasillo. Estaba harto de perder mientras otros ganaban aquella maldita guerra. Pensó que nunca debería haber cruzado la frontera para enrolarse en el conflicto. De nuevo, por su cabeza pasó la posibilidad de desertar, volver a Francia y regresar al lugar de donde nunca debió haber salido.

A los pocos días, inició el viaje cruzando el país de oeste a este. Salió temprano del recinto hospitalario, con la tenue luz de la mañana. Aprovechó la bajamar para cruzar hasta la población de Cambados y cogió un autobús que le llevaría a Pontevedra, donde subiría a un tren con un billete de tercera clase. El viaje fue largo. Los vagones iban saturados de gente con caras tristes. Trasegaban con maletas, hatillos, cajas. Le pareció que eran vidas en continua mudanza, como la suya. Vidas rotas por la guerra. No le pareció ver ninguna cara alegre ni victoriosa a pesar de que, en los inicios de aquel 1939, la guerra ya tenía un vencedor. Madrid había caído y el conflicto tenía los días contados. Aun así, ni él ni nadie de los que le acompañaban en aquel desvencijado tren tenían razón alguna para estar contentos. Compartía vagón con varias mujeres. Por sus comentarios, siempre velados, le pareció que iban al penal de Burgos. Tenían hijos presos allí. Una de ellas lo conocía bien y relataba las enormes dificultades de acceder a ese infierno. Llorosa, explicaba en un susurro el miedo que sentía al pensar que tal vez su hijo ya no estaría en el mundo de los vivos. La sentencia de muerte que pesaba sobre él se cumpliría en cualquier momento y su única esperanza era verlo una vez más, una última vez, para darle un abrazo y ayudarle a morir en paz. Las mujeres la miraban compasivas y le hablaban con desconfianza, con un miedo que respondía al desconocido que vestía uniforme militar y que compartía vagón con ellas. Manolo cerró los ojos y buscó una posición para conciliar el sueño, o al menos para que lo pareciera. Se sentía incómodo ante esas miradas femeninas y pensó que les haría más cómodo el viaje si fingía dormir y convertía esas conversaciones en música de fondo, en un torrente de desgracias y fatalidades que le parecían imposibles de soportar. Cuando abrió de nuevo los ojos, estaban cerca de Burgos. Las estudió con detalle: sus manos de mujeres de campo, con la tierra metida entre las uñas, las grietas de los dedos, el pelo recogido bajo una pañoleta y ataviadas con gruesas chaquetas de lana tejidas posiblemente con sus propias manos. Se sintió identificado con ellas. Fue como ver a su madre y a las vecinas que compartían ratos de charla en las noches de verano, sentadas en el portal, bajo la glicina, sin más ambición que disfrutar de su compañía y de esas pequeñas cosas que habían acontecido durante la jornada. Las miró mientras recogían sus pertenencias en silencio, envueltas en un halo de tristeza que le sobrecogió.

Lérida era una ciudad triste y gris. Una niebla densa la envolvía. El peso de la guerra flotaba difuso en aquella bruma. Debía incorporarse en el castillo de Gardeny, un lugar que, a pesar de estar situado en un alto sobre la ciudad, era un infierno donde todas las miserias de la guerra se concentraban en un ejercicio de síntesis difícilmente superable. Aquellas piedras impregnadas de historia ahora se teñían de sangre, de odio y venganza.

El oficial que le recibió no tuvo palabras amables con él. Se limitó a mostrarle la nave abovedada del antiguo castillo donde los catres de los soldados se alineaban entre los contrafuertes. El lugar era húmedo e insalubre, el hedor a orines traspasaba los muros. Las mujeres se agolpaban en los alrededores con la esperanza de establecer algún contacto con los internos que se amontonaban en el interior.

14

El coche rojo

Les, Valle de Aran.
Febrero de 1966

Aquel día de febrero, papá decidió que era la ocasión perfecta para probar los esquís que me había regalado el abuelo Luis. Eran unos Attenhofer equipados con un cable y un resorte que los unía a unas botas duras de cuero con el objetivo de formar un solo cuerpo con la madera. Carecía de la fuerza necesaria para atar las botas de cuero recio, pero papá lo logró fácilmente sentándome en el asiento trasero de la destartalada furgoneta Citroën que usaba para repartir el pan. Tener el pie bien sujeto sobre la tabla era fundamental para conducir el esquí sobre la nieve, y él lo sabía bien. Por ese motivo se aplicó a conciencia, para que los cordones estuvieran bien tensos y el cuero bien ceñido al pie. La tarde era plomiza y amenazaba con nevar de nuevo, por lo que hizo un amago de suspender el plan.

—¿Qué te parece si lo dejamos para otro día? Me temo que va a nevar —comentó oteando el cielo.

La decepción de mi cara le hizo desistir. El abuelo ya me había acercado una vez a la incipiente estación de esquí para probarlos, y yo sentía bailar un gusanillo de emoción en la boca de mi estómago solo de pensar en hacerlo. Además, compartir aquella tarde o, mejor dicho, una tarde entera con mi padre, era algo excepcional. Habitualmente no podía hacer nada con él. El trabajo ocupaba todo su tiempo, pero ese día no, ese día tuve mi bautismo de nieve a su lado, aprendiendo de su voz las primeras normas básicas para deslizarme con seguridad por la pendiente. Tal vez por eso, aquella jornada permanece en mi recuerdo atesorada de forma especial. Conocía bien la técnica; sus últimos años en el ejército, tras la guerra y el paso por el penal de Lérida, le llevaron a las primeras compañías de esquiadores. Tenían pocos medios y un agotamiento físico y mental que lo hacía todo más complejo, pero hablaba mucho de aquellos días del invierno de 1941, de las dificultades y los desafíos que afrontaban con técnicas muy artesanales. El esquí era un deporte desconocido por ese entonces.

El paisaje del valle mostraba un aspecto invernal, todo era blanco, y no nos fue difícil encontrar un prado con una pendiente suave donde practicar algunos giros. Fueron pocos, apenas si conseguía sostenerme sobre las dos tablas y la nieve era densa y húmeda. An así, creo que, hasta ese momento, muy pocas veces había sentido que me embargara una ilusión tan grande. Fue una tarde para aprender de la nieve y de nuestra relación con ella. La odiábamos y la amábamos con la misma intensidad, si bien entonces el ocio vinculado a los deportes de invierno era tan solo una esperanza en el horizonte, una oportunidad que ayudaría a nuestro valle a salir de la pobreza y el abandono, pero eso aún no lo sabíamos. La realidad de nuestro pequeño economato y la panadería eran el indicador de la precariedad económica del entorno. Mamá pasaba tardes enteras con la calculadora Olivetti, que accionaba con una manivela, haciendo interminables sumas de las compras a cuenta mientras consultaba las libretas donde apuntaba los gastos de las familias que esperaban la entrada de un dinero por la venta de terneros. Era una forma de comprar mediante la cual, y sin ningún tipo de garantía, se aplazaba el pago en un gesto de confianza hoy inimaginable. El ruido de la máquina era sordo y mecánico pero a la vez penetrante. Ella tecleaba con facilidad y, acto seguido, accionaba la manivela con un movimiento robótico mientras el papel, en forma de rollo, avanzaba con la lista de cantidades que se sumaban al compás de los sordos sonidos de las teclas. Algunas de las cifras reflejadas en las largas tiras de papel serían, sin lugar a dudas, deudas imposibles de saldar. En realidad, aquel papel enrollado lleno de cifras caprichosas quedaba esparcido por el suelo y formaba parte del derrumbe de nuestra forma de vida. La única forma de prosperar era obtener un salario en alguna de las pequeñas explotaciones ganaderas de la zona. La cuestión era dónde encontrar ese empleo. A menudo, a esa pregunta solo se respondía en la vecina Francia, donde la mano de obra barata que ofrecía la inmigración era una alternativa a la falta de brazos autóctonos. Por ello, muchas familias no vacilaban en marcharse e instalarse en pueblos próximos o en otros más lejanos, si era necesario, en pos de un sueldo a final de mes que garantizara un bienestar mínimo, algo que no se alcanzaba ni con la ganadería ni con los duros trabajos en el bosque. Tampoco con los precarios empleos esporádicos, que apenas permitían apuntalar economías familiares con las que asumir cualquier otro gasto que no fuera el de alimentarse. El dinero era un bien escaso y deseado. Por esa razón nuestra cotidianidad estaba plagada de historias y de rumores que a su vez albergaban sueños imposibles de pobres que aspiraban a una vida mejor. Sueños como los que propició aquel día un fantástico auto rojo tan enorme que apenas si cabía en la estrechez de nuestras callejas. Circulaba lento, con las ventanillas abiertas, mostrando el lujoso interior y los relucientes niquelados. Iba lo bastante despacio como para que las dos hermosas mujeres que flanqueaban el auto pudieran ofrecer los números de la rifa que supuestamente permitiría a algún afortunado hacerse con aquel descomunal vehículo que, en aquellas calles llenas de charcos, barro y excrementos de vacas y ovejas, parecía más un artefacto espacial que un ostentoso símbolo del desarrollismo español. El automóvil nos dejó temas de conversación para un par de días. Ese fue el tiempo que duró el resplandor rojo en nuestras retinas. Pronto se impuso la verdad sobre la rifa: que no era más que un burdo engaño sufrido por quienes compraron boletos y que no tenían ninguna opción de hacerse con aquel lujoso espejismo que circuló impúdicamente por nuestras calles. A pesar de que todo el mundo contemplaba el auto al pasar, la abuela, siguiendo sus convicciones, no se dignó a mirarlo. Estaba de espaldas, sentada en el pequeño contrafuerte que sujetaba el muro del huerto, bajo la glicina. La vi desde la acera de enfrente y, cuando el tumulto acabó, me acerqué para sentarme a su lado, como tantas otras veces. Ella no solía decir nada y yo tampoco, aunque en aquella ocasión me pudo el entusiasmo y, a pesar de que sabía que ni siquiera lo había mirado, le dije:

—¿Has visto qué cochazo? Es impresionante, casi no cabe por la calle.

Ella no reaccionó. Un par de abejas revoloteaban cerca de su cara, pero ni se inmutó, hasta que al cabo de unos segundos me respondió con otra pregunta:

—¿Para qué sirve?

Quedé pensativo y, lo más rápidamente que pude, contesté con contundencia:

—Abuela, pues… para viajar, ¿para qué sino?

Ella, sin dejar de mirar las plantas y los insectos que zumbaban entre los bancales, preguntó:

—¿Y adónde quieres viajar tú con ese artefacto? —Tras dejar pasar unos segundos, añadió—: Con eso no podrás ni arar los campos, ni traer la leña, ni subir la montaña para vigilar el ganado, ni repartir el pan… —Y acabó sentenciando—: Un trasto inútil, como tantos otros.

Siguió con la mirada anclada al huerto, observando los detalles de cada una de las flores y matas, que crecían ajenas a nuestra conversación.

Yo quedé derrotado frente a la firmeza de su argumento, pero intuía ya que los autos, aún escasos, serían pronto un símbolo de bienestar y, en cierta forma, de poder y estatus. Era frecuente recurrir a quien tenía uno para pedir encargos y conseguir bienes que no habían llegado aún a las tiendas del pueblo. El café, por ejemplo, así como medicamentos, productos para los huertos, utensilios, electrodomésticos. El encargo podía acabar en una larga lista de pequeñas cosas que, tanto si tenían origen en la cercana Francia como si venían de la lejana capital de provincia, suponían un trabajo extra para aquellos que disponían de vehículo. Vecinos o amigos encabezaban la petición con la frase: «Aprovechando que vas…». En ese gesto se cumplía el principio simple de «Me ayudas, te ayudo». También configuraba día a día una nueva élite entre los que tenían coche propio y los que nunca podrían tenerlo.

Papá necesitaba su vieja dos caballos para repartir el pan. Había tenido un coche de los años cuarenta de un rojo muy descolorido. Era tan antiguo que parecía una pieza de museo, y solían pedírselo para cerrar algún esporádico evento deportivo. Antes de la tracción mecánica, su padre y él utilizaban un caballo al que le jalaba una carreta o un trineo en invierno. Por eso mismo, y a pesar de sus deficiencias y múltiples averías, la furgoneta nos prestaba un gran servicio, especialmente cuando instalaba los asientos traseros y nos llevaba, en contadas ocasiones, de compras a una pequeña ciudad cercana al otro lado de la frontera. Las compras siempre eran escasas, ya que el cambio de la moneda hacía los productos inaccesibles, aunque siempre conseguíamos galletas recubiertas de chocolate o desconocidos postres cremosos que nos parecían verdaderas delicias.

El viaje se iba colmando de anécdotas y de historias breves:

—Mira —decía papá—, en este pueblo estuve escondido. —Y lo dejaba así en el aire, a la espera de que alguien mostrara interés por lo que contaba. Lo decía con una sonrisa dulce en los labios, sin apartar la vista de la carretera y saboreando aquel recuerdo agradable. Yo veía aquella sonrisa a través del espejo retrovisor, y aunque nunca le pedíamos detalles, estoy seguro de que tampoco le importaba. A él le resultaba suficiente con evocar la memoria de aquel tiempo lejano que formaba parte de sus recuerdos más queridos. A nosotros, a veces, nos aburrían sus historias. Incluso a mamá, que cansada de escucharle decía, contundente:

—Eso ya nos lo has explicado.

Y era cierto, pero él siempre añadía matices o detalles que la vez anterior había omitido. Así enlazaba historias con cronologías distintas, hilándolas con un relato convincente, aunque luego fuera difícil situarlo en el tiempo exacto en que sucedió. Y pasábamos de aquel pueblo donde anduvo escondido a aquel otro donde trabajó un tiempo, regresando al día en el que alguien robó una yeguada en la montaña para venderla de forma clandestina o a la historia de las monedas de oro, tesoro de la familia del que no conocía con exactitud ni la procedencia ni el valor exacto y que desapareció misteriosamente para mejorar el nivel de vida de algún conocido. Pero tampoco eso importaba demasiado. Las historias, las anécdotas, eran como un manto de nieve que iba conformando su pasado y daba sentido a nuestro presente. Eran como pedazos de las páginas de un libro que él iba narrando para no olvidarlo. Ahora, lamento no haber estado más atento a todo ese alud de información, y en especial a los detalles que se perdían con el paso del tiempo, como si las historias repetidas se erosionaran en contacto con las palabras, perdiendo el brillo y los colores que habían tenido en sus inicios.

—Mira —insistía al pasar por la calle central de un pueblecito en el que se encontraban la oficina de correos, la panadería donde a veces comprábamos típicas tartas rellenas de manzana y un supermercado—, aquí veníamos a bailar —decía señalando aquel local—, y, claro, como no teníamos coche, veníamos con la bicicleta y vendíamos gabardinas.

Y mientras lo decía dibujaba una amplia sonrisa en la cara que dejaba ver el diente de oro, que la caracterizaba y la hacía inconfundible.

—Pero ¿cómo? —le preguntaba yo, incrédulo—. ¿Y dónde llevabas las gabardinas?

Él respondía con una carcajada:

—Puestas unas encima de otras. Así en la aduana ni se imaginaban que llevábamos cuatro o cinco piezas sobrepuestas. —Y seguía sonriendo mientras saboreaba el éxito de aquellas escaramuzas contrabandistas de baja intensidad que aún perduraban, porque todavía seguíamos escondiendo mercancías en un estrecho cajón de la furgoneta para evitar las incómodas preguntas de los controles aduaneros, que obligaban a mostrar todo aquello que comprabas al otro lado de la frontera.

El ritual se repetía con las mismas palabras:

—¿Algo que declarar?

—No.

—Abra el maletero.

Papá repetía aquellos gestos con una extraña resignación; escondía en ellos su hartazgo y el de tanta otra gente por los controles abusivos. Nadie parecía entender que había bienes básicos que solo se podían adquirir al otro lado de la frontera. La norma se aplicaba con firmeza a la mayoría de la población, pero era más flexible para con la élite local del régimen. Las décadas de dictadura habían endurecido los controles y se percibía un desdén en el trato a los vecinos que se plasmaba en los gestos más cotidianos. Yo, aún adolescente, no apreciaba en esa cotidianidad gestual los mohines de desprecio y de autoridad que sobrevolaban tales rutinas. Todos ellos respiraban un odio antiguo de vencedores y vencidos, de sometimiento a una clase, que, más allá de los posicionamientos políticos, había ganado un estatus y lo ejercía sin complejos ni pudor. El resto sobrevivía entre los corsés que ellos imponían y la visión impúdica de sus privilegios. Algunos de estos nos dolieron al herirnos en lo personal. Hubo una vez en la que un funcionario de policía y gestor de la correduría de seguros se presentó en casa con un documento que hizo firmar a papá y a mamá, en un momento en que, física y emocionalmente, estaban destrozados por la muerte de mi hermana. Pretendían que ambos renunciaran a la posibilidad de reclamar cualquier tipo de indemnización por parte del seguro. Era un binomio perfecto: miedo y abuso. Dos pilares sobre los que se construía ese universo denso y asfixiante en el que los de abajo no tenían más remedio que chapotear en el barro viscoso, donde sobrevivir era una hazaña, mientras los de arriba vivían aupados por privilegios de afectos elegidos por el régimen. Tal vez por eso, tras los años de guerra y dictadura, si bien en casa se hablaba poco de política, papá vivió la llegada de la izquierda como una liberación. Me pregunto si en ese doloroso contexto de posguerra no acabó interiorizando una decepción de la que, sin mencionarla, nos hizo partícipes y cómplices para, con el paso del tiempo, acompañarnos a una posición política tan distinta de la que él había defendido en el frente. De esa guerra en la que él había participado solo quedaban cicatrices, visibles cuando salía del horno con la camiseta imperio y quedaban a la vista sus brazos plagados de mapas del dolor y con las protuberancias de una metralla que aún residía bajo la piel, como si fueran viejos y profundos tatuajes evocadores de un tiempo anterior. Un tiempo de fuego y sangre incrustado en su cuerpo a la fuerza, sin opción al olvido ni a la redención.

15

Conchita y el mar

Bossòst, Valle de Aran.
Octubre de 1943

El reloj de péndulo acababa de dar las cinco de la tarde. Pepita se sentaba a esa hora en su sillón de mimbre, cerca de la radio, para seguir con atención la novela que emitían a esa misma hora. Dedicaba esos treinta minutos a las tareas de costura. Su costurero, con agujas, hilos y botones, estaba justo en la mesita que ocupaba aquel rincón, junto a la lamparita de pie. Era su espacio personal y nadie más que ella se sentaba allí ni husmeaba en los cajones de la cómoda que flanqueaban la butaca. Mientras escuchaba la trama, que la mantenía en vilo hasta el día siguiente, aprovechaba el tiempo para coser un botón, zurcir algún roto o seguir con el ganchillo que guardaba meticulosamente en una caja metálica de galletas, cuya tapa mostraba un llamativo paisaje lacustre.

El tiempo había ido goteando día tras día como un líquido denso filtrándose entre la fina trama de un colador. Una densidad a veces asfixiante, pero a la que se habían acostumbrado con el paso de los años, que no dejaba espacio a nada más que no fuera lo estrictamente establecido por el régimen y sus entornos. Esos agentes invisibles pero omnipresentes marcaban con rotundidad los compases de la vida en los pueblos. No les resultaba difícil. El empeño en sobrevivir a la dureza de cada día era superior a cualquier otra preocupación que trascendiera ese objetivo. Para Pepita, lo más difícil era olvidar, sacudir de su cuerpo y de su mente los recuerdos que pesaban en su presente como una losa granítica que la aplastaba, sin ahogarla, hasta dejarla exhausta. No podía evitar que un regusto amargo le volviera cada poco a la boca, cuando se cruzaba con alguno de los vecinos que habían saqueado su casa. La complicidad de estos con los denunciantes se reveló evidente e impúdica cuando Pepita los reconoció luciendo prendas que antaño habían sido suyas. Nunca dijo nada. Optó por el silencio y por recrearse en el pequeño cosmos que, en cierto modo, la ensimismaba y hacía prisionera de sus propios espacios. Lugares que difícilmente trascendían a ese rincón de la casa o al jardincito presidido por la sombra del sauce, que lucía ahora un tronco robusto y enormes ramas. Luis quería cortarlo. Siempre insistía en que necesitaban más luz, pero ella, a pesar de compartir su diagnóstico, se resistía a aceptarlo. Ese sauce le hacía compañía, le decía. El columpio en el que tantas horas habían pasado los niños aún seguía allí, aunque para ellos ya fuera un adorno inútil donde habitaba la carcoma y el óxido. Cuando lo veía entre los visillos de la puerta acristalada, mientras atendía a la radionovela, le parecía que aquel árbol era el guardián de la casa, impertérrito al paso del tiempo. Todo parecía desgastarlo el tiempo menos a ese gigante que mudaba las hojas cada otoño, creando su particular universo, coloreado de manera diferente en cada estación. Su mundo vivía también bajo las ramas de ese árbol llorón y la vinculaba a un estado de ánimo con el que se mimetizaba, como si sus almas fueran gemelas. En realidad, la suya era una suerte de actitud frente a la vida que la ayudaba a sobrellevar el peso de los recuerdos. Tal vez, esa era la razón que la distanciaba de todos y todo, pero en especial de Luis. Él había mutado, había sabido adaptarse a la corriente para disfrutar de la vida sin otra ambición que la inmediatez de los días vividos con toda intensidad. Ella no.

La música que acompañaba la despedida del serial coincidió con la entrada de Conchita. Era ya toda una mujer. Habían pasado casi cuatro años desde el día que la despidió para irse a Barcelona y luego a Palma de Mallorca. Su madre no era ajena al cambio profundo que había experimentado su hija.

«Se fue siendo una niña y ya es una mujer.». Se lo repetía a sí misma cada vez que la veía entrar o salir de casa con paso seguro y firme. Había dejado de ser aquella niña asustadiza y frágil que sufría pesadillas cuando la asaltaban monstruos amenazadores noche tras noche desde el regreso a casa, tras el exilio en los campos de internamiento. Ahora era una joven decidida y locuaz. Tras su periplo por Barcelona y Palma, había madurado y se había convertido en una mujer con ideas propias, en ocasiones rebelde, que combatía con convicción los miedos de su madre. Pepita, a veces, sentía cierto desasosiego, porque al escucharla le parecía que en su mente seguía pesando el deseo de regresar a la ciudad, a esa modernidad que añoraba, y de aceptar la invitación de sus tíos a quedarse definitivamente con ellos en Palma de Mallorca. Ella no lo negaba cuando se lo preguntaba, si bien tampoco lo verbalizaba ante su padre. Sabía que él no lo permitiría jamás, y eso la desanimaba. Aun así, sentía añoranza de las islas, de aquel mar azul que había visto cada mañana cuando se dirigía por las callejas hacia la tienda de vajillas en el número 37 de la calle Colón en la que trabajaba. Si tenía tiempo, daba un pequeño rodeo para impregnarse del olor del salitre y ver la inmensidad turquesa, que la cautivaba. Le gustaba extender la mirada por la monotonía del agua quieta y dejar durante un instante que todo se detuviera allí. Era como una descompresión con la que se evadía de la ansiedad acumulada, en especial en aquellos días en los que la muerte de Pedro lo ocupaba todo y el ambiente de la casa se hacía irrespirable. Ella llegó a Palma para cubrir el vacío del hijo muerto de sus tíos. Debía ser el antídoto a esa tristeza que, como una tela de araña, tensaba el espacio de una casa desconocida. Se había ido tejiendo lenta e inexorablemente hasta asfixiarlos, y ni siquiera la presencia de la joven servía para mitigar el dolor. A veces, apreciaba incluso un gesto hostil hacia ella. Sin embargo, aprendió rápido a distinguir cuándo debía poner distancia. Lo notaba en la actitud de su tío, que tomaba un cariz amargo y disimulaba con bromas que rozaban la crueldad. Ella estaba allí para romper su monotonía, pero tan honda era la herida que ellos sentían que incluso su presencia les provocaba aflicción. Lo sabía. Lo aprendió. Los veía llorar sin consuelo, cada uno desde su rincón. El tío, sentado justo en la esquina de la mesa con un codo apoyado en el borde y la mano sujetando su frente, como si el peso de la vida le resultara insoportable mientras las lágrimas le recorrían las mejillas. Su tía, más escandalosa, sollozaba en el sofá. Conchita los contemplaba en silencio, sin decir una palabra. Tan solo los miraba, compasiva, intentando entender el tormento y sin poder intuir que muchos años después ella sufriría algo semejante en sus propias carnes, como si fueran víctimas de una misma maldición. Al acostarse, se sentía invadida por una pena indómita que no podía gestionar y que la atenazaba hasta conciliar el sueño. Al día siguiente, mientras descendía por las callejas, la visión del mar le proporcionaba una paz y un sosiego que le calmaban la agitación del pecho. Admirar esa belleza infinita que se extendía a los pies del mirador diluía el sufrimiento, la tristeza y la añoranza, en esa quietud azul que le resultaba adictiva.

Extrañaba el mar y las tardes de domingo en las que caminaban cerca de la playa de Can Pastilla, compartiendo el bullicio de la gente que disfrutaba del sol y la brisa, pero una parte de ella se resistía a volver a la isla, a sentirse de nuevo inmersa en la desesperanza que abrazaba la vida de sus tíos. Se negaba a ser el madero que mantiene a flote a un náufrago entregado a la derrota. Se lo había explicado a su madre a los pocos días de regresar, con el entusiasmo del viaje aún presente en sus pupilas. Pepita supo distinguir la ambigua tristeza que flotaba en su relato, y eso que Conchita se cuidó de no dar excesivos detalles que pudieran dar tintes dramáticos a sus palabras. Tampoco hubiera sabido cómo explicarlo, cómo verbalizar la extraña relación que estableció con sus tíos, cómo creció el cariño y el aprecio que los unió aun sin alcanzar a derribar el muro que los separaba y aislaba. A ellos, de un mundo ahora desprovisto de ningún interés, y a ella, por sentirse incapaz de mitigar el dolor punzante que los atormentaba. Era su esperanza, pero a su vez debía competir con el recuerdo de un fantasma que permanentemente aparecía en cualquier conversación intrascendente.

«Mira, este era su helado favorito. ¿Recuerdas la vez aquella que se cayó con el patinete? Aquí se mojó en el agua jugando con las olas…». Y, sin quererlo, algo se rompía entre sus tíos y ella debía volver a construirlo para sacarles del bucle que los devolvía a la depresión.

Evitaban hablar de ellos. Sin habérselo propuesto, ninguna de las dos lo hacía. Conchita prefería centrarse en su día a día y en las cosas de la peluquería que poco a poco iban tomando forma y a la que dedicaba todo su esfuerzo. El negocio, que compartía con su hermana Mercedes, iba bien. Era la primera peluquería del pueblo y su apertura había sido todo un acontecimiento que seguía despertando curiosidad, sobre todo por la cantidad de máquinas y aparatos que usaban para secar el pelo, como las campanas esas donde las clientas introducían la cabeza. Si bien al inicio había habido algunas reticencias, a cada semana que pasaba más vecinas se animaban a cruzar la puerta del local y pedir hora para un tinte, una permanente o un corte de pelo. Ese era el tema de conversación favorito por aquel entonces: saber quiénes eran las nuevas clientas y cuáles eran las últimas noticias que se comentaban en las cuatro sillas en las que se atendía el turno.

Muchas de las mujeres que acudían a la peluquería lo hacían por primera vez. Nunca habían imaginado que existieran esas técnicas para domar el cabello y peinarlo a prueba de los quehaceres diarios, o tantos tintes con los que cubrir las canas que las envejecían de forma prematura. No obstante, la decisión de someterse a esos cuidados no estuvo exenta de polémica, porque para muchos la peluquería era una frivolidad sin sentido. Una lucha más entre la modernidad y los cánones costumbristas que habían dominado la vida de las comunidades rurales tantos años. Al cabo, la curiosidad y la pugna por los nuevos estereotipos de feminidad fueron animando a las mujeres a derribar viejos miedos y tabúes.

Todo empezó una noche después de cenar, cuando solían hablar de cómo había ido el día. Luis tomó la iniciativa y les contó que había tenido una idea: que Conchita se fuera a estudiar peluquería:

—He hablado con el tío José de Palma, y te acogerían un tiempo para que puedas aprender el oficio. —Lo dijo así, a cosa hecha, sin preguntar, como era costumbre en él.

—¡Pero papá! —respondió ella.

—Bueno, si no quieres les digo que no irás, pero tienes que pensar en el mañana y un negocio como ese tiene futuro aquí. ¡Vamos, vamos! Seguro que lo harías muy bien —remató mientras se levantaba para llevar el plato a la cocina, dejándolas desconcertadas y sin saber hasta qué punto aquel plan era una idea de las muchas que él desgajaba hasta desecharlas o realmente algo serio y tangible.

Esperó al día siguiente para abordarlo en el desayuno y pedirle que le explicara con exactitud qué era lo que había hablado con esos tíos a los que ella no conocía y qué era aquello de una peluquería.

La respuesta fue contundente, tanto que, a las pocas semanas, Conchita estaba sentada en el banco de madera de un transporte rumbo a la capital de provincia, de donde iría a Barcelona para, tras una estancia en casa de sus otros tíos, embarcar hacia Palma de Mallorca. En su cara reflejaba una angustia que dejó profundamente intranquila a Pepita. Se acercó a ella y la abrazó con dulzura, como si fuera un pajarillo al que se teme dañar. Su delgadez, la tez pálida y aquella falda que, a pesar de los arreglos, continuaba siendo demasiado grande para su cintura, le daban un aire indefenso. Pepita seguía pensando que era un grave error enviarla de viaje. Le parecía demasiado pronto y se lo había reiterado muchas veces a Luis, pero la obstinación de este la había hecho desistir. Y ahora, viéndola, se arrepentía de no haberlo convencido. La guerra había terminado, pero sus secuelas estaban tan presentes que todavía dejaban huella en la vida cotidiana. La omnipresencia de los soldados, la guardia civil o la policía secreta creaban un clima de terror. Seguían las detenciones, las sacas nocturnas, un miedo que ella había interiorizado y que seguía persiguiéndola. Estaba aterrada. Su único antídoto contra el miedo era saber que todos estaban juntos bajo el mismo techo, y eso ya no iba a ocurrir durante un tiempo. Tal vez por ese motivo, mientras la miraba con la maleta de tela entre las piernas, el pelo rebelde recogido con un turbante y la mirada asustada tras las gafas de pasta, no pudo reprimir las lágrimas ni el desasosiego. Luis se acercó al auto, revisó de nuevo que llevara bien sujeto el bolso donde Pepita le había cosido un bolsillo secreto en el forro en cuyo interior llevaba el dinero para el viaje y la dirección de los tíos en Barcelona. Le pasó una mano por la cabeza en forma de caricia y la besó en la frente.

—No te preocupes, todo va a ir bien —susurró.

Bajó del vehículo y cerró la puerta tras él. Ella siguió mirándolos fijamente desde su asiento, como si no fuera a verlos nunca más, hasta que el auto arrancó con una violenta sacudida. Entonces ya no pudo reprimir sus ansias de llorar y lo hizo, en silencio pero durante largo rato.

Su regreso fue para Pepita como un bálsamo. Recuperó la seguridad que le daba el saber a la familia de nuevo reunida, junta, en aquella casa que tanto los cobijaba. Por aquel entonces ya sentían la proximidad de la fiesta mayor. Quedaban escasos días para la noche de San Juan y todo el pueblo vibraba con la oportunidad de romper la monotonía. La pequeña orquesta local llevaba días ensayando para amenizar el baile Los quintos, jóvenes en edad militar que además eran los responsables de organizar los festejos, ya tenían a punto el cobertizo en el que iban a celebrar el baile, no fuera a ser que la lluvia les importunara y les impidiera celebrarlo al aire libre. Pusieron vallas de madera coloreadas con ramas de abeto colgando para decorar y farolillos entre las fachadas, lo que alimentaba el aire festivo. Al fondo, un carro amplio y unas tablas harían las funciones de escenario para la orquesta, que había de interpretar un repertorio no demasiado extenso pero suficiente para alargar la danza varias horas. Su madre ya le había advertido que debían estar atentas para cuando los jóvenes hicieran la recolecta para los gastos de la fiesta: debían estar en casa y ser ellas las que hicieran la donación. Lo dijo con una sonrisa que les resultó extraña. Casi nunca sonreía, pero en esa ocasión dejó que esa sonrisa se dibujara en su rostro ya ajado por los años. Les pareció que aquella era la mejor invitación para procurarse unos días de diversión y risas, algo poco frecuente.

Quizá por eso, porque ya estaba avisada, Conchita reaccionó serena y sin sorpresa cuando, mientras cerraba con llave la puerta de la peluquería, él se acercó y le preguntó si podía acompañarla a casa.

—Claro —le dijo sin pensarlo ni un momento. Entonces se dio cuenta de que tenía la bicicleta apoyada en la pared y la vio como un incordio.

Pero él fue más rápido al decir:

—No te preocupes, yo la llevo.

Recorrieron en silencio la calle. Apenas un qué tal y unas palabras de cortesía llenaron el espacio. El tiempo que tardaron en llegar a su casa le pareció muy breve, y mientras cruzaba el portal Conchita sintió que podría haber andado horas junto a él, sin necesidad de decir ni una sola palabra.

16

Volver a casa

Les, Valle de Aran.
Junio de 1940

Apareció en casa sin avisar. Había subido la víspera a un convoy militar que se dirigía al norte y luego a un camión que transportaba troncos de madera desde los bosques del Pirineo hacia las aserradoras del lado sur de la cordillera. Fue un viaje largo y penoso, pero acercarse a la montaña le permitió recuperar el ánimo, y algo se removió en su interior al ver las cumbres nevadas desde donde descendía un viento frío que le acariciaba la cara y en cierta forma borraba de su piel y de su retina la aridez de los paisajes de guerra. Iba sentado en la trasera del camión, que renqueaba lentamente al serpentear por las curvas interminables del puerto de la Bonaigua. Pero él ya no tenía prisa ni ansiedad. Su estado de ánimo no se podía describir. No era indiferencia, sino la respuesta de quien ha vivido circunstancias harto difíciles y ha aprendido a controlar, cuando no bloquear, sus emociones, algo impropio de la juventud, pero que la guerra le había enseñado como una herramienta más de su propio manual de supervivencia. Pese a ello, ahora disfrutaba de la frondosidad de los abetales y de su fuerte olor a resina. Observaba los mosaicos entre los prados de alta montaña y los neveros que se resistían a desaparecer de las zonas más umbrías, dejando en el paisaje contornos blancos sobre un incipiente verde ya salpicado de lirios salvajes, regaliz, viboreras, flores de azafrán, gencianas y otras plantas que anunciaban la inminente llegada del verano. Aquella visión le devolvió la imagen de su mundo, de una vida que había dejado atrás durante años, y, de pronto, casi sin darse cuenta, en su pensamiento apareció Marie. La había borrado de su mente o tal vez su reflejo solo se había desvanecido. Ahora era el hechizo de aquellas montañas lo que la hacía reaparecer en su memoria, como un fantasma del pasado que recupera su espacio perdido.

Qué habría sido de ella, se preguntó. Recuperar ahora su recuerdo era como volver a estar ante un viejo conocido que no veía desde hacía décadas. Los años habían borrado todo vestigio de la persona que había sido y todo rastro de los vínculos, de las relaciones que había mantenido hasta entonces. «Tal vez deba empezar de nuevo con todo», pensó. Pero le asaltó la duda de si sería capaz de hacerlo, si podría dejar atrás cuanto arrastraba en forma de dolor, físico y emocional. Al imaginar a Marie, una luz se encendía en sus entrañas. La melena rubia, las largas piernas, la blancura de sus senos... Por desgracia, el recuerdo parecía más un sueño, una fantasía, que algo real. El tiempo y los acontecimientos habían borrado de su vida cualquier atisbo de ternura. Su corazón no estaba abonado para que floreciera ningún tipo de sentimiento. Ignoraba aún que debía sanar su alma tanto como sanar su cuerpo. Regenerarse, volver a sentir y sobre todo volver a sentirse vivo.

Tuvo que cambiar un par de veces más de transporte. Para el último tramo esperó un par de horas sentado en el arcén, sobre su petate, hasta que pasó un vehículo. Finalmente, cuando el atardecer ya anunciaba el opúsculo, lo recogió una camioneta que hacía las funciones de taxi. Reconoció las letras de la empresa que construía las presas hidroeléctricas pintadas en la puerta. Saludó al conductor y al resto de los viajeros y siguieron avanzando por la carretera que penetraba hasta el valle profundo. El conductor lo dejó en la entrada del pueblo, desde donde tuvo que andar unos cientos de metros para llegar a casa. Lo hizo sin prisa. Llevaba más de tres años ausente, pero a él, ese tiempo, le parecía toda una vida. Era un adolescente cuando salió corriendo al norte por la puerta trasera de la casa, y volvía por el sur, despacio, con el cuerpo magullado por las heridas y la mente torturada por el horror y la muerte. Algunas personas le reconocieron al pasar y le saludaron. Estaba extremadamente delgado y algo desaliñado, con un uniforme gastado y descolorido. Calzaba unas alpargatas blancas y sobre la cabeza llevaba un birrete con borla.

La abuela Pina decía que, el día que llegó, lo primero que hizo fue quemar sus ropas. Las liendres, decía, habían infestado las costuras del uniforme. Lo explicaba con cara de asombro: «¡Nunca había visto algo parecido!». Y entonces se llevaba la mano a la frente para reforzar su perplejidad con una expresión muy característica de nuestra lengua: «¡Moria, praube mainatge![3]».

El brazo herido en batalla, y en especial la mano, continuaba teniendo un tono amoratado. Ni siquiera los médicos supieron explicar a qué se debía esa tonalidad oscura. Manolo temía que el brazo siguiera en un proceso de infección mal curada a pesar de los largos tratamientos con antibióticos. Su movilidad también era reducida. Le costaba levantarlo por encima de la cabeza, y la tensión muscular le seguía provocando un dolor agudo que, en suma, limitaba aún más el arco de movimiento.

Con esa limitación física se reencontró con el espacio y ese nuevo tiempo de paz, lo que cerraba por fin un paréntesis abierto y dilatado por demasiados años. Dormir en una cama,

---

[3] En aranés: «¡Madre mía, pobre hijo!».

saborear los alimentos de su tierra y, lo más difícil, evitar que los recuerdos siguieran doliendo como aristas cortantes en forma de pesadillas que lo devolvían a las explosiones, a las largas noches de hospital, a la soledad o al miedo. Al levantarse por la mañana, sentía de nuevo que aquellas heridas invisibles sangraban y le dolían. Regresaba a la ambulancia lleno de metralla ardiente y notaba que su vida se le escapaba en cada borbotón de sangre que salía de su cuerpo y en ese calor sofocante que le abrasaba los pulmones.

Los últimos días plácidos de la primavera de 1940 fueron un oasis. Día a día se reconcilió con la vida. Los primeros rayos de sol al entrar por la ventana de su habitación le parecían un regalo inmenso. Dejaba que la tibieza de los rayos le acariciaran el cuerpo. Sentía que las fuerzas volvían a él con una energía renovada y, aunque su madre le había prohibido tajantemente hacer ningún tipo de actividad, tenía ganas de ayudar, ya fuera en la panadería o en las múltiples tareas del cuidado del ganado. Pasaba ratos mirando el trajín de los mozos que partían leña en el corral para avivar el horno y participaba en animadas conversaciones en la cocina, donde siempre había corrillos con vecinos de otros pueblos que iban hasta allí a comprar suministros y aprovechaban la ocasión para intercambiar noticias, nacimientos, defunciones y todo tipo de chascarrillos que hacían del entorno de la chimenea un centro de información privilegiado. El sosiego de aquellos días serenaba su espíritu y le permitía ordenar sus pensamientos. Lo hacía sin prisa, dejando pasar el tiempo en la mecedora y recordando a pequeños sorbos, como si se tratara de un licor delicioso pero que arde en la garganta al tragar. Algunos de esos recuerdos seguían torturándole, otros le reconfortaban. Pensaba a menudo en Ramón. Qué habría sido de él, se preguntaba mientras rememoraba los cigarrillos compartidos en la trinchera, sus risas y sus inagotables palabras de aliento. Debía intentar encontrarlo, pero no sabía cómo hacerlo. Tal vez debía aprender también a gestionar las ausencias. La imagen de Marie seguía siendo un sueño, pero allí, en la mecedora, con la tibieza de los rayos dibujando haces de luz en los que flotaban motas minúsculas de polvo, el sueño era más nítido, más real. No la recordó, la percibió llenando ese espacio luminoso y flotando en el aire tibio. Fue como recuperarla a ella en el instante preciso en el que se rompió la cadena invisible que le bloqueaba, como si alguna de las infinitas fracturas de su alma hubiera abierto el caudal de sentimientos comprimidos que había escondido en lo más recóndito de su ser. Y entonces, justo en ese instante, sintió la necesidad imperiosa de verla, un voraz apetito de ella, de saborear de nuevo su boca sobre la suya, el tacto de su piel sedosa, el calor de sus pechos y el dulce roce de sus labios. Casi lo había olvidado, pero, sin querer, llevó la punta de la lengua al labio superior en busca del candor del último beso.

Al día siguiente, madrugó. Sabía que iba a cometer una locura, pero no le importó. Durante la cena, anunció que quería salir al monte, acercarse a ver el rebaño que estaba en los pastos de altura. Todos le cuestionaron en tromba, pero él se mantuvo firme en su decisión, les dijo que se sentía con fuerzas y que estaba harto de la mecedora. La noche se alumbraba con una gran luna llena que lucía en la bóveda celeste, dibujada sobre las crestas de las montañas. Salió sigiloso, procurando que nadie le oyera. Había dejado la bicicleta preparada tras el portal del corral. Se montó y notó la fragilidad del brazo al agarrar el manillar, pero le dio igual. Empezó a pedalear y se alejó por la calle en dirección a la frontera. La luz del alba empezó a dibujar los prados con sus acequias y el contorno de los árboles. Eran sombras que se alargaban creando extrañas figuras fantasmagóricas. En algún momento temió que alguien le viera o que la guardia civil le diera el alto. Llevaba en el bolsillo de la chaqueta el salvoconducto y la hoja de servicio, aunque sabía que eso no le serviría en el país vecino. Aquello le serviría de coartada hasta cruzar la frontera. La aduana estaba cerrada y fuertemente vigilada. Por un momento, pensó que estaba haciendo una auténtica locura y dejó de pedalear. Pero algo en su interior le animaba a continuar en aquel empeño descabellado y sintió un cierto placer en esa incertidumbre, algo parecido a lo que sentía al combatir. Llegó a un camino maderero, justo a un kilómetro del puesto fronterizo. Escondió la bici bajo unas matas de avellano. El río estaba cerca e impedía oír cualquier otra cosa que no fuera ese fluir rápido de aguas turbulentas que veía desde el arcén. Se apresuró con paso ágil y se perdió en la espesura del bosque. Sabía que desde allí llegaría con facilidad al camino de los contrabandistas, pero también era consciente de que, posiblemente, aquella zona tendría puestos de vigilancia continuos y patrullas para batir el bosque de forma regular. Abandonó el camino y siguió campo a través, cauto y atento a los sonidos que escuchaba. Los soldados que patrullaban no tenían ningún cuidado. Eso le salvó. Captó el fragor de sus pasos unos segundos antes de que aparecieran. Con agilidad se tumbó bajo la alfombra de helechos que crecía a merced de fresnos y abedules. Se quedó muy quieto, controlando su respiración. Los escuchó bromear. El cabo que estaba al mando de la escuadra protestó: ¡«Callaos, coño!», consciente quizá de que el alboroto no ayudaba en la misión de vigilancia. Bien es cierto que llevaban semanas sin ver a nadie por allí, porque nadie se atrevía a cruzar tan cerca del puesto fronterizo. Los que lo hacían, huyendo de la represión y de los pelotones de fusilamiento, utilizaban los puertos de montaña con penosas marchas, pero senderos algo más seguros. Permaneció un rato en el suelo, sabía que la prisa no era buena en esos casos, y su experiencia le dijo que aguardara. Hizo bien, porque tras el pelotón pasaron con paso rápido dos guardias civiles. Le angustió tanto control, pero siguió con su plan. Se levantó con sigilio y siguió avanzando entre la espesura durante un par de kilómetros sin ningún otro tropiezo.

En esos mismos días de primavera, pero un año atrás, en 1939, un locutor de radio leía el parte militar que anunciaba el fin de la guerra: «Cautivo y desarmado el Ejército Rojo, las tropas nacionales han alcanzado sus últimos objetivos militares. La guerra ha terminado».

Cientos de miles de hombres y mujeres huían de España, intentando alcanzar las fronteras y abandonar el infierno que les esperaba si eran arrestados. La operación de exterminio de cualquier sospechoso de simpatizar con la República se cumplía al pie de la letra. La orden cursada por el general Mola el 19 de julio de 1936 fue tajante y concluyente, y el tiempo solo había confirmado sus intenciones. Lo dijo en una concentración de alcaldes en Pamplona y sus palabras fueron una sentencia de muerte colectiva: «Hay que sembrar el terror, hay que dar la sensación de dominio, eliminando sin escrúpulos ni vacilación a todos los que no piensan como nosotros».

Esa orden, junto con la manipulación de la ley de fugas, mediante la que se asesinaba a mansalva y ordenaba a los detenidos a dar la espalda al pelotón armado que los había apresado, simulando así una fuga que justificaba el asesinato, se convirtió en palanca de un pánico que penetró hasta lo más profundo del país. El objetivo era exterminar a la media España que se había enfrentado al levantamiento militar de Mola y Franco. Por eso, a Manolo no le sorprendió encontrar en aquel camino a un hombre extenuado que cargaba una ametralladora Degtiariov y que descendía por un ramal del camino que bajaba de una cumbre próxima. Se saludaron con desconfianza. Manolo rompió el hielo diciendo:

—Esa ametralladora pesa mucho para andar con ella por la montaña. ¿Para qué seguir cargando con ella? La guerra ha terminado.

—¡Ay! Tú no sabes nada, chaval —le respondió con un fuerte acento del sur—. El fascismo no se va a quedar en España. El baile no ha hecho más que empezar. Vamos a necesitar muchas como esta.

El hombre sabía o intuía que aquella invasión de Polonia en septiembre de 1939 era el preludio del segundo gran conflicto europeo. Los nuevos vientos de guerra ya habían llegado a Francia. En unas pocas semanas el ejército nazi entraría en París, aunque ellos aún eran ajenos a esa noticia.

Manolo le dio los buenos días al hombre, que había decidido descansar al pie del abrevadero que jalonaba el camino, y apretó el paso. Su objetivo no estaba lejos y en su cabeza estaba el amor, no la guerra. Calculó que en una hora llegaría a su destino. El sol ya estaba en su cénit y sabía que no tenía demasiado tiempo para regresar y superar los imprevistos que pudieran surgir. Cuando cruzó las primeras casas, reconoció rápidamente el cobertizo con los lavaderos en los que descansó el día en que llegó por primera vez al pueblo. Se paró un momento para beber un largo trago de agua y se dirigió a la tiendecita que regentaba la familia de Marie. Se plantó delante de la puerta. Estaba cerrada. Dio unos golpes en el dintel, luego en la ventana. No hubo respuesta. Finalmente preguntó en francés a una vecina que pasaba con una cesta de la compra:

—*S'il vous plaît, madame. Vous savez où je peux trouver la famille qui tenait le magasin?*[4]

—*Ils sont partis il y a quelques mois, lorsque la guerre a éclaté. Je sais rien de plus.*[5]

—*Merci* —respondió Manolo con un nudo en la garganta.

La respuesta fue como un mazazo para él. Quedó en un estado de aturdimiento. Todo parecía la metáfora de un tiempo que estaba dispuesto a borrar cualquier atisbo de esperanza para la felicidad. Se sentó en el escalón del portal e intentó digerir aquella ausencia al pie de aquella puerta cerrada.

---

[4] «¿Sabe usted dónde puedo encontrar a la familia que regentaba la tienda?».

[5] «Se marcharon hace un par de meses, cuando empezó la guerra. No sé más».

17

El sabor de la sangre

Les, Valle de Aran.
Julio de 1972

Soñábamos con el mar, esa mancha uniforme que contorneaba los mapas de tela polvorienta colgados en la pizarra del aula. Aquel día, cuando el coche tomó la curva cerrada en una estrecha carretera, apareció la inmensidad azul.

—Mira, mira: el mar —dijo mamá.

Pero el vehículo no se detuvo. Íbamos a ver a una tía suya para quedarme unos días con ella en una masía de su propiedad, en el interior de la provincia de Tarragona. La imagen fue solo eso, una visión fugaz que apenas duró unos segundos. Para mojar los pies en aguas saladas tuve que esperar unos años más. Lo cierto es que la experiencia no tuvo nada que ver con la típica escena de playa y familia. No, nada de eso. En aquella España, para los niños de interior la única opción de ver el mar era apuntarse a los campamentos de la Organización Juvenil Española, heredera del Frente de Juventudes y dependiente de la Secretaría General del Movimiento. No sé quién nos incitó a ir. Imagino que alguien del colegio. Tal vez fuera el profesor que impartía la asignatura de Formación del Espíritu Nacional. A los once años no debió de ser difícil convencernos de que unas vacaciones cerca del mar bien merecían a cambio un poco de aleccionamiento ideológico. Bus de línea, trenes e infinitas horas de espera para llegar a un destino desconocido que se asemejaba más a un cuartel que a un centro juvenil. Fue una mala experiencia que, además, se complicó con un dolor de oídos que me mantuvo noches en vela a causa de la infección, y sin ninguna atención médica que pudiera aliviarme. Así, el mar y la felicidad vacacional siguieron siendo un ente imaginario más propio de las películas de los domingos que de nuestra vida cotidiana. Nuestro verano nunca fue sinónimo de vacaciones ni de días de playa. La vida no se entendía sin el trabajo. Troquelar fieltro, repartir pollos, pesar huevos, alimentar gallinas, hacer todas las funciones de un camarero o pinche de cocina... La lista de actividades veraniegas para los adolescentes del pueblo era larga. Cualquiera valía para conseguir algo de dinero, aunque más que el dinero lo que en realidad resultaba importante era no permanecer ocioso. No conocíamos ese término. El trabajo era una regla básica que impregnaba nuestra vida desde niños. Sobrepasaba las premisas económicas y profesionales, era un compromiso con la casa y con el nombre que nos identificaba. Atender el huerto de la casa o los animales que había en ellos, conejos y gallinas principalmente, era una obligación diaria, aunque a veces también había que ir al prado o a granjas a las afueras a retirar el estiércol de los establos o los corrales, que luego servía para abonar la tierra; y también había que preparar los haces de hojas de fresno al final del verano que permitían alimentar a los animales a la llegada del invierno. Todo aquel trabajo era, a menudo, para algo tan básico como alimentarnos. También para darnos alguna satisfacción o capricho como el arroz del domingo que mamá cocinaba con conejo en el hornillo, que recuerdo diminuto, con dos fuegos alimentados por una bombona de butano y sin apenas espacio para nada más.

Papá sacrificaba los animales la tarde anterior. Lo hacía con mucha destreza; un golpe detrás de las largas orejas antes de despellejarlos, dejando la carne toda la noche a la serena. Al día siguiente compartíamos el arroz o un guiso entre risas y animadas charlas, donde se cruzaban los chascarrillos, las noticias y los problemas, que no dejaban pasar una oportunidad para salir a la luz. En realidad, no es que los domingos fueran muy diferentes al resto de la semana, excepto porque no había colegio y por el arroz de conejo y una botella de sidra El Gaitero que marcaban la diferencia. No éramos de salir a tomar vermús. A papá no le gustaban los bares, y los domingos, además del pan, ampliaba la oferta de la panadería con la elaboración de sabrosas cocas que tenían un gran éxito de ventas. El desayuno lo disfrutábamos con una de esas sabrosas pastas, esponjosas y con un ligero sabor anisado. Yo las saboreaba mientras veía familias desfilar con la ropa de domingo hacia la iglesia. A la salida, ellas sí, solían sentarse en una terraza y disfrutar de aceitunas de aperitivo y vermús con agua de sifón. Sentía una cierta envidia al verlas llevar a cabo ese ritual. Nosotros nunca lo hacíamos, porque no había tiempo ni dinero para esas frivolidades, como tampoco lo teníamos para ir de compras, ir a comer a un restaurante o hacer tantas otras cosas que, aunque hoy nos extrañe, no se incluían ni tan siquiera de nuestro imaginario.

En los pueblos era habitual que los hombres compartieran el vino de la tarde, las partidas de cartas o los desayunos, que por aquel entonces solían rematarse con carajillo y un sol y sombra, contundente mezcla de anís y ron. No recuerdo nunca haber visto a mi padre en el bar. Creo que formaba parte de su compromiso con la vida que quería y con la que no quería, y de la misma forma que desterró las armas de fuego, lo mismo hizo con el alcohol, el tabaco y los bares. A mí, a veces, me fastidiaba esa actitud ceniza y terca. Hubiera preferido acompañarle algún domingo a tomar unas tapas todos juntos, pero por mucho que ahonde y busque y rasque en los recovecos de mi memoria, no encuentro una sola vez en que eso sucediera.

Un día de tantos acompañé a papá a llevar el pan a un colegio de los Hermanos de la Salle a las afueras del pueblo. Además de acoger a los jóvenes que se preparaban para acceder al seminario, el colegio era, durante el verano, destino para grupos de niños de otros centros de la orden, especialmente de Barcelona. El hermano que se encargaba de la cocina era buen amigo de papá, por lo que frecuentemente le hacía encargos. Al verme con él, le sugirió, tal vez como compensación por todos aquellos pequeños favores que le pedía con frecuencia, que durante el mes de julio me dejara en el internado para compartir con los otros niños las actividades de verano. Esa fue la primera oportunidad que tuve de conocer los entornos del valle. Los chavales eran algo mayores. Quizá por esa razón no me aclimaté al internado, en el que aun así aprendí algunas lecciones duras, fruto de la convivencia con chicos que provenían de contextos tan distintos al mío. Cuando el hermano Josep me recogió del suelo con la nariz sangrando, la camisa rota y sin botones, supe que la hostilidad y la violencia podían ser gratuitas y responder, como en esa ocasión, nada más que al placer de la humillación. Yo era, en aquel grupo, un miembro extraño. Los demás niños eran de ciudad y procedían del mismo colegio de la zona alta de Barcelona. Sabía que era distinto, y lo supe desde el primer día que me adentré en los interminables pasillos del edificio. Me sentí pequeño, más pequeño de lo que era en realidad, pues la inmensidad de las salas, las grandes puertas y el laberíntico caserón me hacían sentir minúsculo. Además, percibía algo que no sabría explicar; tal vez era mi ropa, mis modales, mi forma de hablar o incluso mi olor…, o quizá todas esas características juntas hacían de mí un ser extraño en aquel grupo de preadolescentes bien vestidos, con zapatos lustrosos y uniforme con escudos y nombres bordados delicadamente en sus polos de deporte.

Aunque al principio no supe entender esas diferencias, ese día, con el gusto de la sangre en la boca, entendí que nunca sería bien acogido entre ellos. Se lo dije al hermano Josep mientras me curaba. Él me había protegido durante semanas. Me sentaba a su lado, me acompañaba a menudo en algunas actividades y, aunque lo hacía con un cierto disimulo, entendí que su protección tenía como objetivo evitar lo que acabó sucediendo. El altercado solo fue el desenlace de un episodio que había iniciado el primer día, o mejor dicho, la primera noche en que entramos al gran dormitorio bajo el tejado del caserón. Las camas se alineaban en pasillos eternos entre los que se acumulaban maletas, bolsas y mochilas. Ahora me es imposible recordar cuántas había en cada una de esas salas dormitorio, pero entonces, desde mi pequeña estatura, me parecieron miles. En uno de los extremos de la sala estaban las duchas, los servicios y una pequeña celda desde donde un hermano nos vigilaba. Aquella noche sentí, entre todos esos niños, una soledad que no era solo fruto de la añoranza de mi casa, sino prueba tácita de mi vulnerabilidad en un ambiente desconocido y al que no sabía cómo hacerle frente. Quería pasar desapercibido, mimetizarme con el entorno, desaparecer entre las tablas gastadas del piso, pero sentía cientos de miradas puestas en mí. Notaba cómo clavaban sus pupilas en mi cogote y oía el murmullo de desprecio hacia aquel niño de pueblo que resultaba un extraño, que no conocía los juegos ni los códigos ni las jergas que ellos utilizaban. Esa noche me hice un ovillo bajo la sábana. Pensé en lo largos que serían los días que debía pasar en el caserón y me dormí pensando en la habitación que compartía con mis hermanos y en el olor a pan de mi casa que, a pesar de hallarse cerca, me parecía que se encontraba a mundos de distancia. Soñé con ese aroma de pan recién horneado, con el desayuno en el patio que daba acceso al huerto trasero de la casa y con el trajín familiar de nuestras vidas. Pero entonces, sumergido en el silencio, supe que lo que echaba de menos era el amor.

El beso de mamá. La caricia en el pelo de papá cuando nos cruzaba en sus idas y venidas para saciar la sed o comer algo entre hornadas. Los echaba de menos a ellos y a ese mundo nuestro, donde, a pesar de las dificultades, el afecto y el cariño eran constantes. Esa fue mi primera noche fuera de casa, y tal vez por eso fue tan duro para mí. Y todo fue incluso a peor. Cuando esa mañana de finales de julio abrí los ojos, un tal Pulido estaba subido a los pies de mi cama riendo a carcajadas y gritando a toda la sala:

—¡El paleto se ha meado! —gritaba y reía a la vez.

Me levanté. Las sábanas olían a orines, pero sabía que yo no era el responsable. No supe qué hacer. Corrí hacia el baño y me encerré en un retrete mientras escuchaba las risas de toda la sala. El alboroto fue en aumento hasta que el hermano Josep apareció para silenciar el escándalo y rescatarme. Cuando se acercó, intenté sin éxito secar las lágrimas y aparentar firmeza, pero tenía un temblor en las rodillas que me hacía sentir tremendamente indefenso. En calzoncillos y descalzo atravesé el dormitorio tras la alargada sombra del hermano Josep, notando todas las miradas fijas en mi espalda. Creo que no habría llegado al final del pasillo de no ser por él, que me sostuvo cuando alcanzamos el centro de la sala, donde una enorme columna sostenía las grandes vigas del tejado, salvándome de aquella vergüenza que derretía mi cuerpo y anclaba mi mirada en el suelo.

Entre lágrimas, le dije que quería volver a casa, que aquellos chicos no me aceptaban y que no quería pasar ni un minuto más allí. Pero al cabo de un rato, sentados en la repisa de la escalera de incendios, mirando la llanura del fondo del valle y las montañas que la contornean por el norte, con una voz pausada, me dijo:

—Hoy has aprendido que en la vida los momentos difíciles te sorprenden y te ponen a prueba. Ha sido duro para ti, y tienes derecho a querer marcharte, pero piensa qué recuerdo tendrás de este suceso cuando pasen los años. Habrás salido corriendo por culpa de unos niños sin escrúpulos que quieren que salgas a la carrera y hacerte sentir un ser insignificante. Tienes otra opción. —Y se quedó mirando al horizonte, como si quisiera pensar bien las palabras que iba a decirme—. Puedes plantarles cara, entrar ahí, rehacer tu cama y sobreponerte a su cobardía. Dales una lección. —Y golpeó el reverso de la mano izquierda contra la palma de la mano derecha—. Ellos deben saber que no estás dispuesto a perder tu dignidad y que vas a pelear por ella.

Y entonces cogió mi mano y me dijo mientras me guiñaba un ojo:

—Yo estaré a tu lado.

No estuve seguro de entender exactamente lo que me decía, aunque ahora, pasados tantos años, sé que, cuando me enfrento a momentos difíciles, la sombra del hermano Josep se proyecta sobre mí para hacerme crecer en la adversidad. Tras sus palabras, supe que debía entrar, coger aquellas sábanas malolientes, rehacer mi cama y demostrar una entereza que no tenía. Algo se encendió en mi interior cuando me incorporé y me dispuse a cruzar de nuevo la puerta. Sentía una fuerza interior sin saber exactamente de dónde surgía. Me pareció que el dormitorio era más pequeño y que yo había crecido en envergadura. Arranqué las sábanas del colchón, las llevé a un rincón e hice la cama con otras limpias de los estantes del pasillo. Me puse los pantalones bajo la mirada curiosa de todos y, cuando terminé, me acerqué a Pulido. Él ya iba repeinado y olía a colonia. Le clavé el dedo índice en el pecho y le susurré despacio al oído:

—A ti te voy a romper la cara.

No sé de dónde saqué el valor para hacerlo, porque ni mi fuerza ni mi estatura eran las más apropiadas para amenazar a alguien que me sacaba cinco centímetros, pero él no respondió. Y su silencio me reafirmó en aquella nueva sensación de seguridad que había sentido tras la conversación con el hermano Josep.

El hermano terminó de poner una última tirita en mi rodilla, donde faltaba un trozo de piel. Cuando acabó, pasó su mano por mi cabeza y me dijo:

—Ya eres todo un hombre. —Una amplia sonrisa mostraba una satisfacción paternal en su cara.

Al salir al pasillo me encontré con Pulido. Cruzamos la mirada. Él llevaba un apósito debajo del labio inferior y la pernera de su pantalón estaba rota con una raja que dejaba la rodilla, también herida, al descubierto. Me pareció ver en sus ojos ira y odio, pero su tono burlesco y bravucón había desaparecido. Ambos nos encaminamos al despacho del padre Germán, el director del internado, que nos impuso un castigo: sin actividades durante todo un día. A mí no me importó. Deseaba volver a casa y apenas quedaban unos días para hacerlo. Cuando llegó el día, abracé al hermano Josep; sentí pena por separarme de él. Era consciente de lo mucho que había aprendido. No volví más, aquello no era para mí, pero todos los veranos que el hermano Josep volvió al centro yo me acerqué para fundirnos en un abrazo que me reconfortaba, como ahora lo hace su recuerdo.

18

La reconquista que no fue

Bossòst, Valle de Aran.
Octubre de 1944

Conchita salió de casa como siempre: con prisas y mordiendo una manzana. Apenas si le lanzó un beso con la punta de los dedos mientras le decía:

—Llego tarde.

Pepita se sentó en el sillón de mimbre. Tenía un cansancio que la dejaba exhausta. Sabía que era algo malo. No se lo había dicho a Luis, pero ella lo presentía. Era como una sensación de abatimiento que algunos días ya la asaltaba desde temprano. Esa mañana se sentía agotada. Desde el sillón, abrió el cajón de la mesita donde guardaba las cosas de la costura y cogió el sobre con las fotos. Al verlas, revivió el alivio que sintió cuando recibió su carta con ellas dentro. Conchita aparecía con otras jóvenes, todas vestidas con una impoluta bata blanca y sonrientes. Sus rostros transmitían esa felicidad juvenil plena de esperanza. Permaneció un rato admirándolas. En una, Conchita se había cortado el pelo, estaba cambiada. En la siguiente no estaba, pero porque, tal y como explicaba por escrito en el revés de la fotografía, había sido ella precisamente quien la había sacado. Sonrió. Pasó el dedo sobre las letras de tinta negra y siguió mirando las fotografías intentando captar todos los detalles. La ropa, las caras hermosas y lozanas de sus compañeras, esa sonrisa suya que mostraba una pequeña imperfección en la dentadura. «El pelo más corto le sienta bien», pensó. Y siguió pasando las fotos como si con ellas pudiera revivir los años que había estado ausente.

La puerta se abrió de golpe. Conchita entró de nuevo como un vendaval.

—¡Se me olvidaba! —dijo mientras cogía la mochila, que había quedado en la silla junto a la mesa del comedor. Y antes de cerrar la puerta y con su cuerpo ya en la calle, asomó la cabeza y le preguntó—: ¿Estás bien?

—Sí —respondió Pepita con un amago de sonrisa.

El motor del coche rugió. Era domingo y junto con un grupo de amigos habían organizado un pícnic en el puerto del Portillón. Era el mismo por el que unos años atrás habían salido huyendo hacia Francia. El día era radiante y caluroso. Casi en la cima había un antiguo casino y un edificio que utilizaba la Guardia Civil a modo de cuartel. Junto a él, una cabaña donde los caballos y las vacas pastaban mansamente en aquel idílico entorno. Estaban felices; aquel día suponía un premio a muchos meses de trabajo duro y una oportunidad para dejar atrás los sinsabores cotidianos. Todo era perfecto. Aparcaron el vehículo en un ensanche de la carretera, cerca del antiguo casino, donde Antonio, el guarda, ensillaba caballos para dar paseos hasta la cima del Còth de Baretja.[6] Desde allí, podían contemplarse los picos de más de tres mil metros que coronaban el horizonte de la frontera. Sin perder tiempo, se encaramaron a sus monturas y, con un trote ligero, avanzaron por un camino de herradura que les conduci-

[6] Collada de alta montaña que culmina en el paso fronterizo de el Portillón, en el Valle de Aran.

ría bosque a través hasta la cima del puerto. El paseo se le antojaba delicioso. Acarició el cuello de su montura, una yegua parda que avanzaba dócil por el pedregoso camino, no exento de peligro. Aun así, se sentía segura; sabía que no era la primera vez que el animal hacía ese trayecto. Algunos optaron por desmontar y seguir a pie con las monturas sujetas por la rienda, pero ella siguió sin prestar atención al camino, confiada, mientras posaba la mirada en los primeros claros del bosque. Estos anunciaban la cercanía de los amplios prados alpinos bajo las cumbres cinceladas con penachos rocosos.

Desmontaron junto al abrevadero. Las caras sonrientes reflejaban la felicidad compartida por todo el grupo. Señalaban los majestuosos picos ante ellos y recitaban sus nombres. La roca y los pequeños glaciares, acumulados bajo las cimas, relucían al sol del mediodía. A sus pies se abría una amplia planicie salpicada de cabañas, y más abajo el valle. Por esos mismos senderos transitaron gran número de refugiados quc huían de la dictadura franquista. Más de medio millón de hombres y mujeres cruzaron las montañas del Pirineo en febrero de 1939 buscando refugio en la vecina Francia. También, en sentido contrario, lo hicieron judíos amenazados por el nazismo cuando el gobierno de Vichy se dispuso, solícito, a entregarlos a los nazis. Huían con la esperanza de llegar a los puertos españoles y alcanzar desde allí algún lugar de Latinoamérica. En el verano de 1944, y a pesar de la presencia de militares y guardias civiles, que pretendían controlar los pasos fronterizos, aún era fácil ver siluetas que se movían entre los serpenteantes caminos de altura. Tan solo cuando sus figuras se acercaban, era posible distinguir si eran pastores, cazadores o fugitivos. Sus atuendos y la forma de andar por los riscos los delataban. No obstante, un grupo de hombres que subía lentamente desde el valle francés no parecía ni una cosa ni la otra, y mientras los observaban, alguien gritó: «¡A comer!», y rápidamente el grupo entero se acercó al mantel desplegado sobre el prado, donde ya estaban servidas las ensaladillas, el pollo empanado, unas cuantas latas de sardinas, algunas botellas de vino y dulces.

Comieron entre risas y saboreando los platos con apetito. Luego se tumbaron en la hierba a ver transcurrir las nubes; unos dormitaban, otros charlaban en animada conversación. La llegada de los hombres los sorprendió. No esperaban ver guerrilleros armados y menos en aquel remoto lugar. La guerra había terminado hacía casi cuatro años. Se miraron con asombro unos a otros mientras los veían acercarse con sigilo y con las armas en ristre.

—Tranquilos, no les vamos a hacer daño. Somos guerrilleros del legítimo Gobierno de la República Española y… —el hombre dudó y dejó en el aire una frase inacabada que quedó entre sus dientes y que solo pudo escuchar él mismo— ... y vamos a iniciar la reconquista.

Sus compañeros lo miraron con sorpresa. Respiraron aliviados al ver que no concluía la frase y facilitaba una información que era altamente confidencial.

Enrique, que era el más abierto del grupo, vio la cara de pasmo de quienes acababan de escuchar al hombre y los invitó a sentarse.

—Tomen algo con nosotros, estarán desfallecidos.

Y se aprestó a llenar los vasos con el vino que quedaba en las botellas, repartiéndolo en los vasos:

—¿Un poco de dulce? —insistió.

Los hombres se miraron entre sí y, tras un breve momento de duda, decidieron aceptar la invitación. Descargaron los petates con cuidado, apoyaron los fusiles en las pesadas mochilas y se sentaron para tomar el vino y el dulce que les habían ofrecido.

—¿Habéis visto militares por aquí? —preguntó uno que parecía ser el cabecilla del grupo—. No os preocupéis —añadió ante las caras de preocupación y miedo—, no os vamos a detener ni a acusar de nada.

Enrique respondió con la boca pequeña y cierto balbuceo:

—Sí, más abajo, a una hora de camino, hay un destacamento de la Guardia Civil —dijo con voz insegura, sabiendo que esa era información sensible.

Cuando acabó de hablar notó las miradas del resto del grupo sobre él. Eso podía costarles la vida. Sintieron un miedo colectivo que les recorrió el cuerpo a todos.

El que parecía ser el jefe insistió al ver preocupación en sus caras:

—Tranquilos, no va a pasar nada. Sencillamente necesitamos tener la garantía de que no vais a delatarnos ni a dar parte a los guardias cuando volváis al pueblo. Tenemos que evitar que se nos echen encima los fascistas, así que…

Por un momento dejó las palabras en suspenso para, al cabo de un instante, proseguir:

—Tú —dijo señalando a Conchita—, sí, tú, tú —insistió mientras la miraba fijamente y la señalaba con el índice—, te quedas con nosotros. Escuchad —dijo mirando al resto con semblante severo—, si no ocurre nada y no habláis, al anochecer o como mucho mañana estará en casa.

Mercedes fue la primera en protestar y alzar la voz. Pero un guerrillero que no había dicho nada hasta el momento sacudió el arma como amenaza:

—Vais a portaros bien y esto se acaba aquí. Os aseguro que nadie saldrá herido ni habrá ningún problema. Y ahora para casa y ya sabéis —dijo, poniéndose el dedo sobre los labios para, a continuación, sin mediar palabra, pasarlo, como si de un cuchillo se tratara, por el contorno de su garganta—. ¡A callar! —les espetó, acompañando la despedida con un ligero movimiento de cabeza y una mirada entre burlona y amenazante.

Enrique hizo un intento para recoger el mantel, pero el hombre le sujetó el brazo diciendo:

—Tranquilo, nosotros recogemos todo esto.

Conchita estaba lívida, apenas si podía articular palabra. La situación se precipitó sin que ella fuera capaz de hacer ni una sola réplica.

—Todo irá bien... —le dijo a Mercedes mientras se miraban en la distancia, pero no estaba segura de que hubiera oído su súplica.

El jefe, un tipo con barba y ademanes rudos, fue duro con el guerrillero que había hecho el saludo al grupo:

—Lo ves, tarugo, todo este lío es por tu culpa. Siempre hablando más de la cuenta. Qué coño tenías tú que mentar a la República... Pedazo de asno —le insultó sin contemplaciones. Y tras una mirada feroz, lanzó un reniego entre dientes.

Cuando se serenó, recuperó la compostura y les dio órdenes precisas:

—Vamos, ya sabéis lo qué tenéis que hacer. Vosotros dos vais hasta el siguiente puerto por las crestas y os aseguráis de que el camino está limpio. García y tú, Patillas, os acercáis al cuartel sin que os vean y hacéis un pequeño mapa de situación. ¿Seréis capaces? —les increpó—. Vamos, en marcha, yo haré el reconocimiento en sentido norte y tú, pedazo de cebollino, te quedas a cargo de esta —dijo señalando a Conchita—, y que cuando vuelva no tenga ni un arañazo o te rebano el pescuezo.

Conchita seguía pálida y asustada sin salir de su asombro. No acababa de comprender qué pretendían aquellos hombres ni por qué la retenían a ella.

En unos instantes, el pequeño grupo de seis hombres se disgregó en las distintas direcciones. Un par de ellos se perdió por el sendero que ondulaba entre las lomas herbosas para alcanzar las crestas que se sucedían hacia el sur. Los otros descendieron rápidamente en dirección al bosque. Y el otro se fue solo rumbo al norte a la búsqueda de unos penachos rocosos que se erguían desafiantes.

—Siento que le pase a usted esto, señorita —dijo el hombre mientras chapoteaba su mano en el agua del abrevadero—. No quería causarle ningún problema. Espero que cuando regresen los hombres pueda usted marcharse.

—Pero, dígame, ¿quiénes son ustedes? —le increpó ella.

—Mire, cuanto menos sepa mejor, créame. Ya he sido lo suficientemente bocazas, y para su tranquilidad lo que debe hacer es olvidarse de nosotros.

—Pero ¿cómo voy a olvidarme si me tienen aquí retenida sin que yo sepa aún por qué? Creo que me deben una explicación.

El hombre titubeó ante su locuacidad.

—Verá, somos del Partido Comunista, estamos en una misión de reconocimiento, y no me pida que le cuente más porque no puedo decirle ni una palabra. Además, yo tampoco sé demasiado —lo dijo con cara de perplejidad al escucharse a sí mismo, y posiblemente aquello le llevó a sincerarse—: Hace poco más de un mes estaba en Alemania, prisionero en un campo de concentración del que logré escapar gracias a la resistencia y un poco de suerte. Porque de esos lugares no sale nadie, sabe usted, al menos vivo —añadió—. Mi madre..., que me cuida —dijo elevando la vista al cielo—. Y luego de escaramuza en escaramuza llegué de nuevo aquí para apoyar a los míos, los comunistas, sabe usted —repitió el latiguillo y añadió—: yo, rojo hasta la muerte.

—Pero la guerra ya ha terminado, ¿verdad? —preguntó Conchita.

Él asintió mientras decía con un leve hilo de voz:

—Quién sabe. Igual empieza de nuevo.

19

Un disparo de Mauser

Les, Valle de Aran.
Octubre de 1944

El regreso fue tedioso. El nombre de Marie y su recuerdo le dolían como si un hierro candente le removiera las entrañas. Estaba apesadumbrado y arrastraba los pies. Aún no estaba recuperado del todo físicamente. Sin embargo, debía hacerse a la idea de que su sueño se había esfumado; posiblemente el tiempo dejaría de él un recuerdo difuso, pero el solo hecho de aceptarlo era como tener una piedra encajada en el alma. Una voz en su interior le decía que aquello había sido tan solo una quimera fruto de su ingenuidad. Con ese pensamiento retumbando en la cabeza e impulsado por el deseo de dejar atrás el pasado, aceleró el paso, como si la distancia fuera un antídoto al mal sabor de boca que le dejaba la decepción. Deshacer el nudo que le apretaba en la boca del estómago, liberarse del desasosiego y de aquellos dolorosos sentimientos era, ahora, una necesidad física. Sentía que todo pugnaba por salir, que lo enquistado durante los dos últimos años era magma que sale despedido por la boca de un volcán, vano todo intento de resistir más la presión. Por un instante se detuvo, porque sintió unas fuertes ansias de vomitar, pero tenía el estómago vacío. Intentó serenarse. Tomó aire apoyado en una gran roca sobre la que estaba clavada una sencilla y desnuda cruz de hierro, y mientras los latidos de su corazón le golpeaban los oídos tuvo un extraño presentimiento y se imaginó apresado por la Guardia Civil. Fue como una imagen momentánea que se cruzó en sus pensamientos como un relámpago brillante entre la turbia niebla de su mente; tal vez un instante de lucidez en el desconsuelo de la infelicidad. Se imaginó a sí mismo inmerso en un proceso militar acusado por desertor o en el peor de los casos por espía, y un escalofrío le recorrió el cuerpo de la cabeza a los pies. Después de tanto tiempo anhelando volver a casa, no podía permitirse que aquella locura que le había llevado a cruzar la frontera le sentara frente a un tribunal que le condenaría a pena de cárcel. Por primera vez desde que salió de casa de madrugada, tuvo conciencia del enorme riesgo que corría si le atrapaban. Hacía mucho que había dejado de rezar y de creer, pero, al ver la sombra de la cruz reflejada a sus pies, sintió un escalofrío en el cogote y se santiguó.

Mientras iba enlazando sus pasos, no paraba de darle vueltas a esa imagen de sí mismo acusado de deserción. Su cerebro buscaba atropelladamente una forma segura de cruzar de nuevo la frontera. Repetir la misma senda era arriesgado. Era consciente de que había tenido suerte de que no lo apresaran. Ahora temía que, si surgían complicaciones, tal vez esa suerte no le fuera tan propicia. Valoró si la mejor opción era coger el camino del puerto, que había cruzado la noche de su huida en la primavera del 36, y evitar así el puesto de frontera, donde la vigilancia era más intensa. Le asaltaba la duda de si estaba en condiciones físicas para andar tantas horas, pues no solo debía añadir el esfuerzo extra a la jornada transcurrida, sino también el hecho de que habría de superar el gran desnivel de la cara sur de la montaña. Durante un largo rato, vaciló. Al fin, tras sopesar las probabilidades de encontrarse con un pelotón del ejército o una pareja de guardias civiles, optó por desviarse en el camino donde había visto al tipo de la ametralladora y que había dejado descansando al pie del abrevadero.

Inició la subida por un camino de herradura que serpenteaba entre los prados a la sombra de fresnos y abedules. Tras las primeras pendientes, comprobó que su estado físico no era el de un tiempo atrás. Las secuelas del hospital y los meses en cama aún lastraban sus movimientos y su capacidad de resistencia. El corazón le latía con fuerza y, al final de la primera de aquellas cuestas de casi un kilómetro, tuvo que parar para tomar aire. Mientras observaba el paisaje del valle, fue consciente de lo dura que iba a ser la subida.

Sabía bien cómo gestionar las fuerzas y cómo hacer frente a aquellas pendientes sin llevar el cuerpo al límite antes de llegar al paso del puerto. Una vez allí, iniciaría el descenso por la otra vertiente de la montaña. Su padre le había enseñado a medir el ritmo de los pasos con una cadencia continuada y bien acompasada con la respiración y los latidos del corazón. Todo debía ser armónico, «Como un baile», le decía. Así que, como si bailara, fue zigzagueando por el camino mientras ganaba altura, no sin dificultad. La tarde avanzaba inexorable y las luces del día iban volviéndose lechosas. Miró el reloj y se dio cuenta de que las pocas horas de luz que le quedaban iban a ser insuficientes para hacer el recorrido de vuelta. Sabía que eso angustiaría a su familia. No verle aparecer al final de la tarde sería una señal de alarma, pero a esas alturas, cuando el sol ya estaba en el ocaso y aún le quedaba una hora hasta el puerto, la posibilidad de llegar antes del anochecer se le antojó imposible. Además, si la ansiedad le hacía correr, acabaría agotándose y tardaría aún más de lo previsto, por lo que siguió con su paso lento y corto pero seguro. Las últimas aldeas dejadas atrás eran ya minúsculas luces tintineantes que colgaban en la falda de la montaña. Tras un último tramo muy pedregoso y ya con la noche cerrada, alcanzó la vaguada por donde el camino iniciaba el descenso hacia la vertiente sur. Se sentía cansado y hambriento. Los pocos víveres que había puesto en el morral ya los había consumido y tuvo que conformarse con un largo trago de agua de un riachuelo que descendía de uno de los dos picos que flanqueaban el puerto. El arroyo caía en dos cascadas y, antes de precipitarse de nuevo por la vertical de la montaña, formaba una poza no muy profunda. Se tumbó sobre la hierba y hundió los labios directamente en el agua helada. Dio dos sorbos más y se lavó la cara para limpiarse el sudor. Luego se dio la vuelta, se puso bocarriba y contempló la bóveda estelar. Era un espectáculo sobrecogedor. La vía láctea titilaba sobre las cimas como una senda infinita. Mientras admiraba aquella inmensidad, una estrella fugaz muy brillante cruzó el espacio y desapareció en el horizonte. Debería pedir un deseo, pensó, pero no fue capaz de formularlo. En realidad, su vida había perdido el único aliciente que había tenido hasta entonces. Encontrar de nuevo a Marie le parecía imposible y eso le abría un vacío que le impedía mirar con esperanza al futuro. No supo cuánto tiempo estuvo en esa posición, mirando las estrellas, hasta que le vencieron el sueño y el cansancio. Le despertó el frío. Estaba entumecido y no sentía el brazo. Se levantó y lo frotó para estimular la circulación sanguínea por el miembro amoratado. La noche aún era cerrada y había una escasa visibilidad. Dudaba si ponerse en marcha o esperar a que el amanecer alumbrara el escarpado camino antes de aventurarse a bajar por él. Finalmente, decidió iniciar el descenso. Debía hacerlo con precaución para evitar caerse o perderse y acabar en el borde de un risco, frente a alguno de los abismos de la zona. Nada de aquello le atemorizó. Paso a paso, fue descendiendo entre canchales, pendientes herbosas y un camino que, si bien en el inicio tenía una cierta amplitud, al llegar a las pendientes más castigadas por los aludes del invierno se limitaba a una estrecha senda apenas perceptible y de hierba resbaladiza que en su lengua denominaban *culatera*.

Cuando las primeras luces le dejaron ver el bosque de abetos, respiró. Estaba exhausto. El agotamiento le pesaba como una gran mochila de piedras sobre los hombros. Aun así, no se arrepentía de haber ido en busca de Marie. Pese a haber hallado la puerta de su hogar cerrada, ahora nunca podría reprocharse no haberlo intentado. Le inquietaba imaginar cómo habría reaccionado Marie al reencontrarse con él, un soldado lisiado venido de ultratumba. Pero el destino les había negado esa oportunidad. Eso ya nunca lo sabría. Su cabeza era una olla a presión y sintió un agobio que le agitó la respiración. De forma pragmática, decidió, protegido ya por los grandes troncos de los abetales, no pensar más en ello. Ahora debía llegar a casa, rehacer su vida y mirar al futuro con el único propósito de recuperar la esperanza, la ilusión o algo parecido; ser capaz de curar aquello que le habían arrebatado los años de guerra. Quería sentir de nuevo que todo podía ser como antes. Un nuevo tiempo se abría paso entre las tinieblas igual que lo hacía la tímida luz del amanecer que ya se filtraba entre las copas de los abetos, anunciando las primeras luces del alba.

Estaban todos sentados en la mesa cuando él apareció por la puerta. La primera en levantarse para abrazarlo fue su madre. Le recriminó el miedo que habían pasado, temerosos de que hubiera sufrido un accidente en la montaña. Cruzó una mirada con su padre que prometía conversaciones pendientes, pero en ese momento él tampoco quería ni tenía ganas de hablar. Se sentó, dio una breve excusa sobre su cansancio y el cálculo equivocado de sus fuerzas, les explicó por qué había decidido pasar la noche en la cabaña, junto al rebaño, y ya no dijo nada más. Comió con avidez el guiso con abundante pan tierno y, con la excusa de necesitar descanso, se fue a su habitación, donde se desplomó en la cama y durmió profundamente hasta el día siguiente.

A partir de entonces, se dejó llevar por la rutina de la casa. Se concentró en las tareas cotidianas como si viviera en una burbuja que le aislaba de todo lo que no fuera aquella vida sencilla y dedicada a la panadería, el ganado y la seguridad de lo familiar. Su padre, aquejado de una enfermedad reumática, cada vez estaba más limitado, y día a día iba dejando en él el peso de gestionar los rebaños y el despacho de pan. Pronto, entendió que su resistencia a los años de posguerra, difíciles y duros, eran la antesala a otros cambios que iban a desballestar todo aquello sobre lo que se había asentado la vida de muchas generaciones de hombres y mujeres. Era como si el tejado que los había acogido a ellos y a tantos otros antes que a ellos, ahora se quebrara por culpa de los siglos acumulados en su estructura y por una falta de mantenimiento visible en cada rincón.

Durante un tiempo, aún tuvo que prestar servicios en el batallón de esquiadores. Le cansaban el uniforme y el ambiente militar. Tras la guerra real, seguía flotando en el aire la sensación de conflicto inacabable, algo que, sin duda, le desgastaba. Su destacamento se localizaba en un complejo construido por la compañía eléctrica que les servía de refugio en la cima del puerto de la Bonaigua, a más de dos mil metros de altura. Escasamente equipados y a causa de las deficientes condiciones del edificio, la vida en aquel lugar inhóspito era un tormento. Apenas si tenían conocimientos sobre las técnicas del esquí y mucho menos sobre el esquí de montaña. Debían innovar aprendiendo. Las cuerdas enceradas con velas, cruzadas con maña bajo los esquís, les servían como un recurso que ellos mismos inventaron para remontar las pendientes, de la misma forma que tuvieron que aprender a distinguir los alimentos que, pesando menos, mejor resistían las bajas temperaturas, echándose a perder lo menos posible. Lo comprobaron durante una semana en la que el mando les ordenó establecer un punto de vigilancia en una antigua zona minera abandonada por la dureza del enclave. Establecieron un improvisado campamento en una choza vieja; ingeniaron algún tipo de arreglo para cerrar las desvencijadas puertas y ventanas que de poco les sirvió ante la ola de frío que aquel mes de febrero azotó las montañas. Los dos primeros días intentaron aclimatarse a las gélidas temperaturas. Los termómetros se mantuvieron por debajo de los 22 °C, y cuando algunos hombres empezaron a sentir los primeros síntomas de la congelación, el teniente que comandaba el destacamento decidió iniciar un complejo descenso en condiciones muy precarias. Frío, nieve y limitada visibilidad hicieron de aquellas doce horas un auténtico infierno. Solo la pericia de algunos de ellos en aquel terreno tan hostil, escarpado y peligroso, hizo posible que todos llegaran con vida, aunque algunos hombres sufrieron heridas por congelación en manos y pies.

Obtuvo la licencia definitiva del ejército en junio de 1944. Había cumplido los veintiséis años y toda la experiencia de su escasa vida adulta estaba marcada por la guerra. Tal vez por eso, aquel domingo de octubre de 1944, el sonido de un disparo le hizo removerse inquieto en el banco de la iglesia mientras atendía con desinterés el sermón con el que el cura arengaba a los novios. Al oírlo, supo perfectamente que aquella detonación era característica de un fusil Mauser, lo que le alertó, pues aquellos fusiles eran los que utilizaba el Ejército Popular, y la guerra había acabado hacía cinco largos años. «¿Quién dispone aún de esas armas?», se preguntó. También podía ser que su oído ya estuviera desentrenado y que aquel disparo no hubiera salido más que de un arma de caza o un cartucho destinado a sacrificar la vida de un animal herido. Se acomodó de nuevo en el banco, reprimiendo las ganas de salir a la calle y cerciorarse de que no sucedía nada alarmante, pero era el momento en que los novios iban a verbalizar su compromiso y no le pareció oportuno. Fue justo cuando el sacerdote bendecía la unión de la pareja que aquel hombre entró en la iglesia vociferando y braceando. Gritaba el nombre del guardia civil que acababa de ser tiroteado a unos metros de la iglesia en la que se celebraba la boda.

20

San Teléfono

Les, Valle de Aran.
Julio de 1972

La felicidad siempre es escurridiza. No existe ningún manual que fije las condiciones sobre las que construir esa plenitud que nos da sensación de bienestar. A veces, he sido consciente de conseguir ese estado de felicidad tras el paso del tiempo, como si eso que no percibimos en el momento vivido nos volviera, en un reflujo del recuerdo, idealizado o deformado por el paso de los años, que son capaces de malear nuestra memoria con extraños vínculos entre pasado y presente. Nada es exacto, ni los recuerdos ni esa extraña materia con la que se construye tal felicidad rodeada de enigma, porque en ella confluyen elementos intangibles como el amor o la amistad, otros mucho más materiales como el dinero y la abundancia, e incluso los hay que son estrictamente biológicos, como la dopamina, la oxitocina, la serotonina o la endorfina. Todo ello combina en un cóctel que requiere de dosis adaptadas a cada cual en función de sus aspiraciones y deseos. Además, esa conjunción de factores tiene también una estrecha relación con nuestra actitud ante la vida.

El abuelo Luis era feliz mirando la ingente cantidad de décimos de lotería que llenaban la mesa del comedor el día del sorteo de Navidad. Provenían de todas partes del país, de muchas administraciones a las que, con antelación y mediante el correo postal, les había solicitado el décimo, lógicamente con el envío previo del coste de los boletos. A él le apasionaba el juego. Fue parte de su vida y un poco de la mía, porque alguna vez le acompañé hasta la puerta del casino para que, dada su avanzada edad, no volviera solo en su Seat 127. Muchos años antes, la abuela Pepita le había visto salir de casa para jugar partidas de cartas arriesgadas en lugares próximos a la frontera. Nunca llegué a saber si su forma de vida alegre, desenfadada y un tanto canalla era su forma de ser feliz. Le recuerdo guiñándome un ojo, con su sombrero de estilo tirolés, su pajarita colorida, y mirándome los zapatos para comprobar cuán limpios estaban. Lo estuvieran o no, al guiño del ojo le acompañaba un gesto que conducía su mano al bolsillo. Al sacar de él una moneda, decía:

—Ayer me fue bien en el casino. —Y señalándome los pies con el dedo índice, apostillaba—: Límpiate esos zapatos.

Y ponía la moneda de cinco duros en mi mano y seguía su camino erguido, con paso lento y llenando la calle con su presencia.

Creo que quien mejor entendió esa búsqueda de la felicidad fue mamá, a pesar de que también fue con ella con quien más cruelmente se ensañó el destino para arrebatarle esa actitud vital que tanto le ayudaba a ser feliz. Aun así, y excepto durante algunos tiempos oscuros en casa, nunca dejó de preparar chocolate tras la misa del gallo, ocasión en que invitaba a vecinos, amigos y familiares. Era una mesa modesta pero llena de buen humor, en la que ella no paraba de hacer bromas, reír y rellenar las tazas o las copas, como siempre hacía con sus invitados en las comidas. Nadie podía levantarse de su mesa sin la certeza de haber comido por encima de sus posibilidades.

Su pequeña cocina era el lugar donde recalaban, a lo largo del día, gente diversa que siempre encontraba allí un café y algo dulce. Ella tenía un sentido profundo de la hospitalidad que la hacía dichosa. Nadie podía rechazarla, porque la ofrecía con una sonrisa que no dejaba ninguna duda de su sinceridad. A veces, los cafés, y en especial los cafés con leche, eran solo la excusa para conversar largamente sin desatender la tienda, a la abuela, a los niños y al sinfín de tareas que acontecían en aquel espacio delimitado por cuatro puertas. Al bullicio habitual se le sumaba el teléfono, instalado en una pequeña hornacina de la pared del pasillo de entrada. Cada tanto disparaba su timbre, aún más estridente que el de la tienda si cabe, que retumbaba en toda la casa como una alarma ante un desastre. Era uno de los pocos teléfonos del pueblo, por lo que todo el barrio encargaba sus conferencias a la operadora desde allí. El auricular, de color negro ya descolorido por el uso de tantas manos, tenía el aspecto de haber hurtado el espacio a una imagen religiosa que le hubiera precedido en aquel pequeño rincón de la pared. Es posible que el san Teléfono que había revolucionado las comunicaciones tuviera muchos más devotos seguidores que su antecesor. Hablar en la distancia con los seres queridos, aunque fuera con dificultades, era algo que sucedía por primera vez en la historia, y no dejaba de parecer milagroso para pequeños núcleos urbanos aislados en las montañas como aquel. Enfermedades, defunciones, nacimientos y un largo etcétera circulaban a través del cable y sembraban sonrisas, lágrimas y tranquilidad, a veces de angustia, en los rostros de aquellos que colgaban el auricular y que rápidamente cruzaban la puerta de la cocina para contar la buena nueva y sentir un cierto descanso al verbalizarla. Mamá, si no era algo grave, los escuchaba de espaldas mientras preparaba la cena o andaba en sus quehaceres, y si, por el contrario, la cosa revestía gravedad, se sentaba en la mesa a escuchar y dar consejo. Mucho de lo que se contaba solo aportaba los matices, porque esas eran conversaciones en las que se gritaban las palabras. Parecía que el interlocutor escuchaba de viva voz los mensajes. Y lo cierto es que, aun gritando, a menudo resultaba difícil entenderse. Los ruidos y los cortes eran habituales alrededor de aquel auricular extrañamente grande que respondía al número 27 y obligaba, cuando sonaba, a localizar al destinatario de la llamada, que horas antes había solicitado la conferencia. Algunos se quedaban en la cocina esperando y alargaban la charla hasta que finalmente sonaba el angustioso timbre y podían disponer de aquellos minutos de conversación. Era frecuente que, en los primeros compases de esta, escucháramos reiteradamente: «Oiga, oiga…», «¿Cómo estás?», «¿Me oyes…? ¿Me oyes…?», y finalmente un golpe sordo daba por terminada la conversación. «Se ha cortado», decían.

Entonces todo volvía a empezar y se repetía un proceso que a veces no tenía fin y acumulaba las llamadas, los cafés y el ruido, convirtiendo todo aquel espacio en un caos. Y, sin embargo, la memoria me lo traslada ahora como un tiempo y un espacio feliz en el que todo transcurría en aquella embarullada sencillez donde no había intimidad ni casi privacidad, y donde el bulo, el chascarrillo y la noticia circulaban por el boca a boca, deformándose y tomando texturas y colores distintos para convertirnos, gracias a la palabra, en una comunidad en la que nada ni nadie nos era ajeno. En ese entonces, toda esa proximidad nos resultaba insoportable, en especial para los que en algún momento eran protagonistas involuntarios del rumor o incluso la crítica. Pero así se tejían los lazos y así conocíamos las razones que envolvían la vida de los que compartían nuestro vecindario. Nada nos era indiferente, y esa realidad nos obligaba a vivir con la amistad, el amor y el odio en círculos reducidos y a veces asfixiantes.

A menudo, el rumor surgía entre sorbo y sorbo de café con leche, o en los ratos en los que, ya de noche y cuando el tiempo lo permitía, se hacían corrillos en los portales y sentados en sillas de paja se desgajaba la vida de unos y de otros, trillando detalles o incluso cuentos siniestros. En ocasiones, si la realidad no proporcionaba elementos suficientes para el relato, se recurría a la historia o la leyenda; el ánimo no era el rigor de la noticia, que quedaba en un segundo plano, más bien se buscaba el entretenimiento y saciar esa necesidad de contar, de ser el protagonista, el relator, y para ello se necesitaban historias impactantes, incluso duras, recreadas por las muchas veces que se habían contado y magnificado. A mí, algunas me seguían impactando, aunque las oyera mil veces, como la de aquel bebé que fue alimento de los cerdos para evitar el escándalo y la deshonra de una joven a la que su familia quiso proteger también del escarnio. La historia tenía tintes negros y dramáticos con consecuencias terribles para aquella desdichada, que acabó con su vida, incapaz de soportar el dolor tras la muerte del pequeño. Aquello había sucedido hacía muchas décadas, pero aún formaba parte del universo fabulesco que nutría las conversaciones de nuestras calles o al calor de las chimeneas. Tal vez por eso, cuando apareció una cruz en un punto visible de la montaña, justo donde está ubicado el dolmen, nos pareció a todos una coincidencia extraordinaria. Nadie daba crédito a aquel calvario aparecido de un día para otro en un lugar tan concreto y tan expuesto. Bajo la enorme cruz se abría un cortado de roca que caía en vertical decenas de metros. Acaparó toda la atención del pueblo. Contorneada con trapos de colores, se convirtió en un símbolo reconocible desde todas partes que alimentaba dimes, diretes y comentarios de todo tipo. La cruz fue tema de conversación durante días, en los que los rumores fueron derivando de lo religioso a rituales escabrosos e incluso satánicos. El bulo fue creciendo, deformándose y adquiriendo tonalidades distintas en función de cada corrillo y cada diálogo. Con el paso de los días, fue cobrando fuerza la versión que señalaba como autores a un grupo de adolescentes que habían realizado una suerte de «crucifixión» con un miembro de su banda, pero el relato seguía preñado de elementos siniestros y fantasiosos. Durante un tiempo, nadie habló de otra cosa. Las preguntas de quiénes eran, quién sería el crucificado, cuándo lo habrían hecho y por qué, etc., se iban acumulando, ya fuera en cháchara a pie de calle, en la cola de una tienda o en la fuente de la plaza. A continuación, las suposiciones de unos y otros se convirtieron en argumento plausible y, así, la historia fue construyendo un relato verosímil. Posiblemente, aunque nunca lo supimos, aquello fue una gamberrada de adolescentes salvajes dispuestos a llamar la atención y liberar su incipiente testosterona, pero la pregunta sobre si alguien habría sido colgado de la cruz siguió flotando en el aire durante un tiempo, incluso mucho después de que esta se despeñara por las rocas, erosionadas por antiguos glaciares y sobre las que el artefacto de tortura reposaba en un precario equilibrio. El muchacho protagonista de la historia, aunque yo no lo supe hasta entonces, apareció en mi vida años después. Le vi tomando café en el bar de una ciudad cercana. Estaba conversando con alguien de quien ya se despedía. Era una mujer de mediana edad que, al decirle adiós, le dio dos cariñosos besos en las mejillas. Me acerqué a él. Lo hice inseguro. No sabía si después de tantos años iba a reconocerme. Yo era unos años más joven y él se había marchado del pueblo recién cumplidos los quince.

—¿Me reconoces? —le pregunté mientras le tendía la mano.

Él se quedó sorprendido y encogió los hombros dubitativo.

—Disculpa, pero no... —dijo la frase con una sonrisa amable bajo la poblada barba blanca.

Al decirle mi nombre, reaccionó:

—¡Ah, claro, la panadería, tú eras el hijo de Manolo!

Su sonrisa era ahora más amplia y denotaba una franca alegría.

Los cafés y las historias de la infancia se mezclaron con recuerdos y anécdotas. Todo fue bien hasta que a pesar de mis dudas sobre si debía hacerlo o no, por lo escabroso del tema y lo embarazoso que podía resultar para él, con una sonrisa que pretendía evitar la incomodidad, le pregunté:

—Oye, ¿te acuerdas de aquella cruz que apareció en el dolmen?

Mi curiosidad fue más fuerte que mi prudencia, así que, de forma aparentemente involuntaria y cuando me pareció que el círculo de confianza era lo bastante sólido, lo solté. Él cambió el semblante y su sonrisa se tornó en un gesto contrariado. Me miró con un cierto enojo y yo rápidamente le dije:

—Disculpa, no quería incomodarte, pero aquel asunto nos dejó a todos muy conmocionados.

Pero me arriesgué y, sin ambigüedades, insistí:

—¿Estuviste allí?

Él vaciló. Tomó el último sorbo de su café y apretó los puños. No supe identificar si era por rabia o por el nerviosismo incómodo de la pregunta. Luego, despacio, los abrió de nuevo. Sus palmas mostraban dos cicatrices en el centro, como si hubieran sido atravesadas por algún objeto punzante. Yo no salía de mi asombro y me quedé estupefacto mirándole las manos, que mantenía abiertas sobre la mesa.

—¿Esas cicatrices te las hicieron ese día? —pregunté sin darle tiempo a responder—. ¿Te clavaron en la cruz?

—Esto no es tan fácil y, de hecho, nadie conoce la historia, porque ni yo mismo sé explicar sus contradicciones. —Se movió en la silla con actitud incómoda.

—Quizá te estoy importunando con esta conversación —le dije, por si quería parar en aquel momento y dar por terminada la charla.

Por un segundo pensé que lo haría. Estoy seguro de que lo valoró, pero, tras mirarme, me dijo:

—No. Creo que es hora de compartir esto con alguien. Nos conocemos poco, pero quizá tú puedes ayudarme, no a aclarar el misterio que envuelve la historia que ha condicionado mi vida, pero sí a sentir el alivio de verbalizarlo.

Yo seguía sin dar crédito a cómo el azar me había llevado a una situación tan extraña. Me acomodé en la butaca con cojín de polipiel en la que estaba sentado. El destino me daba la oportunidad de escuchar un relato que, sin duda, sería fascinante y resolvería un enigma que había perturbado la vida de mi pueblo durante cincuenta años. Él era consciente de la expectación que había sembrado en mí y sonrió.

—¿Por dónde empiezo? —se preguntó a sí mismo mientras cruzaba los dedos, sonreía y escondía las cicatrices que me habían estremecido—. Verás, yo siempre fui un chaval con problemas. Ya sabes lo que sucede en los pueblos cuando te tomaban ojeriza; la cosa puede complicarse y hacerte la vida difícil. A mí me sucedió. Ya sé que mi forma de ser no ayudaba. Era «raro» —afirmó, mirándome a los ojos, y con una sonrisa, añadió—: Aún lo soy ahora. —Y la sonrisa se convirtió en una breve carcajada—. El caso es que ese día, el que llamábamos Bueno me dijo amablemente que por la tarde subiríamos al dolmen a pasar un rato. Que tenían bebidas y galletas. Yo sabía que era cierto, porque se rumoreaba que habían robado en un bar, y me imaginé que él tenía algo que ver. Dudé. No sabía si debía hacerlo, porque era consciente del riesgo que corría al aventurarme a salir con ellos. Pero finalmente, y para no ahondar más en mi fama de bicho raro, le dije que sí.

»Bebimos. El alijo estaba situado en uno de los recovecos de las rocas: cervezas, ginebra, ron. Todos empinamos el codo hasta que Bueno se levantó de la piedra en la que estaba sentado y, con la botella de ginebra en la mano, nos señaló. «Sabéis que para ser de mi banda hay que tener cojones, y hoy me lo vais a demostrar». Dijo aquellas palabras mirándome fijamente con los ojos vidriosos por el alcohol.

»Yo pensé en salir corriendo, pero no hubiera servido de nada. Con él estaba todo el grupo al completo, unos doce o trece chavales que tú deberías conocer. Dejé la cerveza que llevaba en la mano y me preparé por si finalmente tenía que correr. Pero no tuve opción, porque cuatro de ellos me amarraron con unas cuerdas pies y manos y solo pude chillar hasta que me silenciaron tapándome la boca con un pañuelo que aún ahora, cuando lo pienso, me sigue produciendo náuseas. «Todos sabéis el plan. A trabajar», dijo Bueno.

»Martín, Alfonso y Pepe cruzaron el camino para, de entre las ginestas, sacar un largo tronco que en su vértice tenía un travesero en forma de cruz. Yo no daba crédito a nada de eso. «Se han vuelto locos», pensé. Y me asaltaron preguntas y un miedo atroz al pensar lo que pretendían hacer conmigo. Pusieron la cruz sobre la roca, donde una grieta entre dos bloques debía servir de anclaje, y vinieron a por mí. Estaba asustado, pero aquello no había hecho más que empezar. Me desataron las manos y me tumbaron sobre la cruz, tenía a dos de ellos sentados sobre cada uno de mis brazos. Bueno pidió los clavos. En aquel momento me oriné. Mis piernas temblaban y pensé que mi cuerpo iba a colapsar. Quería desmayarme o tal vez morirme. Siempre he sido cobarde ante el dolor y la idea de clavarte en una cruz con clavos, tan solo esa idea, no la podía soportar. Cuando Bueno vio que mis pantalones estaban mojados por mis orines lanzó unas carcajadas sonoras. «Mirad, el palomo se acaba de mear y ahora se va a cagar. Venga, trae los clavos». Le dieron los clavos y un martillo grande. Los clavos debían tener unos veinte centímetros. Los habían robado de la carpintería del padre de Alfonso. Me habían atado los antebrazos al tronco travesero de la cruz. Bueno se puso manos a la obra. No sentí dolor. Bueno lanzaba golpes y yo sentía el vibrar cimbreante de la madera tras cada martillazo, pero yo no sentía dolor. «Y ahora arriba con él», gritó cuando acabó con los clavos. Levantaron la cruz y yo quedé de cara al precipicio, colgando sobre el pueblo y pensando que, en cualquier momento, la cruz se iba a despeñar conmigo colgando de ella. Cierto es que habían puesto una cuerda para evitar que eso sucediera, pero yo no lo sabía. No puedo decirte el tiempo que pasé allí. Los escuché reír mientras bebían. Ya anochecía cuando decidieron que podían bajarme. Seguía con el pañuelo en la boca, con los pantalones mojados y la cara descompuesta. Bueno me dio una colleja mientras me arrancaba el pañuelo de la boca. Salí corriendo mientras escuchaba sus risas. Corrí y corrí montaña abajo hasta llegar a casa para encerrarme en mi habitación y esconderme en el rincón que usaba de escondrijo para huir del mundo y llorar.

Terminó el relato y yo me quedé sin habla. No supe qué decirle. La historia me parecía terrible, pero no entendía cómo se habían producido aquellas marcas en sus manos sin que él hubiera sentido el terrible dolor que deberían haberle producido los clavos. Le pregunté con desazón:

—¿Y qué sucedió con tus manos?

—Pues lo cierto es que aquí viene la parte inexplicable de la historia. No sentí dolor ni había rastro alguno de sangre, pero al día siguiente, cuando desperté, mis manos tenían estas cicatrices, que me han acompañado para siempre. Siempre que las miro, no puedo dejar de pensar en la cara de Bueno mientras clavaba aquellos clavos y las risas de todos esos chavales burlándose de mi miedo. Tal vez por esa razón he dedicado mi vida a trabajar con chicos violentos que son incapaces de entender la vida sin el odio que los acompaña desde la infancia. Y aún siento miedo cuando cruzo alguna de sus miradas. —Lo decía mirándome a los ojos y con una sonrisa que manifestaba su condición de persona buena.

Nos dimos un abrazo y salí de la cafetería con desasosiego, pensando en aquella dimensión del miedo que trascendía la realidad y en su capacidad para aniquilarnos. Fueron muchos los años en los que convivimos con esa crueldad.

21

El perro del coronel

Puerto del Portilhon.
Septiembre de 1944

El tipo tenía una fina vara de avellano en las manos y con ella daba golpecitos a un charco a sus pies, donde se reflejaba su rostro rudo y mal afeitado, enmarcado por un cabello moreno y ensortijado que hacía difícil averiguar su edad. Conchita lo intentó sin conseguirlo. Se llamaba Amalio. Cuando sonreía dejaba al descubierto una dentadura con un diente incisivo partido, aunque él no era de mucho sonreír. Los años de guerra y calamidades le habían dejado una amargura en su interior que había borrado de su faz todo atisbo de alegría. Ella ya lo había descubierto en el poco rato que llevaban juntos y en el que apenas si habían cruzado algunas palabras. Le preguntó amablemente, cuando ya el sol se ponía, si tenía frío, y Conchita respondió que no. Lo hizo con un mohín de enfado que Amalio apreció, por lo cual guardó silencio un tiempo. En el fondo agradeció que se preocupara por ella. Tal vez, pensó, se siente mal por tenerme aquí retenida e intenta justificarse. Y si bien su enfado era mayúsculo y se sentía impotente ante el secuestro, sentía curiosidad por esos hombres que aparecían en las montañas con el ánimo de iniciar la reconquista de España, una misión que incluso a ella, que no sabía nada de estrategias militares, se le antojaba un reto imposible.

Cuando ya el sol estaba a punto de ocultarse tras el horizonte frente a sus ojos, el cielo se tornó rojizo. Conchita no pudo evitar un suspiro:

—¡Qué belleza!

Amalio levantó la cabeza y lo observó embelesado durante un rato, mirando la línea quebrada que dibujaban los picos de más de tres mil metros en aquel confín montañoso, tras los que el sol ya solo dejaba ver los reflejos de las últimas luces del día concentradas en un rojo intenso que se tornaba morado para difuminarse y dejar reinar a la noche en aquel mundo escarpado y solitario.

Conchita interrumpió su ensimismamiento al preguntarle:

—Oye, ¿y tú de dónde eres?

—De Zafra —respondió el hombre, añadiendo rápidamente—: provincia de Badajoz.

—Ah, pues eso debe de estar muy lejos —respondió ella, a quien le resultó imposible ubicar mentalmente el lugar en el mapa.

—Si usted supiera... —le respondió, llevándose la mano a la cabeza para recoger los mechones de pelo bajo la boina—, hace ya ocho o nueve años que no voy por allí. Me alisté en el Frente Popular en el inicio de la guerra y aún sigo en ella.

—¡Debía de ser usted muy joven...! —apuntó con la intención de averiguar su edad.

—La verdad es que sí. Aunque, sinceramente, cada uno de estos años ha valido por diez. Tuve que salir huyendo de mi casa, con mi padre. A mi madre, la pobre, se la llevaron el 7 de agosto de 1936. Aquel día llegó el ejército a Zafra. Los fascistas ya habían hecho las listas de quiénes eran los rojos. —Se detuvo un momento para interrumpir el paso a las lágrimas y a la congoja que le sobrevenía al recordar. Tomó aire y, tras soltarlo en una suerte de bufido insonoro, prosiguió—: La mataron en un camino cerca del pueblo. A ella y a tres mujeres más. Su única culpa fue estar casada con un afiliado al partido socialista, mi padre. Él y yo nos echamos al monte un día antes de que llegaran a casa a buscarnos. Mi madre no quiso venir. «A las mujeres no nos van a hacer nada», decía. Y allí se quedó, con mis tres hermanas. —Al concluir la frase se pasó el reverso de la mano por los ojos para secarse las lágrimas que ya no podía retener, y apostilló mientras negaba con la cabeza—: Ella no quería abandonar los animales ni la casa y lo poco que teníamos. «¡Vámonos! —le dije la noche antes de irnos—, que esos son unos animalescerrar comillas». Pensé que en el último momento vendría con nosotros, pero no la convencí. «A mí no me va a pasá na. Si nunca hemos hecho na malo». Pero mi familia estaba condenada —dijo sacudiendo de lado a lado la cabeza con un gesto de vieja desesperación—. Mi padre, militante socialista, y mi hermano mayor afiliado al partido comunista y con antecedentes por revueltas sindicales. Teníamos la muerte marcada en la frente. —Mientras lo decía tenía el semblante grave y la mirada perdida en el horizonte, donde ya brillaban algunas estrellas.

Conchita lo miraba con la intriga reflejada en los ojos y apremiándole para que siguiera con su historia.

—Lo que más me duele es que esos hijos de puta no dejaron ni que la enterraran los vecinos. Las tiraron a la vera de un camino para que se las comieran los perros y las alimañas. «Debe servir de escarmiento», le dijeron a la María, una vecina con la que nos habíamos criado y que se atrevió a pedirle al sargento que le dejara enterrar los cuerpos. —Apretó los dientes y dejó que las lágrimas le rodaran por las mejillas—. Mi padre y yo estuvimos veinte días vagando por el monte. Él se pasaba las noches al relente, llorando por ella, impotente. Creo que se volvió loco. Se desorientaba y le noté envejecer como si los veinte días hubieran sido veinte años. Apenas comíamos, solo andar y andar, huyendo, sin pisar los caminos ni acercarnos a las casas… Resistimos hasta que el hambre nos venció. Cuando supimos que una columna de gente huía hacia la zona republicana, nos unimos a ella. Queríamos llegar a Llerena y de ahí pasar a alistarnos en el Ejército Popular. Pero todo salió mal. Éramos demasiados para pasar desapercibidos y nos dieron el alto antes de cruzar la línea del frente. Había miles de personas en aquella multitud que escapaba campo a través. Cuando vimos a los militares, algunos echamos a correr. Mi padre gritó: «¡Corre, corre!». Y sin pensarlo corrí entre los disparos de fusilería y el griterío de las gentes aterrorizadas al ver cómo disparaban a diestro y siniestro, matando a mujeres y niños. Yo tuve suerte. Fui de los pocos que logró poner distancia y escapar por un barranco seco que me protegió de las balas. Con diecisiete años me alisté en el Ejército Popular, y aún no sé muy bien cómo sigo con vida —sonrió—. Será que tengo más vidas que los gatos.

—¿Y de su familia no ha tenido más noticias? —le preguntó Conchita impactada por su historia.

—La verdad es que no sé mucho de los que quedan. Supe que, a mis dos hermanas, la Juani y la Sinfo, las habían fusilado a los pocos días de morir mi madre. En el cielo estén —dijo alzando la cabeza de nuevo hacia el firmamento—. Y de mi hermanita pequeña no sé qué ha sido de ella, pobrecilla, con once años y sola en el mundo.

Apretó los dientes y renegó: «¡Putos fascistas!», con tanta amargura que de las palabras emanaba el sabor de esa hiel que le corroía por dentro.

Entró y encendió un fuego en la cabaña; lo hizo con habilidad y luego le pidió que se acercara a la lumbre. La noche había hecho descender las temperaturas. Notó que Conchita se encogía de hombros con un leve temblor y le puso, sin pedirle permiso, su vieja guerrera sobre los hombros.

—¿Dónde coño estarán estos? —farfulló entre dientes.

—¿Y cómo llegó a Francia? —insistió, reconfortada por el fuego y azuzada por la curiosidad.

—Es una historia larga —dijo él mostrando el diente partido con una mueca. Se quedó pensativo un momento mientras volvía a embridar sus mechas de pelo bajo la boina. Luego prosiguió con el relato—. Cuando acabó la guerra, yo estaba en Barcelona, era enero de 1939 y ya sabíamos que aquello estaba perdido. Las defensas eran un colador y era cuestión de días que todo acabase, así que decidí sumarme a uno de los grupos que se disponían a cruzar la frontera por el Pirineo. Fue un viaje duro, era invierno y la nieve no nos lo puso fácil, en especial a las mujeres y a los niños que venían con nosotros. Como puede imaginar, acabamos en los campos de refugiados. Aunque yo estuve poco tiempo allí. Cuando pidieron hombres para trabajar, me apunté el primero. Los franchutes nos llevaron al norte. Les faltó tiempo para entregarnos a los alemanes como esclavos para sus fábricas de guerra. Estuve un tiempo en una cadena de montaje de carros de combate. Nos trataban como animales, sin apenas comida y trabajando más de quince horas diarias. No sé cómo no morimos allí, bajo aquellos monstruos de acero. De hecho, no me faltó mucho. Enfermé y mi destino era un campo de concentración, como el de tantos desdichados que cayeron en manos de los nazis. Pero yo tuve más suerte. —De nuevo volvió a mostrar el diente partido con aquella mueca que quería parecerse a una sonrisa, y dejó transcurrir un breve silencio con la mirada perdida en el crepitar del fuego, como si no creyera del todo lo que sucedió aquel día de finales de la primavera de 1940—. Verá, yo estaba en una larga fila de hombres en el patio de la fábrica, en Dachau, una ciudad no muy lejos de la frontera suiza. Aquel día hacía un frío del carajo. Nos hacían formar en una gran explanada, en el patio, donde nos repartían un chusco de pan para el día. El coronel, un tal Hoffman, nos vigilaba desde el porche de la oficina. —Torció el labio y dejo escapar un «¡Menudo cabrón!»—. El tipo tenía un perro, un pastor alemán; era obediente, se sentaba a su lado y siempre estaba quieto como una estatua. Pero aquel día..., vete tú a saber por qué, salió como una bala hacía el camión del pan, quiso saltar y en esas se quedó con la pata atrapada entre el portón y la defensa trasera. ¡Madre mía! Cómo aullaba. Una astilla de madera le atravesaba la zanca. La cosa era quién le metía mano al perro. El capitán sacó la pistola, cruzó la mirada con el coronel y fue directo a meterle una bala en la cabeza. El coronel creo que soltó un reniego en alemán. A ese malnacido le importaba más el animal que todos nosotros juntos.

»No sé cómo me atreví, porque a algunos, por algo como lo que yo hice, les habían metido un tiro en la sien, pero en mi casa siempre fuimos muy de los animales y sentí pena por el chucho. «Mi capitán, puedo intentarlo», chapurreé en un pésimo alemán. El capitán se acercó con la pistola en la mano. Estaba cerca de mí y levantó el arma con intención de disparar. En aquel momento, la voz del coronel lo frenó en seco y el capitán dejó que yo viera en sus ojos la mirada de odio y desprecio que salía de su interior. El coronel me indicó con la mano que me acercara. Lo hice con las manos a la espalda y la cabeza gacha hasta que llegué a la altura del perro. Tenía la pata atrapada y además la astilla de madera le atravesaba la pezuña. Estaba sufriendo mucho y babeaba de rabia. Sentí el silencio de aquel patio como una losa. Si no sacaba al perro de allí, eso sería lo último que haría en vida. Yo sabía de animales; todo me lo habían enseñado mi padre y mi abuelo. En casa hacíamos las curas de los ganados de muchos de nuestros vecinos. Pero aquello era más jodido. Creí que no iba a dejarme sacar la astilla de su pata sin comerme a bocados porque lanzaba dentelladas a diestro y siniestro. El coronel me miraba atentamente Estaba seguro de que él mismo me dispararía una bala en la cabeza si no conseguía sacar al animal de aquella trampa. Así que me dejé llevar por la intuición y me senté en los adoquines mojados, a su lado. Le enseñé las manos, tal y como hacía mi padre antes de acercarse a una bestia, y canturreé una canción que usábamos para tranquilizarlas en casos así. El perro me miró por el rabillo del ojo y dejó de aullar. Seguí cantando mientras le ponía la mano en el lomo y lo acariciaba despacio. Después, acerqué la mano a su cabeza y hundí los dedos en su pelo. En aquel momento, cuando estaba confiado, le sujeté el cuello con fuerza y con la mano izquierda tiré de la astilla y saqué con rapidez la pata. Todo fue muy rápido. Creo que mi madre me ayudó desde donde fuera que estuviera para que aquella arriesgada situación acabara bien. Todo el patio rompió aquel silencio tenso y aplaudió mi acción. El coronel sonreía satisfecho mientras la mascota se lamía la herida. Me miró, asintió con la cabeza y yo volví a mi sitio en la fila con la cabeza gacha. Aquel día mi vida cambió. Ya no volvería a los talleres ni a la cadena de montaje. Mi destino era ocuparme del perro del comandante. Lo cuidaba y le daba paseos. Lo hice durante unas cuantas semanas, hasta que llegó el buen tiempo y, entonces, en uno de aquellos paseos, hui. —Volvió a sonreír recordando su hazaña—. Fíjese usted que tuve que atar al chucho, porque se venía conmigo... —y soltó una risa—. Con muchas dificultades logré cruzar la frontera suiza por un puerto de montaña, y una red de partisanos me ayudó a unirme a los republicanos que combatían en Francia contra los nazis.

En aquel momento, la puerta de la cabaña se abrió y entró el jefe del grupo. Llegaba sudoroso y cansado. Amalio se levantó e hizo el saludo militar.

—Sin novedad, mi teniente —dijo con convicción.

—¿Y el resto? —preguntó este.

—Aún no regresaron —respondió.

—Esperaremos un rato; descansamos y nos vamos cagando leches.

Se tumbó en un rincón sobre una vieja manta con la intención de dormir, y lo hizo, porque en breve oyeron sus ronquidos. No tuvo un sueño largo. Al cabo de una hora llegó el resto del grupo y, con el ruido de las armas y de los morrales, despertó.

—¿Cómo fue, muchachos?

—Bien —respondió uno de ellos entregándole un pequeño pliego de papeles, donde había reflejado la situación del cuartel.

Eran mapas con anotaciones sobre el número de efectivos que habían podido contar y una valoración táctica de un posible asalto. El teniente los ojeó. «Buen trabajo», dijo, y les invitó a descansar un par de horas antes de regresar a Francia.

Con las primeras horas del amanecer, Conchita y Amalio se despidieron en la puerta de la cabaña. Ella apretó la mano del hombre mientras tímidamente decía adiós al resto de sus compañeros. Él, con gesto vergonzoso, le regaló la vara de avellano que los había acompañado durante la conversación nocturna. La ayudó a ensillar la yegua y la encaminó hacia el sendero que conducía al frondoso bosque de abetos, visible con las primeras luces del día.

—Nos vemos pronto —le dijo.

22

¡Viva la República!

Les, Valle de Aran.
Octubre de 1944

Casi cada tarde, se acercaba a la puerta de la peluquería. Llevar su bicicleta cogida del manillar y caminar junto a ella se había convertido en su momento mágico. «Lo mejor del día», pensaba sin decirlo. Cuando el tiempo lo permitía, alargaban el paseo. Llegar a la puerta del jardín les parecía un recorrido demasiado breve, ya que la peluquería no distaba mucho de su casa y apenas si tenían tiempo de intercambiar unas pocas frases que se atropellaban por la necesidad de explicarse todo lo que les había acontecido durante la jornada. A veces, una mirada lo decía todo. Él, cuidadosamente, dejaba la bici apoyada en la pared, justo al lado de la puerta del jardín, y seguían andando por la calle bordeada de grandes plataneras que en otoño tejían un tapiz sobre la calle con sus grandes hojas amarillas hasta convertirla en una vereda alfombrada y mullida. Les gustaba aquel paseo que acababa en un pequeño parque, rodeando el viejo hotel balneario. Allí se respiraba paz. Al amparo de los tilos del parque, se sentaban en el banco de madera y dejaban que el tiempo transcurriera sin prisa. Así cruzaron sus dedos por primera vez, con suavidad, envueltos en un halo de timidez. Él tomó poco a poco sus manos, envolviéndolas con el calor de las suyas, con tal delicadeza que el gesto produjo un escalofrío en la espalda. Apenas hablaron. Manolo la miraba de hito en hito como si pretendiera decir algo. Finalmente susurró:

—Me gusta sentir tus manos entre las mías.

Ella le sonrió con dulzura, le dio un beso en la mejilla y estiró de su brazo.

—Vamos, mi madre me va a matar, es muy tarde.

Él no rechistó, la siguió y juntos saltaron el muro del pequeño parque, que se alzaba unos centímetros sobre la calle, para recorrerla en sentido inverso e iniciar así la vuelta a casa. La retuvo un instante, la miró y, venciendo su timidez, dijo:

—Sabes que me gustas mucho.

—¿Ah, sí? No me había dado cuenta.

Y dejó que su ironía se convirtiera en una risa compartida.

Aquellos días de principios de octubre de 1944 eran especialmente soleados. La luz otoñal regalaba una luminosidad que se reflejaba en las hojas pardas de los árboles. El cielo era de un azul intenso y el paisaje se iba coloreando con tonos ocres, dorados y también rojizos. Cada tarde, los paseos eran un aliciente para sus vidas. Cuando llegaba la hora de cierre de la peluquería, Manolo esperaba pacientemente con el pie apoyado en un abrevadero, junto al agua que salía a borbotones por el caño oxidado y rodeado del musgo que crecía entre las piedras gracias a la abundante humedad. Desde aquella posición elevada observaba el río y el trajín de los transeúntes. Le gustaba saborear aquellos instantes, especialmente cuando llegaba el momento en que ella cruzaba la puerta y lo buscaba con la mirada para ir a su encuentro. En su semblante florecía entonces una amplia sonrisa. La observaba andar hacia él con paso ágil y le estampaba un beso en la mejilla. Era un instante que les llenaba de felicidad. A partir de entonces, el mundo se detenía y sus vidas eran solo suyas.

Los ecos de la guerra iban quedando atrás, pero los sinsabores de la posguerra seguían haciendo duras y complicadas las cosas más simples. La violencia explícita de la confrontación había dado paso a otra mucho más opaca, oculta bajo los gestos cotidianos. La supervivencia diaria a veces se antojaba una meta inalcanzable. Habían reflexionado juntos sobre ello a menudo, cuando se sentaban para ver caer la tarde y recorrían con la memoria más reciente cada una de sus vidas. Conchita buscaba en la suya los retales de aquellos días oscuros en el campo de refugiados, aunque era consciente de que en su fuero interno había borrado esa etapa atroz, como si ese recuerdo estuviera maldito. Hablarlo con él la sanaba. A su lado buceó en sus sentimientos encontrados. La experiencia de los años vividos en Mallorca estaba llena de aristas emocionales y necesitaba sumergirse en todos sus recovecos, plenos de dudas y contradicciones, para entenderse a sí misma. No alcanzaba a saber si deseaba volver allí y satisfacer el deseo de sus tíos. Ellos querían que regresara e iniciara una nueva etapa en la isla, que prometía muchas oportunidades de futuro. Añoraba el mar azul, las callejas del barrio judío y el clima amable y soleado. Desnudaba ante él sus sentimientos mientras escrutaba su rostro y pensaba en el deseo escondido de regresar a Palma. Sabía que ese viaje no podía hacerlo sola. No lo haría sin él, se lo había prometido a sí misma, lo tenía decidido y, quizá por esa razón, envolvía esos recuerdos con detalles de los lugares que había conocido, con los sabores y la calma del Mediterráneo que le habían cautivado el corazón.

Él la escuchaba en silencio, admirando su locuacidad y esa facilidad para encontrar las palabras adecuadas, la entonación, los silencios con los que reconstruía sus vivencias, pero en concreto le fascinaba cómo describía los paisajes, definía los colores, dibujaba los entornos hasta que casi le permitía tocarlos. Después, se quedaba extasiada, como si pudiera recrearse en la reconstrucción del recuerdo y demorarse unos instantes habitando en él, para saborearlo de nuevo antes de volver a la realidad. Manolo nunca rompía sus silencios. Aunque alguna vez se había atrevido a pensarlo, no imaginaba su vida en otro lugar que no fueran las montañas, lejos de ese mundo que conocía y amaba. Así que eso no fue nunca un motivo de discusión, tan solo una forma de compartir sueños que, con el paso del tiempo, Conchita entendió que nunca se materializarían. A veces, ella, consciente de que monopolizaba los momentos que compartían, le interpelaba:

—¿Y tú? Cuéntame.

Pero él se escudaba tras una sonrisa amable y, mientras se buscaba mecánicamente el hombro herido, respondía:

—Aquello ya pasó, ahora debemos mirar al futuro y olvidar. No hay nada que merezca la pena ser recordado.

Lo decía con el semblante triste y a su vez como si una barrera autoimpuesta le impidiera regresar tan solo a los recuerdos de esos días tan aciagos.

—Pero yo quiero que me cuentes qué sucedió cuando nadie supo dónde estabas y te dieron por desaparecido.

—Fueron tiempos difíciles... No sé cómo conseguí sobrevivir a las heridas y al tiempo en el hospital. Tampoco sé cómo no acabaron amputándome el brazo. O por qué sobreviví a tantos combates y eludí la muerte, a diferencia de tantos otros. Pero ya ves —le decía mientras cogía su mano y dibujaba una leve sonrisa—, aquí estoy, y lo más importante: estoy a tu lado.

Lo decía como si nada de todo lo demás, relacionado con el pasado reciente o el incierto futuro que tenían por delante, le importaran. Estaba profundamente enamorado de aquella mujer, de su sonrisa y de la vitalidad que le transmitía. Era como si de alguna forma, a través de ella, hubiera conseguido recomponer su pesimista percepción del futuro y de la vida para mirar al mañana con una ilusión que la guerra había minado hasta casi hacerla desaparecer. Tal vez fue esa nueva energía que crecía en su interior la que le animó, mientras caminaban cogidos de la mano, a atraerla hacia sí por sorpresa y, sin que ella pudiera mediar palabra, besarla y estrecharla entre los brazos. Le susurró al oído, como si fuera una canción, un te quiero que no solo sonó sincero, sino que pareció iluminarse con la aurora de esperanza que irradiaba su corazón. Ella lo sintió, porque en aquel abrazo, con los cuerpos aún prietos y el vello de la piel erizado por el deseo, notó que algo hermoso y honesto que crecía bajo el árbol que los cobijaba.

Compartieron un café en la terraza de un bar recién abierto. Se sentaron en una mesa con pie de metal sobre el que descansaba una losa redonda de mármol blanco. Conchita le daba vueltas al azucarillo dentro de la taza y disfrutaba del momento. El sonido del agua del canal, que estaba cerca y servía de fuerza motriz al molino harinero del otro lado de la acera, generaba un murmullo placentero con un efecto balsámico. Apenas había gente en la calle, tal vez porque ya anochecía y la temperatura descendía con rapidez. Manolo le puso su chaqueta con mimo sobre los hombros y, con ese gesto, aun sin pretenderlo, a ella le recordó al episodio con los guerrilleros. Entonces, como si se le encendiera una alarma en el cerebro, dio un respingo y le preguntó:

—¿Qué habrá sido de aquellos hombres que me retuvieron en la montaña?

Había olvidado aquel episodio. No porque no lo considerara grave; de hecho, la alarma y la preocupación por ella en casa fueron absoluta, asi como en el grupo de amigos que compartieron la aventura. Nadie durmió esa noche, tampoco Manolo, que se enteró de lo sucedido por Mercedes. Solo cuando la vieron llegar lograron calmar la ansiedad de su madre, que había pasado horas imaginando fatídicos desenlaces.

Para ahorrarle el mayor sufrimiento posible, se confabularon y le ahorraron la parte de la historia que involucraba a los guerrilleros republicanos, con la esperanza de que el cabecilla cumplieran su palabra y su amiga regresara sana y salvo. Pese a su juventud, todos eran conscientes de las implicaciones que acarrearía de correrse la voz: interrogatorios que podían acabar en detenciones por haber ocultado información, para empezar. Su silencio era el salvoconducto de regreso de Conchita, y así fue. Aun así, las palabras de la Operación Reconquista en el vozarrón del hombre seguían resonando en la cabeza de Conchita, que las hilaba además con el relato personal de Amalio, y sobre todo con ese instante en que insinuó que la guerra podría volver a empezar.

—¿Tú crees que iba en serio? ¿Están preparando una invasión de España? —Le lanzó las preguntas muy cerca de él para evitar que nadie más las escuchara.

—Espero que no. Por nada del mundo quisiera que volviéramos a las andadas. Aunque, tal como está todo de revuelto, quién sabe.

Manolo dejó las palabras en suspenso.

—Vamos, hace frío.

La acompañó hasta la puerta de su casa, se despidió con un beso y cerró el paso a cualquier sombra que pudiera enturbiar la felicidad que sentía al compartir ese tiempo con Conchita.

Hitler había capitulado en París y las tropas aliadas del general Leclerc liberaron la ciudad el 25 de agosto de ese año con la determinante ayuda de los guerrilleros españoles, y muy especialmente de la Novena Compañía de la Segunda División Blindada de la Francia Libre, que estaba compuesta, entre otros, por ciento cincuenta republicanos. La Segunda Guerra Mundial había tomado un nuevo cariz y el temido y aparentemente invencible ejército del Tercer Reich se batía en retirada en Europa después de haber perdido el territorio conquistado en África.

El eco de la noticia llegó al pequeño pueblo y turbó su paz aquel día frío y desapacible de octubre de 1944 en el que Amalio entró por la puerta de la peluquería al grito de «¡Viva la República!».

Tercera parte

23

Lo que quedó de ellos

Les, Valle de Aran.
Noviembre de 1972

El pasado tenía un interés especial para nosotros. No tanto el pasado inmediato o aquel que podría desvelarnos verdades que aún se hallaban aletargadas en la memoria cercana de nuestros mayores. No. Aquel era un pasado envuelto en un halo de grisura densa, carente de aliciente alguno. Nosotros queríamos iluminar el futuro mirando las tinieblas de un pasado mucho más distante, uno que ya no nos pertenecía porque nadie recordaba nada de él. Solo las piedras y los viejos muros resistían el olvido, como vestigios de un tiempo que se sostenía gracias a las hiedras entrelazadas en sus grietas, abrazadas y quebradas en ese mismo abrazo toda su resistencia. Un buen ejemplo de ese perverso lazo eran las piedras de la vieja fortaleza semiderruida que ahora era prisionera de plantas trepadoras. A mí me gustaba contemplar la simetría de los muros que jalonan los caminos. Piedras cubiertas de musgos viejos y aterciopelados cuyas siluetas extrañamente redondeada los hacían parecer animales vivos en lugar de fríos minerales. Y aquellas otras que, colocadas al milímetro, soportaban el paso de los años y mantenían el peso de los tejados y de las vidas que las habitaban, reconocidas con el nombre con el que se denominaba a cada una de las vetustas casas del pueblo. Nombres y piedras en los que se condensaba la historia, la reputación y la honra de generaciones que contribuían a construir la imagen del clan.

Buscar debajo de las piedras signos del pasado se convirtió en el mayor de los pasatiempos. Un antiguo túnel, una fortaleza secreta escondida en la espesura profunda del bosque, o tal vez un pasadizo tenebroso. Ese era nuestro objetivo de un sábado cualquiera por la tarde. Nuestra imaginación era un torbellino que permitía trazar aventuras donde solo había rocas y desmemoria. Un día decidimos orinar desde la roca apuntando al vacío los tres juntos, Pepe, Jordi y yo, entre risas y mirando los tejados de pizarra negra del pueblo, y un eco nos devolvió nuestras risas. Un eco tenue pero perceptible. Reímos y gritamos hacia la pared buscando el retorno de nuestra voz resonando en el valle. Pepe gritó:

—¡Eh, acercaos, mirad lo que hay aquí!

No imaginaba que aquel descubrimiento nos acercaría a un mundo desconocido para nosotros, un mundo que marcaría nuestras vidas para siempre.

Nos sumergimos sin miedo en el follaje que colgaba de la pared rocosa a nuestras espaldas, entre la maleza y las enredaderas que cubrían el muro inacabable de la montaña, poderoso y desafiante. Pepe gritó de nuevo desde una pequeña galería:

—¡Por aquí! —Y su voz se repitió en una cacofonía, ahora sí claramente perceptible.

No éramos conscientes de que íbamos a vivir una experiencia que trascendía a nuestra imaginación, algo que nos resultaría dramático y fantástico a la vez. Que aquello abriría un umbral a una parte de nuestras vidas adolescentes totalmente nueva y desconocida y que nos mostraría el abismo del terror y la locura.

Cuando accedimos a la cámara, vimos objetos escampados por el suelo compactado de tierra. No era un espacio muy amplio, y aunque nosotros podíamos permanecer de pie, un adulto habría necesitado agachar la cabeza para entrar en la oquedad. En la parte profunda de la sala apenas había luz. El día nublado alcanzaba solo a sembrar de tenue claridad los primeros metros del acceso a la galería. Encontramos una vela en la entrada que nos animó a aventurarnos en la oscuridad. La débil luz de la bujía nos permitía adivinar que alguien había hecho de aquel espacio su vivienda. Un pequeño banco, una mesa desvencijada y algunos enseres de cocina lo evidenciaban. Un gran montón de ceniza rodeado por piedras conformaba el hogar improvisado para la hoguera. Me sorprendió que las rocas no se dispusieran en círculo ni en forma de cuadrado, sino como un rectángulo de aproximadamente dos metros de largo por uno de ancho. Esa forma no parecía útil para sostener una olla o una parrilla. Al observar mejor, me percaté de que esa función estaba reservada para un extremo de la alargada fogata.

Examinar las paredes nos sobrecogió profundamente y abrió las puertas a un miedo irracional. La llama de la vela parpadeó e iluminó caras dibujadas en las paredes de la gruta. Eran dibujos hechos con el carboncillo de la lumbre, con trazos poco definidos e imprecisos por culpa de las rugosidades de la piedra. Aun así, su visión a la débil luz de la llama era escalofriante por el realismo que desprendían. Unas bocas profundas y unos ojos desorbitados mostraban el rostro del horror. Esas caras cobraban vida al contemplarlas. Los gritos desencajados y miradas alargadas se abrían más allá de los contornos del dibujo, sus órbitas parecían seguir mis pasos. Nuestras sombras, que se proyectaban estiradas en la penumbra, se fundían con sus calaveras agónicas. Las mandíbulas temblaban como si la propia cueva fuera en sí misma una enorme boca hambrienta. Un zumbido creciente inundó el espacio. Un rumor de palabras incomprensibles de gente que lloraba o tal vez reía crecía hasta ensordecer toda la cueva. Sentí un viento helado azotando mi cuerpo. Lo percibí con tal realismo que imaginé su frialdad surgiendo de lo más profundo de las entrañas de la tierra. Me sentí extrañamente empapado y dudé si sentarme y dejarme invadir por el pánico, que me atrapaba y envolvía como un poderoso imán, sumergiéndome. Era como si la gruta fuera una gigantesca boca húmeda que se abría a una tentadora dimensión desconocida. Pudo más mi instinto que la duda. Corrí cuanto pude a la salida. No sé dónde hallé la fuerza, pero corrí. Corrí a trompicones, buscando la luz de la salida cual náufrago que necesita asirse a una tabla salvadora. Tiritaba. Busqué con la mirada a mis compañeros de aventura, pero no estaban. Atravesé el umbral de la cueva asustado, tropezando con las piedras y la maleza de la entrada. Al serenarme y detenerme, hallé sus caras pálidas y descompuestas. Aquellas imágenes nos habían dejado en un estado de estupefacción que nos impedía hablar. Nos mirábamos en silencio, jadeantes, sin saber explicar qué nos había sucedido en el ombligo de la montaña. Nos habíamos asomado a un abismo desconocido, a un infierno que ni tan solo sospechábamos que pudiera existir. Y tras aquel momento de incertidumbre, con el corazón desbocado, huimos de allí como si el propio diablo nos persiguiera. Fuimos monte abajo sin seguir el camino, tropezando, rodando a veces sobre los helechos del sotobosque. Corrimos alocadamente empujados por el miedo. Al fin, alcanzamos el prado donde se acumulaba la madera que descendía de los bosques y se apilaba a la espera de ser transportada a los aserraderos. Los tres nos sentamos en uno de los troncos, sudorosos, sucios y con desgarrones en la ropa. Pepe fue el primero en intentar decir algo:

—¡Joder! Pero ¿qué coño era eso? —exclamó con los ojos muy abiertos y como si aún tuviera ante él una de aquellas caras infernales.

—Nunca había visto nada igual —se apresuró a responder Jordi—. Debemos preguntar qué es eso, quién ha estado en ese antro y por qué.

Pepe, con las manos sobre la cara, susurró:

—Os juro que sentí que una de las bocas me engullía.

Lo dijo con un hilo de voz, con las manos aún sobre la cara. Me pareció que lloraba.

—Esperad, pensémoslo bien antes de hacer nada —les dije, aparentando una falsa serenidad y ocultando un temblor que sacudía todo mi cuerpo—. Si lo contamos nos tomarán por locos. Tal vez debemos descubrir qué es ese lugar.

Ellos se apresaron a contestar al unísono:

—Ni locos...

Y Pepe remató:

—Quien tiene que ir a ese sitio es la guardia civil para buscar al loco que ha hecho eso. Debe de ser un tipo peligroso. O tal vez son brujas las que viven allí y hemos ido a estorbar su guarida —añadió.

Yo intenté convencerlos de que allí ya no vivía nadie y que todo lo que habíamos visto eran solo vestigios dejados por alguien que tiempo atrás ocupó ese lugar, aunque no conseguí explicar el efecto de aquellas caras sobre la roca.

—Deberíamos averiguar quién era —dije, esperando sin ningún éxito algún gesto de complicidad en sus rostros.

Jordi sacó un paquete de cigarrillos del calcetín, que milagrosamente había sobrevivido al descenso vertiginoso, y nos invitó a fumar. Consumimos ávidos y en silencio el cigarrillo antes de despedirnos y regresar a nuestras casas. Nos emplazamos para volver a vernos, pero tras ese día todo cambió entre nosotros.

Ninguno contó nada sobre aquello que vimos y vivimos en la gruta ni nos atrevimos a mencionarlo entre nosotros. Quizá pretendíamos hacer como que no había pasado por el mero hecho de ignorarlo. Solo algunas miradas cómplices nos hacían recordar aquel episodio de nuestras vidas. Tampoco ninguno se atrevió a volver a la cueva, a pesar de que yo seguía sintiendo una extraña atracción por entrar de nuevo. No me atreví a preguntarles a ellos si les sucedía lo mismo. Nuestro silencio era cómplice de la incapacidad para explicar el terrorífico fenómeno sin provocar la risa o la mofa de quien nos pudiera escuchar. Nadie nos creería ni entendería el miedo que habíamos pasado. El silencio se convirtió en nuestra mejor opción. Pero el silencio no borró las caras de mi memoria. Seguían allí, en el fondo de mi mente, como recuerdo atroz de aquella visión. En realidad, no recordaba los rostros en la roca. Lo que me atormentaba era la cicatriz del terror que había quedado grabada en mí. Conviví con ella como el que convive con el dolor de una vieja lesión en forma de pequeños espasmos. Lo hice durante un tiempo, hasta que un día los rostros regresaron.

Era un atardecer como tantos otros. Antes de cenar, jugábamos bajo la tenue luz de la farola de la esquina de casa. A menudo jugábamos a la pelota, convirtiendo la pared de la casa en un frontón improvisado, y la pelota de goma que venía de regalo con una caja de zapatos servía para practicar. En la esquina, una bocacalle se hundía en la oscuridad más absoluta. Solo los primeros metros tenían algo de luz amarillenta. Ocurrió entonces que la pelota no rebotó en la pared y desapareció por la bocacalle hacia la negrura del callejón. Yo había errado el rebote, por lo que, siguiendo nuestras particulares normas de juego, debía recogerla. Sentí un escalofrío al atravesar la línea que marcaba el paso de la penumbra a la oscuridad, determinada por la sombra de la esquina del edificio. Me pareció que al cruzar aquel umbral traspasaba una frontera, y el miedo me atenazó. Apreté el estómago como si un puño estuviera estrujando mi vientre. Me paralicé, quedé inmóvil, hasta que una voz dijo:

—Venga esa pelota, que es para hoy…

Sentí que me temblaban las piernas y que mi mente me pedía correr, pero en ese momento la pelota rodó mansa por la escasa pendiente del callejón hacia mis pies. Me agaché a recogerla y, al alzar la vista, hallé a las máscaras allí, conformando el rostro de siniestros personajes que parecían acercarse a la luz. Sus cuerpos y sus ropas estaban recubiertos de cenizas que los envolvían en una nube grisácea. Los acompañaba el mismo rumor siniestro e inidentificable de la primera vez. Los vi acercarse y, aunque estaba paralizado por el miedo, fui dando pasos hacia atrás sin atreverme a darles la espalda. Anduve despacio, con la pelota apretada entre las manos, hasta que crucé la línea de la luz y ellos se desvanecieron. Mis compañeros de juego me recriminaron la lentitud entre risas. Les lancé la pelota. «Es tarde», dije y entré en casa con la cara lívida y ganas de vomitar. Mamá me preguntó si estaba bien, le dije que sí sin mirarla y me refugié en el baño. La cabeza estaba a punto de estallarme porque no podía comprender lo que me estaba pasando. Creí que me estaba volviendo loco. Aquellos seres no podían ser reales y, en cambio, estaba totalmente seguro de que los había visto y había percibido su olor, parecido al que desprendían aquellas ropas viejas perdidas en el desván desde hacía muchas décadas. Y sentí el mismo pavor por aquellas bocas enormes y aquellos ojos desorbitados que me atraían extrañamente. Quería correr y no podía, porque me hipnotizaba ese horror que me mostraba una dimensión del miedo que yo mismo había desconocido hasta entonces. Salí del baño, le dije a mamá que me dolía la tripa y que no quería cenar. Me acosté, pero aquella noche los fantasmas protagonizaron mis sueños. En mi duermevela pensé que solo la abuela podía salvarme, pero ella ya no estaba entre nosotros y no estaba seguro de que desde el mundo de los muertos pudiera hacer algo por mí. Me levanté con la convicción de que necesitaba respuestas. No podía seguir en ese estado de terror. La oscuridad me aterrorizaba y los lugares cerrados me generaban ansiedad.

Decidí enfrentarme a mis miedos volviendo a la cueva.

Era el único lugar donde podía hallar las respuestas que buscaba. Tenía que hacerlo y hacerlo solo, porque nadie me acompañaría. Ni siquiera hice el intento de contárselo a Pepe, que tal vez hubiera hecho el esfuerzo, por no saber, como le ocurría siempre, decir que no. Tenía el firme convencimiento de que debía hacerlo solo para superar mis miedos interiores, que se mezclaban con aquellos fantasmas para atemorizarme. Mi convicción me permitió superar el temor y llegué de nuevo a las puertas de la cueva. Allí, frente a esa boca de roca, sentí el mismo aire helado del primer día, y mi cuerpo volvió a tiritar. Miré a los lados y me percaté de que en realidad aquello no era una cueva natural, sino una cavidad excavada en la roca como otras muchas de las abiertas décadas atrás, cuando la minería tuvo un auge importante y se realizaron esas excavaciones para encontrar mineral. En esta ocasión iba provisto de una linterna, la busqué en el bolsillo y la encendí. Avancé lentamente por la estrecha galería y me sorprendió oler a humo. La mesa y el banco estaban esta vez en su sitio, y las piedras del suelo que conformaban el hogar emanaban calor, apreciándose los restos de una hoguera. Mi primera mirada fue hacia las paredes de roca. Busqué con ansiedad los rostros, pero no vi nada, solo la rugosidad de la roca; tampoco oí ningún ruido, ni siquiera un murmullo. Me acerqué para pasar la mano por donde había visto aquellos rostros, aunque no estaba muy seguro de su ubicación. Palpé la fría y áspera superficie mineral, aproximé la linterna en busca de evidencias, pero no encontré ninguna. Cuando más concentrado estaba en la búsqueda de respuestas, una voz me interrumpió:

—¿Qué buscas? —Fue un eco cavernario y grave, una voz que a mí me pareció lejana y a la vez familiar.

Alumbré hacia el fondo de la oscuridad y vi a Pepe sentado sobre el pequeño banco.

—¿Qué coño haces aquí? —contesté yo, aún asustado por aquel insospechado encuentro.

—Lo mismo que tú, buscar respuestas —sentenció.

—¿Y qué has encontrado? —insistí—, ¿dónde están las caras? —añadí, para a continuación recriminarle—: ¿Por qué no me dijiste que ibas a venir?

Él estaba sumido en la oscuridad, no podía verle porque mi linterna alumbraba el suelo, y finalmente opté por apagarla. Los dos estábamos en la más absoluta negrura. Guardó silencio durante unos segundos que a mí se me hicieron eternos, hasta que finalmente me respondió:

—Volví a ver aquellos rostros en la oscuridad, los vi en el camino que desciende del monte, tras nuestra casa. Desde entonces apenas duermo, tengo miedo de que me lleven. Por eso decidí volver a entrar antes de volverme loco. Quería saber si eran reales o si solo estaban en mi cabeza. Lo hice hace algunos días. Cuando entré, como tú, con una linterna... Él estaba aquí.

—¿Él? —le interrumpí

—Sí, el hombre que los había dibujado. Bueno, él o su fantasma. Ya no sé quién es quién. Pero lo cierto es, te lo juro por mi madre, que estuve hablando con él.

—Pero ¿quién es? —insistí, a pesar de que noté su voz quebradiza e insegura, lo cual me sorprendió, porque Pepe era siempre nuestro referente en casi todo y haberse quedado huérfano a una edad muy temprana le había convertido en un adulto prematuro. Se ocupaba del ganado y, al ser el mayor de cuatro hermanos, ejercía la función de padre de ellos y en ocasiones de todos nosotros.

—Por lo visto alguien que vivió en esta cueva hace unos treinta años y murió aquí, una noche de invierno de 1956, consumido por el fuego. Parece ser que la forma de esta fogata la hizo para resistir el frío, cubriéndose con la ceniza.

—Pero ¿cómo que has hablado con él si murió cuando ni tú ni yo habíamos nacido?

—Eso me pregunto yo.

—¡Mierda, Pepe! —le dije preocupado—. ¿Quieres que acabemos locos? Esto no tiene sentido.

Él calló buscando las palabras adecuadas para responder a mi pregunta. Aquello era de locos, sí, y él tampoco tenía ninguna explicación, solo sabía relatar aquello que había visto y sentido. Por eso empezó su respuesta dudando y encogiendo los hombros.

—No sé, pero el día que entré lo vi aquí, sentado donde estoy yo. Iba vestido con ropa vieja y llevaba una capa extraña de la que colgaban trozos de latas y objetos muy raros. Llevaba una vieja gorra militar. Le pregunté quién coño era, qué hacía en la cueva... Y quiénes eran los rostros que me acechaban y me habían robado el sueño...

Se giró hacia mí y se quedó pensativo un instante, como si no encontrara la forma de explicarlo mejor.

—¡Mierda! —exclamó—. Ese tipo tuvo una vida horrible. —Tras afirmarlo, calló un rato y luego, mirándome fijamente a los ojos, me dijo—: Son sus miedos los que habitan ahora en nosotros.

Pepe rompió a llorar y yo guardé silencio, con un nudo en el estómago y sintiendo de nuevo aquel viento helado que venía de un lugar profundo, aunque ya no supe si era de lo más hondo de la tierra o de una parte de mi propio ser que desconocía. No entendía cómo aquellos viejos miedos convertidos en fantasmas podían infiltrarse en nuestros sueños, apropiarse de nuestras mentes y derribar la frontera que define lo real y lo imaginario. El paso de los años me enseñó que esa falsa frontera no existe y que ellos siguen vivos en los recovecos oscuros de nuestra existencia.

24

El día de la boda

Les, Valle de Aran.
Octubre de 1944

La bala de un francotirador segó la vida de un guardia civil al otro lado del río. Era una de las calles principales, por donde transcurría la carretera. El disparo fue un estampido seco que sobresaltó a los vecinos. No fue el único, pero sí el primero que turbó la paz de aquella fría mañana del 9 de octubre de 1944 mientras los tímidos copos de nieve se adherían al barro helado, indiferentes al pánico y las carreras de la gente a ambos lados de la calle. Algunos se dirigían a buscar a los niños en la escuela, otros intentaban conseguir víveres por el temor a enfrentarse a un nuevo episodio de guerra. Grupos de hombres armados se dejaban ver esporádicamente por el pueblo; lo hacían sin grandes aspavientos y ocupando puntos estratégicos para establecer un control militar de la población. Los invitados a la boda que se estaba celebrando en la iglesia parroquial no salían de su asombro, y en los corrillos a las puertas del templo todo eran conjeturas y opiniones sobre lo que había pasado y lo que iba a pasar. Alguien exclamó que habían matado a un guardia civil frente al restaurante donde estaba previsto celebrar el convite. Aquello aún provocó más miedo y caos; la gente temía convertirse en víctimas de los disparos, al igual que le había sucedido al funcionario de la Benemérita. No pocos se disculparon ante los novios y corrieron para refugiarse en sus casas. En un primer momento, Beatriz, la novia, solo manifestó su disgusto con una mueca de preocupación, pero acto seguido perdió los nervios y empezó a preguntar a voz en grito qué estaba pasando y por qué. Poco a poco, la congoja dio paso a un llanto desconsolado fruto de la impotencia ante la fatalidad de una nueva o vieja guerra que había estropeado el que debía ser el día más hermoso de su vida. Unos familiares y amigos la arroparon intentando calmar su llanto mientras otros, especialmente los hombres, discutían si podían o no cruzar la calle y acceder al restaurante sin exponer sus vidas.

Un hombre con aspecto de autoridad, aun sin portar galón alguno, quizá porque sí llevaba una pistola atada al cinturón, medió para poner algo de orden en aquel caos.

—Vamos, vamos —les dijo con brío—, crucen ahora si quieren hacerlo y pónganse a salvo, no vaya a ser que se escape algún tiro y tengamos que lamentar otra muerte.

El tropel de personas aglutinadas en la esquina cruzó corriendo, y entre empujones y tropezones alcanzaron la puerta del restaurante dejando la calle de nuevo desierta. El cuerpo del muerto aún estaba al otro lado de la acera, con los ojos abiertos y tumbado bocarriba como si mirara sin ver el baile ingrávido e indiferente que los copos de nieve ejecutaban mudos en el aire, resistiéndose a tocar el suelo, donde les esperaba la tierra de color negruzco que cubría la calzada sin asfaltar.

Conchita no salía de su asombro. Miraba a Amalio de hito en hito, sin atreverse siquiera a dirigirle la palabra, no fuera que las tres clientas que había en la peluquería pensaran que ella tenía algún tipo de relación con esos hombres armados hasta los dientes que sembraban el pavor a su paso. Las tres mujeres no dudaron ni un instante en salir en estampida cuando el hombre las conminó a hacerlo:

—Venga, señoras, se acabó el *peinoteo*, cada una a su casa y luego si eso ya me paso a ver qué han cocinado para comer.

Nada más decirlo dibujó en su cara una mueca que quería parecerse a una sonrisa, aunque le salió torcida y nadie entendió la retranca. Cuando la última de las mujeres salió con los rulos aún en la cabeza, Amalio se giró de nuevo hacía Conchita, lívida en un rincón y a la espera de recibir la orden para marchar corriendo de allí.

—Mira por dónde nos volvemos a ver —le dijo el guerrillero mirándola fijamente.

—Pero ¿qué está pasando? —dijo ella con el gesto asustado y una palidez en el rostro que denotaba la angustia que sentía.

—Hemos venido a liberaros del yugo fascista. Esos cabrones se van a enterar ahora del precio que tiene su mierda de alzamiento militar y del dolor que han infligido a tanta gente. Han perdido la guerra en Europa, y ahora Franco va a seguir el mismo camino que Hitler y Mussolini.

Lo dijo con énfasis, mostrando con aquellas palabras su absoluto convencimiento de que aquello iba a ser una aplastante victoria de la Unidad Nacional frente a la dictadura. Parecía tener la certeza de que los países vencedores de la Segunda Guerra Mundial apoyarían aquel movimiento de reconquista de aquellos que habían ayudado a liberar a los países europeos del yugo nazi. La facilidad con la que habían ganado las posiciones en el Valle de Aran y la escasa resistencia que habían encontrado a su escaramuza les demostraba que aquello iba a ser un rotundo éxito.

Amalio no era un miembro destacado del Comité Central del Partido Comunista, tan solo un militante más de un partido que contaba entonces con una fuerza de más de diez mil guerrilleros bien entrenados y altamente experimentados tras haber combatido en dos cruentas guerras. Ellos sostenían que la guerra había sido la misma, solo que aún no había terminado y no lo haría hasta que recuperaran España de las garras del fascismo.

Aquello empezó a hilarse un día de finales de verano en Toulouse. Amalio tan solo guardaba la puerta del apartamento donde estaban reunidos los miembros del reorganizado Partido Comunista, dirigido por Jesús Monzón, Carmen de Pedro, Manuel Azcárate, Trilla y Gimeno. Su objetivo era activar de nuevo el frente español movilizando a todas las agrupaciones de guerrilleros españoles, que integraban veintiocho brigadas en los distintos departamentos desde el Loira hasta la frontera pirenaica. Él estaba sentado en una silla de tapizado desgastado, esperando paciente a que acabaran las acaloradas discusiones. Y si bien no conocía el detalle del contenido compartido por sus dirigentes, ya que sus voces no llegaban con nitidez al otro lado de la puerta, que permaneció cerrada en todo momento, sí pudo escuchar algunos razonamientos y argumentos cuando el tono se elevaba y en consecuencia también lo hacía el volumen de las voces. Fue el propio secretario general, Jesús Monzón, quien, con voz rotunda y acompañada de un fuerte golpe en la mesa, dijo:

—¡Camaradas, es ahora o nunca! —Era tal firmeza con la que habló que nadie de los presentes se atrevió a contradecirlo.

Antes había razonado y argumentado al detalle lo convencido que estaba de que aquella invasión del valle aranés podía cambiar el curso de la historia. Las fuerzas aliadas no podrían negarse a reconocer aquel pequeño lugar de los Pirineos, ni el gobierno que en él se instaurara, como el legítimo gobierno de España. Además, Monzón fue tajante cuando repasó las ventajas estratégicas del territorio: el aislamiento y la falta de comunicaciones con el resto del país cuando la nieve lo aislaba serían un factor determinante. Para cuando Franco quisiera reaccionar, sería demasiado tarde. «Y por si esos argumentos no bastaran —había dicho mirando a Juan Blázquez—, tenemos al hombre que mejor conoce esas montañas y a sus gentes». Y tras esa afirmación, dio por acabada la reunión.

Amalio, que le daba vueltas a una figurita de madera que iba tallando en los ratos muertos, se levantó de la silla como si un resorte le hubiera accionado. No sabía bien por qué, pero algo en su interior le dijo que aquellas palabras de Monzón iban a cambiar el rumbo de la historia o al menos el de sus historias personales. Oyó el rumor de pasos y raudos salieron los camaradas uno tras otro. Fue Juan Blázquez quien le dio una palmada en el hombro al salir. Amalio había conocido a Blázquez cuando preparaban el asalto de París. Él participaba directamente en las decisiones estratégicas, ya que era comisario político del partido. Con la confianza ganada en el campo de batalla, Amalio se dirigió a él en tono cordial y le llamó por su apodo de guerra:

—General César, qué bueno verle de nuevo. Veo que se acuerda de mí.

Blázquez le miró de escorzo y rápidamente sonrió para estrechar su mano.

—Hombre, Amalio, ¿cómo no voy a acordarme de ti? Te veo bien. Me alegra saludarte, camarada. Seguro que nos volvemos a ver pronto —le dijo, guiñándole un ojo mientras descendía los primeros peldaños de la empinada escalera de aquel edificio en la place Dupuy, que acogía habitualmente las reuniones del Comité del Partido Comunista.

Y así fue. La primera semana de septiembre, el convoy que transportaba hombres y armas a distintos puntos estratégicos del Pirineo se puso en marcha. Amalio vio a Blázquez subir en uno de los vehículos que comandaba el grupo. Su destino era establecer campamentos en distintos lugares desde donde esperarían la orden de iniciar la operación Reconquista y, mientras tanto, hacer misiones de reconocimiento para tener todos los detalles de la capacidad defensiva que presentaban las fuerzas de la Guardia Civil y del ejército asentadas en los pueblos de la frontera.

Conchita le preguntó a Amalio si podía abandonar la peluquería. Tenía miedo. Su hermana Mercedes no había ido a trabajar ese día, y verse rodeada de tres hombres no la tranquilizaba. Algo le decía que Amalio no le haría ningún daño, pero el resto no dejaban de ser desconocidos. Estaba más incómoda y temerosa a medida que pasaban los minutos. En su pensamiento no paraba de darle vueltas a la frase con la que Amalio se había despedido de ella como si de una profecía se tratara: «Volveremos a vernos».

Pensó en Manolo y su angustia fue en aumento. Temió que pudiera alarmarse y acercarse a la peluquería, con el riesgo de enfrentarse a aquellos hombres. Sus pensamientos formaron un torbellino insoportable. Solo esperaba que la situación no acabara de la peor forma imaginable. En su mente, Manolo entró entonces por la puerta como un rayo. Conchita escuchó el disparo tan real que, presa del pánico, se puso lívida y sintió que le fallaban las piernas. Se apoyó en la loza del lavacabezas, incapaz de dominar el temblor de las rodillas. Amalio la vio tan indispuesta que se acercó y con voz amable le preguntó:

—Chiquilla, ¿estás bien?

No necesitó respuesta porque su cara lo decía todo. Estaba tan pálida que parecía que iba a perder el sentido. No escuchó al hombre decirle que debía estar tranquila, que no iba a sucederle nada, pues en ese momento su estómago se revolvió y Conchita vomitó. Amalio le puso el abrigo sobre los hombros como había hecho semanas atrás con su vieja guerrera y la acompañó a la puerta:

—Nosotros cerraremos el establecimiento en un rato y le dejaremos la llave a la vecina. No te preocupes, nada malo va a suceder.

Manolo la encontró mientras bajaba la calle, iba con el traje, la corbata y la gabardina que se había puesto por la mañana para asistir a la boda. Había pasado por casa de Conchita para preguntar si estaba allí. Pepita le había dicho que aún no había llegado. Un mal presagio cruzó su mente, por lo que fue a toda prisa a la peluquería. Cuando se abrazaron en plena calle, Conchita no le contó que había sido retenida ni que los guerrilleros seguían en su negocio, tan solo que estaba indispuesta. En su fuero interno dio gracias a Amalio por dejarla ir, a su cuerpo por reaccionar a tiempo y al destino por haber impedido que el peor de los finales se materializara ante sus ojos, tal y como lo había visto en su imaginación. Suspiró y se apretó fuerte contra el cuerpo de Manolo. En el abrazo encontró cuanto necesitaba para sentirse viva.

25

El fantasma de Amalio

Les, Valle de Aran.
Noviembre de 1972

—Pero ¿quién era él? — le pregunté a mamá por enésima vez sin que ella apartara la mirada de la camisa que cuidadosamente estaba planchando.

Yo subí el tono de voz para decirle:

—Mamá, te estoy hablando en serio, necesito saberlo.

Ella respondió:

—¿Para qué? Todo eso ya forma parte del pasado.

El timbre de la tienda sonó como si acudiera a su rescate. Se afanó en dejar la plancha sobre la rejilla metálica y salió con paso decidido a atender a una clienta, que la entretuvo más de la cuenta en una conversación banal. Yo la oía desde el otro lado de la puerta. La esperé. A ella le sorprendió verme allí todavía, con los brazos cruzados y dispuesto a quedarme todo el tiempo que hiciera falta hasta saber su respuesta. Tal vez nunca le habría preguntado a ella de no ser porque, cuando esa mañana le había dicho que me costaba dormir por culpa de las pesadillas, ella me había preguntado si me sucedía algo malo y yo reconocí en su rostro un gesto de preocupación. Al hablarle de la cueva, frunció el ceño y, sin darme tiempo a explicar nada, se enojó conmigo.

—Pero ¿qué hacías tú allí dentro? Ni se te ocurra volver —me dijo tajante mientras salía por la puerta, contrariada y sin darme explicaciones.

Supuse que sabía de lo que le hablaba, razón de más para insistir e intentar averiguar lo que fuera de aquel lugar y de la persona que lo había habitado. No obstante, omití la parte de las máscaras porque en realidad no habría sabido cómo explicarle aquella visión. Necesitaba con urgencia obtener respuestas. Ella era la única a quien podía recurrir.

—Vamos, mamá, cuéntame. ¿Quién vivió allí?

Ella seguía estirando y alisando con la plancha los cuadros de una gruesa camisa de mi padre, de aquellas que solía llevar debajo de un jersey sin mangas. Lo hacía con mimo, como siempre que planchaba. Me miró. Yo seguí con los ojos clavados en su rostro. Debió de percibir en mi gesto una intensidad que nada tenía que ver con otras expresiones que conociera de mí. Creo que eso la preocupó, dejó la plancha y me llevó de la mano hasta una silla. Su semblante era circunspecto.

—Se llamaba Amalio —me dijo.

Yo intenté lanzar la segunda pregunta con rapidez, pero ella no me dejó, callándome con el dedo índice en mi boca.

—¡Escucha! Ese hombre quedó atrapado en un tiempo oscuro. Vivió dos guerras, la de España y la de Europa. Luego vino con muchos hombres que, como él, pensaron que podían recuperar el país de las zarpas de la dictadura. Pero fracasaron. No tuvo suerte. No pudo huir con el resto de sus compañeros y tuvo que esconderse en el monte. Hubo un tiempo en que se acercaba al pueblo y le ayudábamos. Llamaba al atardecer por esa puerta de atrás y se llevaba pan y ropa de abrigo, pero luego desapareció. Alguien me dijo que había enloquecido y que lo habían visto en un camino cubierto de collares de latas y con la mirada perdida de un loco. No me extraña —dijo tras meditar un instante—, su vida fue un auténtico sufrimiento.

Le conté nuestra aventura con Pepe y Jordi, aunque no sé si fui capaz de transmitir todo el horror que habíamos sentido en la cueva y las veces en las que aquellos miedos, disfrazados de monstruos, se habían cruzado en nuestras vidas. Ella no comprendió por qué volvimos a la gruta. Para ella era un enclave maldito, tal vez porque de allí emanaban recuerdos que la hacían sentir mal. Por eso me esforcé en hacerle entender que necesitaba saber si aquello que vivía de forma real, lo era, o si tan solo crecía en mi imaginación. Averiguar si aquella aparición que aún hoy puedo revivir con todo lujo de detalles, cuando surgió en la oscuridad del callejón con olor a ceniza, ropas viejas y las mismas máscaras deformadas por la locura o el horror, iba a seguir despertándome de madrugada para llevarme consigo. Necesitaba que mi madre me dijera que solo se trataba de un sueño, de un exceso de imaginación. Cuando llegué a ese punto del relato, las lágrimas rodaban por mis mejillas y ella, sin decir ni una palabra, me abrazó. Me enjugó las lágrimas del rostro, llevándose con ellas también el miedo. Yo esperaba el consabido «Ya está», una frase breve que encerraba en sí misma muchos significados: ya has llorado bastante y ahora tienes que cambiar de actitud; vamos, que tú y yo tenemos mucho que hacer; esto ha sido una tontería y no merece que le dediquemos más tiempo... Pero no, en esta ocasión me miró fijamente y me dijo:

—No te preocupes, yo estaré a tu lado y ningún miedo será más fuerte que nosotros.

Cuando dijo «nosotros», me miró a los ojos aún vidriosos por las lágrimas, y, tras apoyar el dedo índice en su pecho, lo puso en el mío, me dio un beso en la frente y me alborotó el pelo una última vez antes de volver a sus quehaceres.

No sabía muy bien qué pensar, porque si bien me sentía reconfortado por sus palabras y por su abrazo, no había negado mis fantasmas. Además, seguía sin tener explicación alguna para el fenómeno que había presenciado. La figura de Amalio merodeó por mi cabeza los días siguientes. Me preguntaba cómo habría sobrevivido en aquellas condiciones en la cueva, en una soledad absoluta. Tal vez, su locura traspasó los límites de la muerte y él desapareció, pero sus miedos y su terror quedaron atrapados allí. Nunca lo supe, mi madre no habló nunca más de ello conmigo. Sin embargo, lo no dicho me dio a entender que compartíamos el secreto de aquello que habitaba la cueva. A partir de entonces he rebuscado en los intersticios que construyen las fronteras de los mitos, las leyendas y los fenómenos paranormales una explicación a esas máscaras que siguen presentes en mi vida como un recuerdo de infancia. Un día, un experto me dijo que esas alucinaciones eran fruto de la falta de oxígeno en el interior de la gruta. Otra posibilidad es que el horror de ese guerrillero se hubiera transformado en una forma de energía para adueñarse del lugar y trascender su propia vida. Y todo ello puede ser cierto. Además, en situaciones límite podemos proyectar nuestros propios temores en lugares donde la confluencia de fenómenos telúricos hacen que estos parezcan seres con vida propia. Son los monstruos que llevamos dentro y que en algún momento nos muestran una faz de nuestra humanidad, allí donde reside lo más irracional y primitivo de nuestro ser. Es esa parte inexplicable que alimenta un miedo que nos ha acompañado como especie. Puede poseernos, dominarnos, convertirnos en seres capaces de cosas horribles. Amalio solo liberó sus monstruos en ese lugar, los pintó, los insufló de vida y los encerró en aquella gruta recóndita donde él estuvo recluido.

El destino de Amalio se escribió el día en que su pelotón rastreó la zona en busca de fugitivos huidos de pueblos vecinos. Estaba convencido de que la ocupación sería larga y de que iban a quedarse allí por mucho tiempo. Aran debía ser una cabeza de lanza para iniciar la operación reconquista. Cuando encontró aquella hoguera aún caliente, los restos de comida y las huellas recientes en la nieve. Quizá el fugitivo se había percatado de su presencia, por lo que había huido dejando atrás sus provisiones. Le preocupaba que fuera un militar y que trasladara información a las tropas franquistas que intentaban cercarles. Y sin duda lo harían, si alguien no lo evitaba. Sin dudarlo, les dijo a sus hombres:

—Yo me ocupo.

Lo persiguió hasta casi la cima de la montaña y luego perdió su rastro al poco de cruzar el vértice de la empinada sierra. Su lomo alargado y los frondosos bosques que se extendían a sus pies le hizo desistir en su empeño. Se sentó en una roca, con el frío intenso golpeándole en la cara y los copos finos y helados posándose en sus ropas. El aliento humeante se le congelaba nada más brotar de su boca. De pronto, le invadió un cansancio que no era solo físico. Era un cansancio antiguo, una fatiga que no tenía que ver con el ascenso a la montaña, sino con todos aquellos años de guerras, con las esperanzas desvanecidas, con las luchas por utopías que seguían siendo lejanas e inalcanzables pese a las vidas perdidas. Y sintió a los muertos, sus vidas y añoranzas, como si aquella roca en la que estaba sentado pasara a su espalda, aplastándolo contra el suelo helado. Era incapaz de dar un paso. Mientras se acurrucaba al pie de aquella mole de mineral con forma de barco, pensó que lo mejor era morir allí, dormirse y no despertar. Dejar que el frío de la montaña le abrazara para siempre. Ya no recordaba ningún otro tipo de abrazo y tampoco ningún calor humano desde que se despidió de su madre, hacía ya más de ocho años. Indagó en sus adentros para averiguar si realmente tenía motivos para seguir viviendo y concluyó que no. Lloró y dejó que el frío y el hastío lo mataran allí, en un páramo remoto donde nadie le encontraría ni sabría nunca más de él. Cerró los ojos y se durmió. Cuando volvió a abrirlos no sentía ni los pies ni las manos. Un enorme buitre cabeceaba a pocos pasos de distancia. La nieve le cubría buena parte del cuerpo y se sentía tan entumecido por el frío que no tenía fuerzas suficientes para moverlo. Cruzó la mirada con el buitre. El animal no tenía prisa. No pensaba moverse hasta que pudiera empezar su festín. La idea de morir le seducía, pero lo de ser comido por una bestia carroñera le repugnaba. Pensó en su madre, abandonada en el camino, y en su padre, vagabundeando demente por la sierra. «¿Qué habrá sido de él?», se preguntó, y mientras lo hacía se apoyó en la roca y se levantó con el crujir del hielo y de la nieve. El buitre levantó el vuelo decepcionado. Anduvo montaña abajo un tiempo que nunca supo determinar, porque su consciencia había desaparecido y solo le acompañaba un delirio. A cada paso que daba, nombraba a su madre, a su padre, a sus hermanas, a su hermano. Ellos eran como las estaciones de un rosario que repetía con el vano deseo de reencontrarse con sus abrazos y su amor. Así caminó de los altos prados nevados a los frondosos bosques de abetos, luego por los hayedos y los robledales, hasta que llegó al pie de aquella muralla rocosa, entre los abedules blancos. Allí sus piernas le flaquearon y cayó sobre sus rodillas, gateó apoyado en el fusil y se dejó caer por el terraplén que le llevó a la entrada de la cueva, de donde ya no se movió durante dos días. Fue el hambre lo que le obligó a ponerse en pie de nuevo. Bebió del agua con sabor mineral que resbalaba por la roca y se dispuso a buscar alimento, pero sus fuerzas eran tan limitadas que apenas si podía ponerse en pie. Hizo fuego y recordó las trampas para pájaros de su niñez. Cuando consiguió un par de capturas, las desplumó y las devoró nada más pasarlas por las brasas. Cuando pudo emprender de nuevo la marcha, se dirigió al pueblo. Desde allí, veía las tenues luces al atardecer, por lo que no le fue difícil orientarse. Se acercó con precaución a las primeras casas y vio la bandera con el águila luciendo en lugar de la tricolor en la casa de aduanas. «No puede ser», se dijo a sí mismo. Y poco a poco fue comprobando que todos los indicios ponían de manifiesto que sus compañeros habían abandonado el pueblo y que los franquistas estaban de nuevo instalados en él. Maldijo su suerte y se arrepintió de haberse levantado de aquella muerte segura en la cima de la montaña. A esas horas de la tarde y ya anocheciendo, no tenía muchas opciones para recabar información. Así que, sin pensarlo, se dirigió a la peluquería. Con sigilo y procurando no ser visto, golpeó ligeramente el cristal y esperó a que alguien respondiera. Pero fue en vano. Tuvo que regresar al día siguiente y hacerlo dos días después para recoger a la hora convenida una bolsa con comida que Conchita le había preparado. Y así fue durante buena parte del invierno que pasó en la cueva. Después, desapareció.

26

26

El dinero del pan

Les, Valle de Aran.
Diciembre de 1945

La primavera había sido especialmente lluviosa. El verde resplandecía bajo un cielo azul y el fresco de la mañana, a inicios del mes de junio, resultaba una caricia en el rostro. Atrás quedaba un invierno que había sido más bien frío y seco, en el que la monotonía y las estrecheces habían ido de la mano. Nada resultaba fácil. La realidad les imponía su verdad y, cada día, Conchita tenía algún motivo para la indignación, que se presentaba en forma de un agravio, de una detención, de una prohibición o de una afrenta. La atmósfera era tan hostil para todos que solo podían asirse a la resignación. La escasez de casi todo y la falta de dinero para comprar bienes de primera necesidad eran el lamento de la mayor parte de las familias. Ella pensaba, sin embargo, que lo que más pesaba en el ambiente era esa niebla densa y viscosa que había infectado a la convivencia.

La noche anterior, como tantas otras, se habían quedado sentadas en la mesa con Mercedes y Pepita, escuchando la radio y contándose las historias de la peluquería. Algunas eran intrascendentes, pero en todas subyacían los nuevos códigos verbales y gestuales que los vencedores de la contienda iban imponiendo. Los autodenominados buenos españoles tomaban con descaro la defensa del régimen por bandera y lo hacían despreciando a los derrotados. Las declaraciones del general Moscardó tras la invasión de los guerrilleros en la fracasada reconquista fueron, durante mucho tiempo, un mantra, una consigna que se instaló en la población, que, además, lamentaba la muerte de algunos guardias en la invasión. El periódico lo recogió categóricamente: «Han sido eliminados los rojos que irrumpieron en el Valle de Aran». El texto subrayaba la predisposición de la población a ayudar a las tropas nacionales, añadiendo que «las fuerzas rojas de cierta importancia, atraídas por la rapiña, perseguían determinados fines políticos». Conchita, que había conocido de primera mano a aquellos hombres, su sufrimiento y su esfuerzo por recuperar la democracia, sentía aquellas palabras como si fueran dagas que en forma de mentira se lanzaban contra ellos. No había ningún pudor en utilizar aquella propaganda torticera y maledicente contra quienes querían un país libre. Pero la gente ya había olvidado esa democracia republicana, cuyos ecos apenas si habían conquistado los remotos valles y sus montañas. Su preocupación era subsistir. Blázquez se lo había dicho a Monzón en aquella reunión previa a la invasión en Toulouse, cuando algunas voces afirmaban que la invasión sería un acicate para inflamar los pueblos e iniciar una revuelta contra Franco: «Los republicanos socialistas, comunistas y sindicalistas están en el exilio, en los campos de trabajo del régimen o muertos en las cunetas de las carreteras y en las fosas comunes que plagan los pueblos de la geografía española. La represión ha adquirido una brutalidad que desborda cualquier atisbo de humanidad. Difícilmente, esa población, sumida en la necesidad y acongojada por la violencia, puede reaccionar a nada más. Su capacidad de resistencia la emplea en subsistir, en sobreponerse al hambre, a la enfermedad y a las calamidades. No hay ninguna otra opción».

Y tenía razón. El régimen había deshumanizado al enemigo, lo había desprovisto de cualquier derecho, y su objetivo era eliminar a todo aquel que pudiera ser hostil o un estorbo para la dictadura.

Conchita lo explicaba indignada esa noche tras haber leído la noticia en el periódico. Su madre acaba de contarle, de nuevo, el relato de su regreso al pueblo tras abandonar el campo de refugiados francés y el momento en que descubrieron su casa violentada y saqueada. Pepita le decía continuamente:

—Baja la voz. Pueden oírte y tenemos un disgusto.

—Pero si estamos en casa y solas, ¡mamá! —respondía Conchita, girando la palma de las manos al techo y encogiéndose de hombros.

—Aquí todo tiene oídos y ojos que observan y escuchan. Tu padre creía que nadie sabría que esos hombres se escondían en esta casa y se acabó sabiendo. Y mira el caso de Carmencita, su marido no ha vuelto a aparecer y su hijo sigue preso en el penal de Lleida.

Conchita bajaba la vista ante las evidencias, pero la rabia le hacía apretar los puños ante la injusticia.

—Hoy —dijo con rabia contenida— ha venido a la peluquería la mujer del comisario. Cuando ha entrado estaba precisamente Carmencita en el secador. Creo que era la primera vez que venía, y la pobre no podía parar de llorar al hablarnos de su hijo. La muy imbécil de la *comisaria*, cuando ha entrado y la ha visto, me ha mirado con altivez y me ha dicho: «Cuando tengas esto limpio, ya volveré». Y se ha largado dando un portazo. Ojalá se muera de un dolor de vientre —dijo, con la cara enrojecida por la ira que le provocaba recordar esas palabras.

—Vamos —dijo Pepita—, no te enojes, no sirve de nada.

Mercedes, cerrando los ojos con resignación, añadió:

—Solo nos queda resistir.

Y tras esa frase certera, las tres sabían que, como todos los vencidos, estaban condenadas a una larga noche y que su único empeño debía ser no dejarse devorar por ninguno de los monstruos que habían engendrado tanta muerte y tanto odio. Los monstruos que campaban bajo la neblina invernal en la que estaba sumido un país sembrado de escarcha y dolor.

Esa noche durmió mal. Al día siguiente tuvo la misma conversación con Manolo, pero rápidamente se dio cuenta de que no compartían visión. Él, pragmático y aún con los ecos de la guerra en la cabeza y en las heridas, no era categórico con nada. Sin defender la dictadura, la aceptaba como un mal menor.

—Aquello era un caos —le decía sin mirarla, recordando los años de inestabilidad y desconcierto vividos con la endeble república.

No sabía qué significaba en plenitud la democracia ni el mito de la libertad. Ella lo había aprendido en Barcelona, en casa de su tío, sindicalista y trabajador de una empresa textil. Pero eso, para él, eran ideas de ciudad. La libertad era otra cosa. La libertad era levantarse por las mañanas para enfrentarte a la ruda naturaleza, dominar la fuerza de los barrancos protegiendo los prados de las aguas, bajar la madera del monte para cocer el pan y entrar en calor, ver pastar los rebaños en los prados de montaña... Esa era su libertad, la que le permitía tener y construir recursos para sobrellevar la vida en un entorno duro y hostil. No tenía patrón alguno ni sabía lo que significaba formar parte de un sindicato, como tampoco defender los derechos colectivos. Sus derechos eran disponer de ese vasto espacio montañoso para ganar su sustento y el de la familia. Mantener los códigos no escritos de las tradiciones y de la buena vecindad con los demás, defender sus tierras y sus propiedades como una parte indivisible de su casa, de su nombre, de su saga. Entre ellos no habían necesitado nunca leyes; su palabra, el honor de la familia, el apretón de manos, los tratos justos y equitativos habían sido siempre su fuente de legalidad y de dignidad. La comunidad trabajaba para la comunidad y todos juntos lo hacían para proteger el patrimonio que les era común y que no era poco. Bosques, ríos y caminos corrían a cargo del esfuerzo común.

—Pero los tiempos cambian, Manolo, ¿no te das cuenta? —le decía con desesperación—. Ahora ya no van a regir esas leyes antiguas, ahora van a regir las suyas y su única legitimidad es la del miedo y la represión; la de encerrar, torturar y matar a los que no son como ellos. Y eso no es compatible con la decencia y la justicia.

Se quedó pensativo durante unos largos segundos, como si en un momento pudiera repasar los últimos años, toda la violencia, las muertes, el dolor y el cansancio que aún arrastraba. La miró y le dijo:

—Entonces, todo este infierno, ¿no ha servido para nada? —Lo decía mientras su cara y sus ojos mostraban una profunda tristeza.

Ella sintió verlo así y le cogió la mano.

—Solo te lo diré esta vez y nunca más volveré a hablar de ello. Siento una profunda tristeza al decírtelo, porque entiendo tu pena, pero esta guerra nos ha llevado a un lugar mucho peor de aquel en el que estábamos.

Él guardó silencio. Intuía algunas de las razones que ella le había expuesto con tanta elocuencia, pero era evidente que las cicatrices eran aún demasiado recientes para sacar un juicio de valor.

«Aún no», se dijo para sí mismo. Y a pesar de que una parte de él habría asumido su razonamiento, le dolían todavía las heridas y tenía demasiado frescos los recuerdos de los amigos, los compañeros caídos y los ecos de una retórica discursiva que tenía inoculada; el miedo a aquella izquierda revolucionaria que, según decían, se ensañaba con curas y monjas. No podía entender que tanta agonía sirviera solo para que los militares, henchidos de arrogancia, se convirtieran en un yugo para un país maltrecho y roto. «No —se dijo de nuevo—, esto tiene que ser para que algo mejore, para que nuestras vidas tengan esperanza, sentido, futuro…».

Había guardado un silencio prudente. Sabía que cuando hablaban de ello, un abismo se abría bajo sus pies. Una distancia sideral se instalaba entre los dos y apenas si encontraban un resquicio, por pequeño que fuera, para recomponer la charla, que quedaba varada en un espacio inerte. Ella procuraba, tras la vehemencia con la que defendía sus argumentos, conceder alguna duda a sus convicciones que sirviera de puente para retomar un clima que les arrancara de aquellos silencios largos y tensos que sabía que él detestaba. Pero por una vez no lo hizo. Albergaba ira en el pecho, estaba enfadada con casi todo y todos, sentía una profunda impotencia ante la injusticia y el dolor. Si él no hubiera sido el hombre bueno que ella veía cada vez que se miraba en la profundidad de sus ojos verdes, probablemente habría acabado con la relación, pero, a pesar del clima tortuoso y gris que los envolvía, lo único que a ella le parecía puro y digno de salvar era su amor. Por eso, tras el silencio, se despidió con un beso lento en sus labios.

Fue una mañana más, sin otro aliciente que el ir y venir de vecinas y chismes en el minúsculo universo en el que se había convertido la peluquería: las pequeñas historias de mujeres que intentaban sobrevivir a tiempos de posguerra. Ellas eran doblemente víctimas. Víctimas de la guerra y víctimas por ser mujeres, condición que obligaba a algunas de ellas a soportar un infierno en vida. No lo explicaban, pero Conchita veía los moratones en los brazos, a veces en el cuello y la cara. Olía los alientos ácidos, envenenados de alcohol. ¿Cómo soportar aquella rutina sórdida si no era con la ayuda del aguardiente? Su hermana Mercedes y ella comentaban a menudo su sospechas o cruzaban la mirada cuando reconocían en alguna los síntomas del alcoholismo. Esa mañana, cuando Trini llegó a la peluquería, rápidamente se dieron cuenta de que había sucedido algo grave. Su cara mostraba sombras en los pómulos y un pequeño hilo de sangre le descendía por la comisura de los labios.

—Pero ¿qué te ha pasado? —le preguntaron al unísono cuando la vieron entrar por la puerta.

Ella respondió con sollozos y, mientras la acomodaban en una de las sillas y le daban algo de agua, balbuceó:

—Es un animal. Si no salgo corriendo me mata —y dejó escapar un llanto que fue la expresión del desgarro interior.

Hubiera gritado para manifestar el dolor, la rabia y la desesperación que sentía, pero sabía que no podía hacerlo. Nadie entendería que reaccionara con rebeldía. Por eso había acudido a la peluquería. Aquel era el único lugar donde podía esperar algo de comprensión y desahogo. Conchita echó el pestillo y esperó hasta que Trini pasó el ataque de ansiedad. La miraba mientras le sujetaba la mano. Aún había belleza en sus facciones, escondida tras los mechones canosos que le caían sobre los ojos preñados de lágrimas. Había llegado hacía unos años con su marido, destinado como guardia en la frontera. Vivían en un piso que había sido dividido en dos viviendas y donde la falta de luz convertía los espacios en ratoneras asfixiantes y sombrías. Él era un hombre rudo y lo era con el uniforme y sin él. Ese día, la trifulca no había sido por una discusión enconada, como sucedía en otras ocasiones. Su enfado lo había provocado el pan, que estaba duro y había perdido toda su elasticidad. Trini le recordó que necesitaba dinero para comprar comida. Él lo tomó como un reproche. Ambos sabían que el dinero que él se jugaba a hurtadillas en las partidas del cuartel, aunque fueran cantidades de escasa monta, eran a costa de la solvencia de una ya maltrecha economía familiar. A menudo, superada la segunda semana del mes, las aportaciones para la compra disminuían drásticamente o se extinguían por completo. La acusaba de ser una manirrota y de no saber administrar lo que él ganaba. Siempre le subrayaba esas palabras, golpeándose con el índice en el pecho y gritándole que era él el que aportaba el dinero a casa. Ella incluso le había pedido permiso para buscar trabajo en alguna tienda del pueblo, pero él siempre se negaba en redondo.

«¿Qué quieres? ¿Acaso ponerme en boca de todos para que hablen de mí, para que digan que no soy capaz de mantener a mi mujer? Será que no tienes nada que hacer en casa». Sacudía la cabeza para reafirmar sus palabras, diciendo sin decir: «Menuda ocurrencia».

Trini les confesó que necesitaba huir, acabar con la pesadilla en la que se convertían con demasiada frecuencia las cuatro paredes de su casa, mientras les preguntaba:

—¿Me ayudaréis? Sola no podré hacerlo... —Y se quedaba con la mirada fija en los ojos de Conchita, esperando que le diera un sí.

Pero ella, aunque hacía un leve gesto afirmativo con la cabeza, no veía cómo ayudar a esa mujer a abandonar a su marido, marcharse del pueblo y emprender un viaje a la desesperada donde él no pudiera encontrarla.

—Debes pensarlo bien y no hacer ninguna tontería, Trini. No tomes ninguna decisión precipitada. Hablaremos de ello con calma.

Y con la mano en la espalda, acariciando suavemente su hombro, la acompañó a la puerta. Se marchó, pero a ella le quedó un enorme pesar y una zozobra permanente al pensar en cómo podría sobrevivir en aquel infierno.

27

La guerra parroquial

Les, Valle de Aran.
Diciembre de 1976

Recorríamos el camino de labranza, entre los prados y los campos recién sembrados con maíz, patatas y alfalfa. Los rebaños disfrutaban de los primeros pastos de la primavera, a la espera de su trashumancia hacia los altos terrenos de verano en la montaña. El aire transmitía el olor de la tierra, aún húmeda por el rocío. El profesor nos había llevado a correr y, tras el esprint, andábamos para recuperar el aliento. Él aprovechó entonces para llamarnos la atención. Se quejaba de que mostráramos desinterés por las actividades que organizaba, de nuestra falta de empatía. Avanzamos en silencio, sin mediar palabra y anhelando llegar a la puerta del colegio para superar ese trance embarazoso. Creo que nadie quería que el hombre se sintiera mal porque era un buen tipo, o al menos lo parecía, pero para nosotros su función docente carecía de interés. Las clases de formación del espíritu nacional, la gimnasia de afán militar, etc., eran actividades cada vez más desenfocadas y alejadas de nuestro presente, tan cambiante.

Nos dimos cuenta un día, cuando nos sorprendieron bailando con las luces apagadas y acaramelados en un local juvenil. Descubrimos los besos y las caricias, a sabiendas de que aquel era un pecado al que no estábamos dispuestos a renunciar. Rompimos la frontera que tan concienzudamente habían trazado los guardianes de la moral Nos adentramos en una adolescencia que, como parte indivisible de la vida, necesitaba explorar la sexualidad incipiente y que nadie reconocía. Nuestro cuerpo era un hervidero de hormonas que se dirigía inevitablemente al encuentro de la inocencia y del deseo. Era la manzana de Eva, la tentación de la carne según la ortodoxia de los tutores de aquella moral impuesta. Pero la fuerza de nuestras pasiones desbordaba todas las fronteras ideológicas y morales alzadas a nuestro alrededor. Yo besé por primera vez a una chica mientras construíamos el belén que cada año, como mandaba la tradición, armábamos en las escaleras del campanario de la iglesia parroquial. Ese año queríamos que las figuritas giraran en torno al pesebre mediante una vieja rueda de bicicleta y un motor de lavadora. El beso fue una experiencia religiosa, aunque no tuviera nada que ver con el rezo al que nos habituaban de manera regular. La ingenuidad nos proporcionaba una paz que nunca supe si era imaginada o real, pero que a veces vuelve a mí. Lo hace trasladándome de nuevo a ese tiempo y ese lugar, como si aún estuviera en la minúscula capilla del convento, donde el sacerdote, Pau se llamaba, se recluía con los pocos feligreses que acudían al ritual los días más fríos del invierno. Ocasionalmente, yo le hacía de monaguillo. Nunca he vuelto a sentir tal recogimiento. Aquello servía de refugio con el que huir de mis demonios, esos que habían aparecido en la cueva de Amalio. Aunque conseguí poner distancia con sus máscaras y gritos, siempre supe que seguían ahí, en los huecos de sueños y pesadillas imposibles de comprender y que alimentaban mi miedo a la oscuridad. Como si en ella aguardaran agazapadas las sombras que podían engullirme.

Tampoco conocí a nadie como ese cura, que en una época gris rompía las barreras sociales y los códigos de conducta para desnudar la realidad y abordarla en su crudeza. Los tiempos del desarrollismo feroz arribaron también a nuestros valles. Años antes lo habían hecho los mineros, que trabajaban con precariedad en las minas, situadas a gran altura y en condiciones terribles. Más tarde, una nueva generación de hombres topo se dedicó a agujerear las montañas para aprovechar la fuerza hidráulica y generar electricidad. Se desplazaban con sus familias desde otras partes del país y llegaban con hatillos, maletas de cartón y numerosas proles. Ante la escasez de vivienda, improvisaban construcciones con tablas que denominaban costeros y que el aserradero desechaba por ser los primeros cortes que se hacían en los troncos, irregulares y utilizadas como leña. Con ese material reaprovechado y mucho ingenio, levantaban barracas en cuyo centro siempre había un fuego sobre el que hervía una cazuela. Solían comer todos de ella sin más utensilios que las propias manos. En esa época, el acogimiento y la caridad eran determinantes. El invierno desafiaba a esas familias y en especial a los más pequeños. Ropa, alimentos y todo tipo de ayuda eran imprescindibles para su supervivencia. También aquella que a modo de consejo se ofrecía a aquellas mujeres que apenas si habían pisado la escuela. Muchos vecinos colaboraban; mamá lo hacía constantemente, porque ayudar formaba parte de esa lógica sin la cual no entendía la vida. Las recuerdo lavando en el río con temperaturas gélidas, las manos llenas de sabañones que no tenían tiempo de curarse porque el calor era tan ajeno que apenas si lo conocían. En ocasiones, solían aprovechar el horno caliente tras la cocción del pan para cocinar también empanadas y cocas saladas hechas con arengadas y chorizo. Eran tardes bulliciosas en las que la harina se mezclaba con los chascarrillos y las risas. Pau entendía ese invierno como su lugar, lo cual le ocasionaba no pocas críticas de los sectores más conservadores. Lo habitual habría sido que la relación entre las élites y el sacerdote fuera estrecha y que los códigos estuvieran claramente jerarquizados para definir con exactitud la complicidad entre ellos. Las visitas, los horarios de las misas, pequeños gestos y detalles conformaban ese estrato social que acababa determinando también las dinámicas de la comunidad, pero el régimen perdía fuelle, y personas como Pau eran la causa también de esos cambios. Inició su revolución silenciosa cuando dejó de ir a las casas de los ricos y comenzó a frecuentar las barracas, los campamentos mineros y sus dramas humanos, a menudo vinculados a una miseria endémica a la que acompañaban el juego, el alcohol, la violencia y otros males que acababan pagando mujeres y niños. Se movía con su motocicleta de pueblo en pueblo, atendiendo a los servicios religiosos, pero especialmente a los más desatendidos, aquellos que solo podían salvarse si la red social los rescataba de los embates de una pobreza asfixiante.

Un día, la reunión de la junta parroquial fue especialmente tensa. El cierre y la demolición del aserradero había provocado que su vigilante, un hombre mayor que vivía en las instalaciones, se quedara en la calle y sin techo que le cobijara. En el pueblo no había estructura alguna que pudiera hacerse cargo de alguien en esas condiciones.

—¡Pero será posible! —dijo un hombre con vehemencia—. ¿Cómo va a dejar que ese hombre viva en la iglesia? ¡Eso es una locura! ¿Dónde se ha visto una cosa semejante? —insistía ante el gesto cómplice de algunos miembros de la junta, sobre todo de las mujeres.

—¿Y por qué no? —replicó el sacerdote con la voz contundente y grave que le caracterizaba—. ¿Acaso la iglesia no es la casa de todos? ¿No es cierto que debemos practicar la caridad cristiana? ¿O acaso es mejor que este hombre muera en la calle como un perro? A su edad y con su delicada salud no tiene más alternativa que un banco o el porche de la iglesia —argumentó, respondiendo así a todas las preguntas.

—Alguna solución habrá —le respondió su interlocutor visiblemente molesto— que no sea la profanación de la casa de Dios con alguien que bebe, fuma y… —Se mordió la lengua antes de añadir «con esas pintas», porque le pareció excesivo.

La melena del Lanas, que así lo apodaban, no pasaba inadvertida. El largo cabello cano, la barba y la colilla pegada a sus labios eran, junto con su afición a la botella, las características de un personaje que durante años se había mimetizado con el paisaje. Nunca había sido, aun así, objeto de tanto debate y comentario como entonces. Asturiano de nacimiento, había trabajado en las minas, que le habían dejado como secuela una silicosis en grado tres y, por tanto, una salud frágil que él mismo se ocupaba de empeorar con el alcohol, el tabaco y una desastrosa alimentación. Todo ello lo mantenía enjuto y seco como la mojama. Aquel hombre solitario nunca había importado a nadie y vivía entre aquellas ruinas como si formara parte de ellas. La suya también era una vida en ruinas, y la demolición de aquellas viejas oficinas y el aserradero lo convertían en un estorbo, porqué a él no podían llevárselo con los escombros. Alguien debía darle una solución al contratiempo. Pau era beligerante con la junta. Algunos de sus miembros lo apoyaban sin fisuras, aunque, paradójicamente, eran los que no acudían a misa los domingos ni tenían tampoco relación alguna con la religión. Aquella posición irritaba sobremanera a los que formaban parte del ala conservadora de la mesa.

—¿Cómo puede el cura estar de acuerdo con estos? —murmuraba una mujer de moño alto, uñas bien pintadas y manos cuidadas.

Se lo decía susurrando al oído de su vecina de mesa mientras el sacerdote decidía acabar la reunión:

—Pues esto lo vamos a solucionar votando.

Aquello sonó como un anatema en la sacristía. Votar no era una actividad propia de esa sociedad envuelta en los corsés de la autarquía. Fue como una suerte de cañonazo que derrumbó la compostura del flanco derecho.

—¡Ni hablar! —dijo el que ya había tomado la palabra anteriormente, erigido en portavoz de aquellos que se consideraban guardianes del orden—. Esto no va de votar, a Dios no lo elegimos con votos ni a usted tampoco. Esto va de orden, de moral y de convicción cristiana. Y hoy estamos acabando con esos principios a marchas forzadas, y le digo más, usted es el responsable de este atentado a los principios de la iglesia. —El tono del hombre ponía de manifiesto su enfado y disgusto.

—Don Francisco, siento disentir de su concepto de convicción cristiana. Dios es amor y nos pide que nos amemos los unos a los otros. Y los otros no son solo los de su estirpe y los de su clase, los otros son todos. También ese hombre que no tiene a nadie y al que solo puede cuidar y atender la gente que vive en su mismo pueblo, su comunidad, su parroquia. ¿Qué clase de personas seríamos si nuestra única respuesta a su soledad y su abandono fuera pagarle un billete de autobús y enviarlo a un banco de la estación que sea para que acabe sus días sin ninguna dignidad? ¿Usted cree que eso es convicción cristiana? —le increpó con dureza.

—Usted nos trae aquí su modernidad y unas opiniones muy revolucionarias, porque se cree mejor que nosotros, ¿verdad? —escupió el tal Francisco con profunda rabia—. Pues quédese con su modernidad e ideas revolucionarias, pero olvídese de la gente que representa el orden en este pueblo. ¡Ah!, y no se preocupe, que yo mismo daré cuenta al obispo para que censure esta conducta soberbia y maleducada.

Y con un «Buenas tardes» se levantó, seguido de los que estaban de su parte, que salieron sin ahorrar en murmuraciones y aspavientos.

La sala se quedó en un silencio tenso. Nadie sabía cómo reaccionar ante aquella virulencia, y mucho menos ante la incomodidad y las consecuencias del desencuentro del cura con sus feligreses más fieles. Los que se quedaron le miraban, preguntándose cuál iba a ser ahora la reacción del sacerdote. Este cambió el semblante serio por una amplia sonrisa y, con cierta retranca, sentenció:

—Bueno, pues no nos ha hecho falta votar, así que vamos a lo que importa. Se trataría de arreglar el cuarto del almacén y apañar lo indispensable para que haya un pequeño alojamiento que sirva para el Lanas y para quienes en el futuro puedan necesitarlo. La parroquia no tiene dinero para acometer la obra y los que habitualmente ayudan son los que han salido por la puerta. ¿Cómo lo hacemos? —Y dejó que la pregunta fuera una invitación a intervenir a los que todavía permanecían en la mesa.

Antonio fue rápido. Sin pensarlo, contestó:

—Nosotros lo haremos, yo pongo a mis trabajadores y el material. Si hay un poco de ayuda, el lunes tenemos la obra lista.

—Eso sería fenomenal. Para cuando llame el obispo, ya podemos invitarle a la inauguración.

Y con su sonrisa puso el punto final a la reunión.

28

Un tango

Les, Valle de Aran.
Junio de 1949

—Cásate conmigo —le dijo cuando se sentaron de nuevo, como tantas otras tardes, en la mesita de mármol blanco, frente al molino harinero.

Ella lo escuchó entre el murmullo del agua, que sonaba al fondo de sus palabras, como si el borbotear tuviera un significado trascendental en sus vidas. Habían sobrevivido a tiempos convulsos y ansiaban recuperar la paz. La paz en todos los sentidos. También para ellos; especialmente para ellos, que habían sido zarandeados por la guerra y el odio. Su amor era un oasis, o así lo imaginaban, un puente sobre el agua que de manera turbulenta los agitaba. Él le tendió las manos y ella le correspondió recorriendo su geografía despacio, con el dedo índice paseando entre las líneas que se dibujaban en la piel curtida. Se detuvo en la cicatriz con tres puntas que parecían bordadas. Las acarició con la yema del dedo una por una, en pequeños círculos, intentando imaginar cómo y con qué se había hecho aquella especie de círculo en la palma. Pero no preguntó. Sabía que cada una de sus cicatrices eran el reflejo de un dolor aún reciente y prefirió guardar silencio, dejar que solo el lenguaje de sus dedos acompañara el ruido del agua.

El tiempo avanzaba veloz. Se lo había dicho con una frase corta, mirándola a los ojos. Tenía la necesidad de preguntárselo ya, de compartir con ella la inquietud del vértigo, como si los años transcurridos hubieran sido tan efímeros como las hojas arrastradas por la fuerza del agua del canal que los arrullaba. Sintió que el tiempo le pesaba a la espalda y en las canas que escondían su pelo negro. De pronto sintió que sus sentimientos por ella precipitaban y derribaban todos los muros, las precauciones, los recelos. Su único propósito en la vida era unirse a ella. Tal vez aquellos rituales del fuego le habían ayudado. Había algo mágico en la verbena de los festejos del pueblo. La llegada del verano, de los días largos y de las tardes soleadas invitaban a los baños en el río, despertaban en todos ellos el ansia de vivir. Querían disfrutar de la fiesta, curar los sabañones de las manos y otras heridas, menos visibles, en sus corazones, ávidos de romper con la monotonía de los meses fríos. El calor del tronco ardiendo, junto con los deseos escritos directamente en la corteza o en papelitos introducidos entre sus grietas, abría las puertas a una noche mágica en la que se alumbraban nuevas esperanzas. Los ritos ancestrales volvían para celebrar el solsticio de verano. Era el momento de latir con el esplendor de la naturaleza, de renovarse, de purificarse mediante el fuego y dejarse envolver por el calor del *Haro,*[7] que, convertido en una escultura fálica, debía fecundar la tierra y los vientres. Los había observado durante todo el año desde el centro de la plaza, atento a lo que sucedía, engalanado con una corona y una cruz de flores en lo alto. Ahora, ofrecido en sacrificio, los iluminaba como un faro bri-

[7] Tronco de abeto de más de doce metros de altura quemado en un ritual de purificación propio del solsticio de verano en los pueblos del Pirineo, y conservado especialmente en el pueblo de Les, en el Valle de Aran.

llante en la noche de San Juan. Bajo el crepitar de la madera, aspiraban a conocer un tiempo mejor. Una vida humilde y amable tomaba forma de esperanza aquella noche, una en la que quizá encontrarían la pareja perfecta, buena y cariñosa, que colmara sus sueños.

Sobre el escenario, construido con tablas sobre caballetes de madera, se instalaba la orquesta, modesta pero que llevaba días ensayando para la ocasión. Un trombón de varas, un trompeta, un batería, un acordeonista y un clarinetista eran la formación que animaba el baile. Danzar era una liberación. Solo podían hacerlo en escasas ocasiones, y aquella era la ideal para dejarse llevar por la música. Muchos no tendrían oportunidad de repetirlo hasta que volviera la fiesta, transcurrido un año. Otros podrían acercarse a la verbena de los pueblos vecinos, con sus bicicletas o andando. Eso era lo menos importante; lo trascendental era bailar, mover los pies al ritmo de la música, sentir el roce de las compañeras y los compañeros de baile, de sus cuerpos. Mirarse con conocidos y vecinos que seguían siendo desconocidos. Bailar, buscando la diversión que los días monótonos les negaban. Bailar, dejando que la sensualidad prohibida fluyera sin ser vista. Bailar, sintiendo que sus encallecidos corazones vibraban con el vuelo de las faldas y los perfumes que, aquel día sí, salían de los frascos para sumarse a la fiesta.

Mostrar habilidad en los pasos del tango, el vals y los pasodobles, que se iban imponiendo, era la mejor carta de presentación. Polcas, jotas y mazurcas habían quedado en el olvido, al igual que esos acordeones viejos, para dejar paso a esas otras melodías que sonaban en la radio.

Volver
con la frente marchita.
Las nieves del tiempo platearon mi sien.
Sentir

que es un soplo la vida,
que veinte años no es nada,
que, febril, la mirada
errante en las sombras
te busca y te nombra...

El tango de Carlos Gardel sonaba algo desafinado en la orquesta mientras los bailarines se concentraban en los pasos y los requiebros que daban vistosidad a la danza. Los mayores hacían corrillos, unos sentados en los bancos, otros de pie, y daban buena cuenta de cada detalle de lo que acontecía en la improvisada pista de baile. Conchita lo miraba bailar con una de las chicas del grupo. Pensó que lo hacía bien. Destacaba entre los hombres, muchos de ellos poco diestros en el complejo desarrollo de los pasos. Se mantenía erguido, sonriente y con una cadencia que se ajustaba al ritmo de la música. Fue allí donde decidió que pasaría el resto de su vida con él. Sus dudas se disiparon mientras la música se expandía por la plaza. Él llevaba el traje gris con la camisa blanca y la corbata azul que siempre se ponía para tales ocasiones. El pelo peinado hacia atrás y los mocasines algo gastados pero relucientes. Lo observó durante todo el tiempo que duró aquel tango del que se sabía la letra, que afloraba entre sus labios mientras le observaba.

Tengo miedo del encuentro con el pasado,
que vuelve a enfrentarse con mi vida.
Tengo miedo de las noches que, pobladas
de recuerdos, encadenen mi soñar...

La música y la letra desgarrada le generaban una convulsión interior. Sentía una atracción hacia él en la que se mezclaba el deseo, la ternura y un cariño sincero que sabía correspondido. La miraba de hito en hito mientras ejecutaba el baile sin perder la concentración. Ella le agradeció las miradas y las sonrisas, porque sentía celos de su pareja de baile. Le hubiera gustado bailar juntos ese tango, sentirse entre sus brazos, seguir los pasos y dejar que aquel sentimiento que le fluía dentro se transmitiera por el tacto de sus manos y el roce de sus cuerpos. Lo esperó, paciente, sin perder en ningún instante el contacto con sus ojos. Era un magnetismo que la cautivaba. Ya no tenía dudas ni quedaban sombras. Alguna vez la habían acechado por su distinta visión de la realidad, miedos que la interpelaban. Pero el fuego había disipado todo temor: estaba perdidamente enamorada de ese hombre. Se lo reconoció a sí misma cuando él la cogió de la mano para sacarla a bailar y empezaron a girar con los compases de un bolero. Se apretó a él, quería sentir el calor de su cuerpo, apoyar la cabeza en su hombro y fingir que ese pecho y esos brazos eran ya su hogar. Esa noche, durante el baile, los dos supieron que estaban unidos para siempre y que nada los separaría. Pero no lo dijeron. Solo sus gestos, sus miradas y los breves abrazos que se dieron fueron la prueba de la rúbrica de su compromiso. Manolo sintió que la necesidad de estar con ella había crecido como una presión en su interior que dejaría de producirle angustia cuando ella le respondiera que sí, que se casaría con él. Por eso cuando se lo dijo, ella lo miró, le sonrió y le besó en los labios mientras contestaba que sí sin necesidad de pronunciarlo, porque toda ella era un sí. Porque todo su amor, su pasión, su deseo y su cariño cristalizaron en ese beso. Como si la letra del bolero se hubiera tatuado en sus almas y retumbara sin cesar en su corazón; como si les contara lo que ya sabían del milagro, del prodigio de amarse, de las campanas de fiesta que tañían en sus corazones, de la felicidad que les embargaba mientras las mariposas flotaban en sus estómagos; como si la música creara esa necesidad de verse, de tocarse, de saberse cerca el uno del otro, porque si estuvieran lejos, el aire no les bastaría para respirar.

Epílogo

El reencuentro

Les, Valle de Aran.
Mayo de 1973

Nunca me relacioné bien con las matemáticas. En aquella ocasión, mis esfuerzos estaban concentrados en las raíces cuadradas. André Gorrissen me miraba desde detrás de su pipa, sentado tras la mesa del comedor de la casa del abuelo Luis. Creo que se percató de que estaba sufriendo, pero siguió observando en silencio. Yo avanzaba despacio en la lista de operaciones que esperaban ser resueltas, para, una vez alcanzada la solución, anotarlas lo más pulcramente posible en el cuaderno azul, reservado para tan antipática asignatura. Ya estaba llegando al final de la página, donde había una serie de raíces de las que debía extraer una potencia. Sabía que debía multiplicar el índice por el exponente, pero me asaltaron las dudas y él lo percibió. Sacudió con ritmo la pipa en el cenicero, miré cómo lo hacía y él me guiñó el ojo izquierdo con complicidad. Sonreí. Me hizo un gesto con la mano y me pidió el cuaderno. En un santiamén me esquematizó la operación y me supervisó las tres raíces cuadradas que me quedaban por hacer.

—*Voilà* —me dijo al acabar mientras dibujaba bajo su fino bigote una sonrisa.

—*Merci* —respondí con timidez.

Y cerré el cuaderno con alivio, como si hubiera descargado un pesado fardo. Él comentó algo con su esposa, pero no entendí el francés tan cerrado de los belgas. Papá llegó en ese momento, y tras él mamá, que se había demorado para hablar con la vecina, que, como de costumbre, había reclamado su atención desde la ventana de la cocina. Yo me había refugiado en el rincón donde estaba el tocadiscos y la vieja radio con la que la abuela escuchaba las novelas. En el estante de madera de roble había revistas, periódicos y muchos otros papeles a los que parecía que se les había dado un tiempo de gracia antes de tomar la drástica decisión de reducirlos a envoltorio de bocadillo o antorcha para encender la chimenea. La escasez forjaba una cultura en la que todo tenía múltiples utilidades. Esa era una constante en nuestras vidas. Botes vacíos de cristal, antiguas latas de conserva, cajas de hojalata o cartón que un día albergaron galletas o dulces, se aprovechaban para guardar clavos usados, pequeños tornillos, papeles, cartas y notas, recortes de periódico e incluso manualidades. Todo tenía valor. La basura era un lujo que casi nadie se permitía; cualquier objeto tenía una segunda, tercera o cuarta vida, como la caja de dulces llena de colores de la que intentaba extraer un lapicero en concreto con el que garabatear, en una hoja de papel, algo parecido a un verso para una niña de trenzas infinitas que iluminaba mis ojos cuando la veía.

El abuelo había presentado a André a papá, porque aún no habían tenido la oportunidad de conocerse. Estaban en los saludos formales cuando mamá apareció por la puerta, y, con sorpresa primero y emoción después, le dio un abrazo a André y besó a su esposa, una mujer delgada y de facciones hermosas, con el pelo rubio recogido en un moño alto que le daba un aire distinguido. Casi no reconoció a ese hombre, había cambiado mucho, el paso de los treinta y cuatro años transcurridos desde aquel mes de noviembre en el que estuvo oculto en la buhardilla le habían envejecido. El abuelo y él sí se habían visto con cierta regularidad, pero nunca habían tenido una reunión familiar. A pesar de la distancia, para mamá André era alguien cercano, porque estaba presente en su memoria y en muchas de las circunstancias que habían condicionado su vida y las de toda la familia. Circunstancias que, a menudo, surgían en las conversaciones en casa. La amistad entre el abuelo y André era tan estrecha que trascendía lo personal. El azar había cruzado sus destinos en un momento de la historia en el que la vida dependía fundamentalmente de la solidaridad. La huida del belga y la de tantos otros, que atravesaron las montañas hacia el norte o el sur, fue en muchos casos exitosa gracias a las personas que ayudaron y arriesgaron la vida por su causa. Ellos sabían que formaban parte de eso, de ese momento en el que la única batalla ganada era la que salvaba una vida, una familia, del caos de muerte y desesperación que dejaba el fascismo a su paso. Nadie se fijaba en mí. Yo miraba la escena desde el rincón, sin excesivo interés, y seguía el ritual concentrado en encontrar alguna palabra que rimara con trenzas. Tras el saludo de mamá, observé cómo papá y el belga se miraban. Lo hacían discretamente, en especial André, con una sonrisa perenne en los labios. Vestía una americana de pana oscura y, como era su costumbre, una corbata con nudo sencillo y corte estrecho que le daba un aire elegante pero a la vez informal. Papá miraba de hito en hito la insignia que en forma de estrella lucía en la solapa de su chaqueta. La miraba porque se parecía mucho a aquella que él llevaba siempre en el bolsillo, y cuyas puntas se habían grabado en su mano aquel día en que estuvo a punto de perder la vida. Algo se le removió por dentro. El torbellino de sentimientos, recuerdos y emociones lo confundió. Se mantuvo en silencio, pero su cabeza no paró de escudriñar en su recuerdo todas las imágenes del forcejeo con el desconocido. El hombre rubio, la pistola, la sangre de su mano apretando la insignia, los dientes chirriantes esperando el disparo, el silencio, los músculos en tensión, su vida pasando en un instante ante los ojos cerrados, el suspiro resignado, el «Mejor así» que no pronunció, el cansancio que le desbordaba y ese hartazgo de olor a muerte y miseria. Lo miró de nuevo y sintió un destello en su memoria.

«¿Y si fuera él?», pensó. Le hubiera preguntado, pero le pareció absurdo hacerlo. ¿Cómo podría serlo? ¿Cómo podía ser tanta la casualidad de que el hombre que había podido sesgar su vida estuviera sentado frente a él, sonriendo, y que además fuera, ahora, parte de su familia? André percibió que mi padre vacilaba, turbado, y en un gesto de simpatía, cuando sus miradas se cruzaron, le guiñó de nuevo el ojo izquierdo.

Mamá no paraba de preguntar a Ivonne sobre sus hijas, y el abuelo Luis planificaba la salida por la tarde al puerto del Portillón para ver caer el sol tras las montañas. Pero papá y el belga estaban en otra cosa. Creo que los dos rebuscaban en su memoria por si existía algún atisbo fotográfico de sus caras, algún recuerdo en las facciones del uno y del otro, porque algo que no tenía que ver con los sentidos había hecho que se reconocieran mutuamente, a pesar de que el pasado fuera un borrón imposible ya de distinguir. Esa tensión emocional les conectaba con el frente de Madrid, con el hospital convertido en trinchera y empapado de olor a cloroformo y polvo, y con ese momento crucial en que sus vidas quedaron a merced del movimiento de un dedo en el gatillo. El abuelo Luis le recordó a André el frío que hacía en la buhardilla, y rieron. Las risas sirvieron para destensar el ambiente. Por un momento, cejaron en la búsqueda de algo que los identificara y se sumaron a la conversación.

—Aunque aún hacía más frío en aquel hotel de Luchón. ¿Lo recordáis? —decía el abuelo sin dejar de sonreír.

André levantó la mano para hablar y en un tono solemne dijo:

—Permitidme que os diga unas palabras, aprovechando que estamos juntos, aquí, en esta casa que siento como mía. Sé que no hay palabras para agradeceros lo que hicisteis por mí y lo que habéis sufrido por ello. Se lo he dicho a mi amigo Luis muchas veces, pero hoy quiero compartirlo de nuevo con toda la familia, junto con mi esposa. Os debo la vida. Sin vuestra ayuda, nunca habría logrado regresar a mi país, y quizá mi final hubiera sido una cárcel franquista. Por eso no podré agradecer jamás bastante lo que hicisteis por todos los que, como yo, pudieron regresar a sus hogares gracias a vuestra hospitalidad y generosidad. Querida familia, siempre estaréis en nuestro corazón.

Ivonne, mamá, Mercedes y la abuela Pepita lloraron emocionadas, y el abuelo Luis se abrazó a André sin decir nada. Habían sentido en sus palabras el recuerdo punzante de un tiempo duro y difícil en el que el azar les había reunido, pero, a pesar del regreso momentáneo del pasado, ahora celebraban su triunfo, y entre las lágrimas afloraba la sonrisa como la rúbrica de lo vivido y ganado en tanta adversidad. Yo, desde mi rincón, hacía rato que había abandonado la indiferencia y aquel verso imposible para dejarme seducir por la emoción, la felicidad y el amor que contagiaban sus lágrimas. Fue entonces cuando comencé a sentir curiosidad por la historia de André y por aquellos años que les habían marcado tan profundamente.

Salimos de casa en animada conversación. André posó la mano en mi cabeza mientras seguía los pasos de mamá y papá, rumbo a la puerta. El belga salió tras nosotros y, aún en la entrada, las conversaciones continuaron. Mamá y Mercedes intercambiaba con Ivonne deseos de volver a verse pronto, y esta última insistía en que debíamos visitarlos pronto en su casa a las afueras de Brujas. Papá y André se apartaron un segundo en el jardín, por lo que no pude oír lo que decían. Papá se sacó del bolsillo la insignia que siempre llevaba con él y la depositó en la mano de André. Él la miró atentamente. Guardó silencio y la apretó entre los dedos. Luego alzó la vista y miró fijamente a papá. Sin mediar palabra se fundieron en un abrazo. En ese instante los dos se reconciliaron con el pasado y agradecieron al destino la oportunidad que este les había brindado. No se dijeron nada más tras el abrazo. André le devolvió la insignia con un asentimiento de cabeza y los ojos humedecidos por las lágrimas. Papá se giró y con el reverso de la mano se secó la humedad que le recorría la mejilla.

—¿Pasa algo, papá? —le pregunté.

—Nada, hijo, vamos a casa.

Y cogido de su mano avanzamos por la calle; yo, sabiendo que algo había sucedido sin saber muy bien qué; papá, convencido de que había cerrado un círculo y de que aquel abrazo saldaba una deuda de guerra, si bien también sabía que lo único que había vencido en todo el desastre era el amor. El estrecho vínculo que lo unía a la mujer que amaba y a aquellas personas que ahora formaban parte de su vida era la verdadera celebración. Ni el pasado ni la guerra ni el odio habían podido evitar que ellos festejaran el reencuentro y la victoria de la vida sobre todas las muertes que les habían acechado. Eso era lo único que importaba. Ni la ideología ni las convicciones habían podido con esa humanidad que en forma de bandera se había izado a través de un abrazo. Muchos años después, supe que André no le confesó si fue él quien estuvo en las ruinas del hospital, mas tampoco lo negó. Pero, aunque no me lo dijo, también supe que le daba igual, porque su gesto no era solo para André ni tampoco por esa bala que no le mató. Su abrazo era de fraternidad con los que habían estado al otro lado de las trincheras; su abrazo era contra todas las guerras y contra su futilidad. Era un abrazo también de perdón por el sufrimiento causado. Un abrazo de perdón por todo lo que él había sufrido. Un abrazo para encontrar la paz. La paz construida sobre una vida sencilla, fiel a su familia, a su gente, a la que daba sustento un día tras otro con el pan que hacía con devoción y en cuyo interior se escondía no solo la miga, sino también el amor, el compromiso con nosotros, con mi madre y con el esfuerzo de superar las injusticias de un día a día que nunca les dio un segundo de tregua con el que atender a sus propias vidas. Ese era el precio que pagar. El precio de un tiempo en el que la metralla bajo la piel pervivió mucho más allá de la guerra, cual preciso mecanismo de relojería que los mantuvo en pie, pero recordándoles golpe a golpe el camino recorrido. Ahora, el recuerdo de su amor, mezclado con el sabor y el aroma del buen pan, aquel que compartieron con sus vecinos y del que llenaron nuestra infancia, nos devuelve la luz de sus miradas buscando un futuro que solo nosotros pudimos alcanzar.

Mamá se moría en la cama del hospital, en cuyas paredes de blanco impoluto veía reflejados sus monstruos, aquellos con los que había convivido toda la vida en un discreto silencio. Los había arrastrado junto con el miedo y el sufrimiento constante por las muertes lacerantes que la habían hecho morir mientras vivía. Esos monstruos que todos llevamos dentro, como los de Amalio, olvidados en la cueva que marcó mi adolescencia y que aún ocupa un remoto lugar de mi memoria. Los monstruos que se abrazan a la vida y que brotan de las sombras para recordarnos que en la oscuridad más honda habitan los seres que se alimentan de nuestros miedos. Pero, incluso allí, braceando contra el fusil que la apuntaba, tras su temor, sentí en su mano la tibieza del tiempo que nos había regalado. Sentí la generosidad de todas las sonrisas conquistadas a la adversidad. Sentí en el leve roce de su piel el paso de toda una vida justo cuando ella la perdía, y entendí que ahora tenía un sentido nuevo, más pleno, porque nos enseñaba a morir tal y como nos enseñó a vivir. A vivir, con la conciencia de lo que fuimos. Y a morir, porque con papá y con ella se iba una parte de nosotros. Solo nos quedaba, pues, una historia hecha de los jirones de tantos hombres y mujeres atrapados en esos límites imprecisos del pasado y del futuro y que abrieron camino a un aciago presente para construir un tiempo de libertad que apenas pudieron saborear.

Agradecimientos

A Manuela, por sus lecturas y consejos, por tenderme la mano cuando la luz se apagaba y sostenerme con su apoyo incondicional.

A Marian y Lin, por las lecturas compartidas hasta ahora y por las que aún aguardan en el horizonte.

A Alba y José Luis, con quien compartí aquellos años y el cariño de nuestros padres, que guardo como un tesoro.

A Ares, Marina, Jose y Carmen, por ayudarme a desenterrar recuerdos que laten en cada línea de esta novela.

A Àngels, Violeta y María, por sus lecturas expertas y sus comentarios, que despejaron sombras y ayudaron a mejorar el manuscrito.

A las personas que me han guiado para encontrar el camino en el laberinto editorial. En especial a Francesc, Jaime y quienes han puesto granitos de arena para que esta historia vea la luz.

A Conchita y Manolo, protagonistas de una historia, esta historia, que también es la nuestra, porque en su memoria habita la esencia de lo que fuimos.

A Alberto Marcos y al equipo de la editorial Penguin Random House, sobre todo a Joan Riambau, por creer en estas líneas y darles alas.

A mi pueblo de Les y al Valle de Aran, raíz y refugio.

A todos los que han tejido nuestra historia y cuyo legado reside ya en nuestra memoria.

Y, sobre todo, a Norita, allá donde esté, pues su recuerdo ilumina cada página.

«Para viajar lejos no hay mejor nave que un libro».

EMILY DICKINSON

Gracias por leer este libro.

En **penguinlibros.club** encontrarás las mejores recomendaciones de lectura.

Únete a nuestra comunidad y viaja con nosotros.

penguinlibros.club